幽默书房

幸运的吉姆

Lucky Jim

〔英〕金斯利·艾米斯 著

夏金 译

人民文学出版社
PEOPLE'S LITERATURE PUBLISHING HOUSE

著作权合同登记号　图字 01-2020-4897

Kingsley Amis
Lucky Jim

Copyright © 1953 by Kingsley Amis
Published in agreement with Victor Gollancz Ltd., an imprint of The Orion Publishing Group c/o The Wylie Agency (UK) LTD
Simplified Chinese edition copyright © 2021 by Shanghai 99 Readers' Culture Co., Ltd.
All rights reserved.

图书在版编目(CIP)数据

幸运的吉姆/(英)金斯利·艾米斯著;夏金译.
—北京:人民文学出版社,2021
(幽默书房)
ISBN 978-7-02-015703-7

Ⅰ.①幸… Ⅱ.①金…②夏… Ⅲ.①长篇小说-英国-现代 Ⅳ.①I561.45

中国版本图书馆 CIP 数据核字(2019)第 189331 号

责任编辑　卜艳冰　邱小群
封面设计　李　佳

出版发行　人民文学出版社
社　　址　北京市朝内大街 166 号
邮政编码　100705

印　　制　上海盛通时代印刷有限公司
经　　销　全国新华书店等

开　　本　890 毫米×1240 毫米　1/32
印　　张　11
字　　数　219 千字
版　　次　2021 年 5 月北京第 1 版
印　　次　2021 年 5 月第 1 次印刷

书　　号　978-7-02-015703-7
定　　价　59.00 元

如有印装质量问题,请与本社图书销售中心调换。电话:010-65233595

哦,幸运的吉姆,真叫我嫉妒。哦,幸运的吉姆,真叫我嫉妒。

——一首老歌

1

"不过呢,他们当时犯了个荒谬的错误。"历史系教授微笑着说。在狄克逊眼里,这笑意伴随着回忆,渐渐沉入其五官之下。"休息片刻,我们合奏了多兰德的一首小曲,"教授继续说道,"你知道么,那是竖笛和键盘二重奏。我一直是吹竖笛的,约翰斯这小伙子……"他话锋打住,每前进一步,身体就愈发显得僵直;到后来,他仿佛彻底换了个人,好像有个无法模仿出他声音的骗子,在那一刻,钻进他的皮囊之中。不过,接着,他又开始说话了:"约翰斯这小伙子弹钢琴。啧啧,一个多才多艺的小青年。平时都是吹双簧管的。嗯,怎么说才好呢,记者那家伙一定是搞错了,要么他根本就没好好听,总之,他就是心不在焉。但不管怎么样,这事确确实实登上了《晚报》:多兰德,对的,他们名字没搞错;威尔奇和约翰斯两位先生,也对;但是,你猜猜,他们接下来是怎么写的?"

狄克逊摇了摇脑袋。"教授,我真不知道了。"他严肃认真地回答着,心中却在暗想,全大不列颠,大概找不出第二位如此重视"教授"这个头衔的教授了。

"横笛和钢琴。"

"啊?"

"横笛和钢琴,而不是竖笛和钢琴,"威尔奇冷笑一声,

"你听好,要知道,尽管众所周知,它算是横笛最近的祖先。但竖笛,可不像横笛。首先呢,演奏起来,我指的是竖笛演奏起来,要运用一种专业所称的'蜂震法',说得通俗一点,就是往有特定形状的口子里吹气。注意到没有,双簧管、单簧管都有那种口子。而现代的横笛,其演奏方法则被称为'横吹法',换而言之,是在圆孔上面直接吹气,而不是……"

看到威尔奇越走越慢,再度安静,一旁的狄克逊紧绷的神经也随之放松下来。先前,他奇怪地发现,教授居然站在学院图书馆"最新书刊"陈列架前;此刻,他俩则沿着小草坪的对角线,径直走向学院主楼的前方。这两位看上去,简直就是在演小品:威尔奇像根高高的芦苇,头发花白如絮;狄克逊则是位矮角色,白净的圆脸,胸肩虽宽得惊人,但并不具备任何体能或才艺。尽管体貌悬殊,但狄克逊还是意识到,俩人如此漫步前行,既从容不迫,又特显深思熟虑,一定会让过往的学生们感到学究气四溢。他和威尔奇,极有可能是在研讨历史学术问题。这种漫步,正是牛津或是剑桥学院的方庭院内,学者讨论历史问题的标准方式。每到此情此景,狄克逊几乎真的开始盼望他们是在研究历史。当他思绪如此这番进行下去时,年长的那位突然爆发出新一轮的活跃,他几乎在叫嚷,随后独自大笑,全身一阵颤抖。

"临近中场那段,他们出了个惊天的洋相。拉中提琴的愣头青,一下翻过两页乐谱,结果局面乱成一团糟,让我说什么好呢……"

狄克逊的脑海里，也迅速思考着最该说的话，并默默对自己说了一遍。接下来，他将自己的表情，调节到对幽默的回应状态。脑海中他的脸则是另一副表情。他向自己保证，一旦教授离去，他就把那真实面孔单独呈现出来。但此刻，他门牙咬下唇，一点点将下巴尽量往后收，同时努力放大双瞳，张开两侧鼻翼。这样做的后果，他完全知道，那就是面部出现了一阵看起来十分可怕的潮红。

威尔奇又开始唠叨他那场音乐会了。他是怎么当上历史系教授的，即使是这种破地方？是通过发表论文么？不是。是通过特别出色的教学么？完全不是。那么他凭什么呀？像以往一样，狄克逊将这个疑问搁置在脑后。他告诉自己，身边的这位，对自己的未来有着生杀予夺的大权，这种大权至少在今后四到五周内都有效。因此，在这期间，他一定得让威尔奇喜欢上自己，而讨好他的一个方法，就是每当威尔奇谈论音乐会时，自己总能出现在他身旁，并保持不晕倒。然而，威尔奇高谈阔论之际，他真会留心到身边有谁么？即使他注意到了，谈完之后，他还会记得么？就算他能记得，这会影响到他先入为主的那些成见么？在毫无预警的状态下，自己以往两度出丑的情状，滴答一秒，全部涌上狄克逊的心头。为了抑制突如其来的神经崩溃，他颤栗着，用音调平缓的北方口音问："玛格丽特最近还好么？"

对方沉稳自信的面容，受到这一干扰，犹如一队缓缓行进中的古老战舰，遇上了突发情况，开始缓慢地转变方向。过了好一阵，他才勉强挤出四个字："玛格丽特？"

"是啊，我已经一两周没有见到她了。"或许已三周了，狄克逊心里不安地补充了一句。

"噢！我觉得，综合看来，她恢复得非常快。当然啦，这次因为卡奇帕尔这家伙，以及后来那些不幸的事，她受到了很大的创伤。在我看来呢……目前她的伤口，是在精神方面，而不是身体方面；从身体上来说，她已经完全康复，这，我敢断定。事实上，她越尽早开展一些工作，对她就越有利。当然，现在要她接手这学期的课程，已经晚了些。我知道，她本人的确想回来做点事情，应该说我也全然赞同。那样，会帮她从思想上摆脱……摆脱……"

所有这些话，狄克逊完全明白；他对这事理解的深度，教授其实永远是望尘莫及的。但他还是被迫附和着说："是的，我明白。我觉得，和教授您住在一起——当然还有威尔奇夫人——对于她身心的恢复，有很大的帮助。"

"对的。我想，我们那边的环境，一定有点什么特殊的地方，会产生出某种令人康复的疗效。你知道么？我们曾邀请彼得·华洛克的一个朋友来住过。那次是个圣诞节，好多年前了，一定有好些个年头了。他也说过同样的话。我还记得，去年夏天，我自己从杜伦考官会议上回来，那天气，热得像火炉一样，那火车，真是，哎呀，那真是……"

此后，教授的话锋，犹如一辆发动机失灵的汽车，又经过了几个小转，终于被拉回正道。等他俩走到主楼的台阶前，狄克逊再也受不了了，双腿僵直，动弹不得。在幻想中，他将教授拦腰抱住，用力压迫对方那件灰蓝色毛绒背心，至其喘不上气来。他就这么抱着教授，双脚重重地跑上楼梯，穿过走廊，来到教师更衣室，把他那小得出奇的双脚，连同上面的平头鞋，一并塞进某个抽水马桶的便池内，然后猛拉出水栓。一下，两下，接着再拉。与此同时，将厕所卫生纸也塞满教授的嘴巴。

想到这些，他做梦似的微笑了。威尔奇却在石板铺地的门前停住，摆出一张苦脸，说自己得上去，到办公室（其实就在二楼）拿他的"皮包"。狄克逊一边等待，一边思索：如何提醒威尔奇，别忘了他说过要请自己去城外的家里吃茶点，如何说得巧妙，不至于让威尔奇的脸上出现长久的皱眉。本来，他们说好下午四点整，乘威尔奇的汽车一起出发的。现在，已经过了十分钟。一想到又要见到玛格丽特，而且今晚他将在那次事件后，第一次约她出去，狄克逊感觉胃里有个东西顶得难受。他强迫自己去想威尔奇的驾车风格，然后又想酝酿出一种极度的气愤来掩盖自己的紧张焦虑。他用棕色长头皮鞋的前掌，很响地拍打地面，并吹了口哨。但这些玩意的效果，最多维持了五分钟。

他俩独处时，她会怎么表现？她会显得很开心，假装自己忘了，或者说，没有留意到他很久没来看自己，随后逐步占领高地，俯冲而下痛骂他一顿？或者，她会表现出沉默和焦躁，很明显的心不在焉，迫使他痛苦地从日常寒暄，一步步升级到讨好哀求，怯懦承诺，直至不停地道歉？不管话题如何开始，演变到后来，总是那老一套：出现某个既无法回答，也无法躲避的问题，出现某个令人恐惧的真相——由她自己表白出来，不管是为了"达到目的"，还是"随便说说"，结果总是"达到目的"。他之所以卷入和玛格丽特的这出戏，原因是他没意识到自己的各种优点：彬彬有礼、饶有兴致、关心他人、性格随和不计较，以及对真挚友谊的那份渴望。女讲师邀请一位资历浅，但年龄稍大的男同事，去她家喝杯咖啡，这事回想起来，还真不算什么。接受这份邀请，也完全合乎礼节。而此后，他怎么就成了围着玛格丽特"裙边打转"的"那个男人"，而且，怎么就成了那位时而无足轻重、时而极度重要的卡奇帕尔有意无意的情敌了？一两个月之前，他以为卡奇帕尔会进展顺利，消除他这边的压力，让他重回那种可以长久维系的"恋爱参谋"的角色；当时，他还自鸣得意地认为，自己在追女人这种事情上颇有水平。岂料，卡奇帕尔竟会突然将她甩了，而且直接甩进自己无辜的双臂之间。在这种身份下，他注定无法躲避，只能忍受令所有男人都觉得不光彩的问话和倾诉。

哎，那些问话……尽管五点之前，他不能抽烟，但当狄克逊想起，大约六个月甚至更久前，最初的那一系列问话，他还是点燃了一支香烟；当时是去年十二月初，他应聘七到八周之后。"你想过来看看我么？"对这句问话，做出肯定答复，那实在是既容易又真实。接下来就是其他那些，例如："你觉得我俩相处得好么？""我是你在这儿认识的唯一的女孩么？"有一次，当他连着三次约她晚上出来，她问道："我们真要见得这么勤么？"这句话，第一次令他感到了不安。不过这句话之前，以及之后，他真的感到：对方的真诚和直率，确实让男女约会这种复杂的难题，变得简单了许多。她的坦诚倾诉，同样也令他有上述同感："我真的很喜欢和你在一起""我一般都不大和男人们轻易交往的""你听了不准笑我哦——我觉得校董会聘用了你，连他们自己都不知道，其实是捡了个宝"。当时，他听后，并不想笑；现在的他，也笑不出来。今晚，她会穿什么样的衣服出场呢？不管她穿什么，只要不是那件绿色羽毛纹花呢连衣裙搭配仿天鹅绒低跟鞋，自己都会凑上去赞颂一番的。

威尔奇又去哪儿了？这个老头玩失踪出了名，已经是不可救药。狄克逊自己冲上台阶，经过徽章陈列墙，走过空荡荡的过道，但那无比熟悉的低矮房间里一个人影也没有。他咔嚓咔嚓顺着自己惯常的"逃生通道"走下背面的楼梯，进入教员更衣室内。威尔奇在里面。只见他鬼鬼祟祟地弯腰，正对着洗脸盆。"啊！终于找到你了，"狄克逊表情欢乐地说，"还以为你一个人走，把我丢下了……教授。"他又补充了一下头衔，差点来不及了。

对方抬起瘦削的面孔。那面孔因惊奇而变形。"走？"他问。

"你打算带我回家喝茶的，"狄克逊开始阐述，"我们周一就约好，在喝咖啡的时候，在休息室里。"他从墙壁上的镜子里，一不留神看到并惊奇地发现，自己的脸上，居然戴着一副充满期待的友好表情。

威尔奇正在往脸上泼水，可他现在中止了这个动作。看上去，他就像是个非洲土著，头一回见识到某个简单的魔术。他说："喝咖啡的时候？"

"是的，周一。"狄克逊回答他时，双手插进口袋，攥紧成拳头。

"噢！"威尔奇说着，第一次将目光对焦到了狄克逊身上，"噢。我们说的是今天下午吗？"他转身去卷筒毛巾上慢慢地擦干双手，目光依旧警觉地盯着狄克逊。

"对啊，教授。希望现在还方便过去。"

"噢，挺方便的。"威尔奇用那种出奇安静的声音回答道。

"太好了，"狄克逊回答，"我非常期待前往。"他随手将挂在墙钩上自己的那件又脏又旧的雨衣取了下来。

威尔奇的表情还是有点木然，但他迅速地恢复过来，努力在很短时间内，拎起了他的"皮包"，又将那顶浅黄褐色的钓鱼宽边帽戴到头上。"走吧，上我车里去。"他提议。

"那太好了。"

出了大楼，他俩拐进一条铺着碎石子的车道，来到了车前。这车的旁边，还停着好几辆车。狄克逊盯着威尔奇，看着他正仔仔细细查看自己的那串钥匙。在他们前方，一块破烂的草坪，一直延伸到一圈缺胳膊少腿的护栏那儿。再过去，就是"学院路"及市政公墓——这对组合，常常被这里的人们借来说笑话：讲师们都爱对听不进课的学生们表扬"马路对面的那片优秀班级"。同时，除了用来说学生，大家还特别喜欢分析坟墓守护者和知识守护者之间的类同点。

狄克逊这么看着的时候，一辆巴士沐浴着五月和暖的阳光，缓缓爬上山坡。这车，目的地正是威尔奇居住的那个小镇。狄克逊内心暗自打赌，这辆巴士，一定比他俩先到那里。他头顶上方的一块玻璃后面，传来一声轰鸣，那声音听起来很像，甚至可能正是音乐教授巴克利在歌唱。

一分钟之后，狄克逊坐下，开始聆听一种刺耳的门铃声，这次是威尔奇开始发动他的车辆。门铃声渐渐消失，随之而来的是一阵刺耳的轰鸣，似乎这车的全部零件都在唱着歌。威尔奇又试了一次：这次换成了一个个啤酒瓶盖被用力启开的声音。还没等狄克逊闭上眼睛，他的身体突然被重重撞到座位靠背上。他的香烟，还在燃烧，一下子被甩出了手指，落入车底板的一道沟壑深处。车轮和碎石死劲磨蹭了一下之后，汽车从静止状态，猛地冲到了草坪边缘，车轮碾伤了一些小草，随后被威尔奇调转回到路上。他们以行人走路般的速度，驶向主干道，汽车发动机则一直保持着那种高分贝低音频的轰鸣。一群晚归的学生，身着黄绿色学院披肩，正站在门庭旁小檐口下的体育通告栏前。他们被这声音吸引，都盯着这辆汽车想看个究竟。

汽车上了学院路，占据着车道的中央。他们后面的一辆卡车，无奈地鸣着车喇叭。这促使狄克逊偷偷看了一眼威尔奇。他惊恐地发现，威尔奇神色镇定，信心十足，活像一位面对风浪、久经考验的老船长。狄克逊再次闭上了双眼。他本来只盼威尔奇在他面前表演过两次不成功的换挡后，能够将话题从学术方面引开。他甚至想,自己宁愿再听听有关音乐的问题或是威尔奇儿子们的事——那位字里行间充满娘娘腔气息的作家米歇尔,还有那位和平主义画家、络腮胡子伯特兰,这俩兄弟,玛格丽特都向他描述过。但不管是什么话题,狄克逊都知道,在到达目的地前,他自己的脸会愁云密布,肌肉松垂,像个耷拉的破袋子。因为这一路上,他都得努力保持憨笑,强作欢颜,字斟句酌地插上几句话;最要命的是,还得在彻底绝望、精疲力竭,以及抑制无边无尽的怒火之间,进行表情的切换。

"哦……嗯……狄克逊。"

狄克逊睁开双眼,想尽一切办法,将脸远离威尔奇,千方百计事先放松一下心情。"嗯?教授您说。"

"我刚才一直在思考你的那篇论文。"

"哦,对的。我不清……"

"帕丁顿给你回信了么?"

"哦,是的。事实上,我第一个就寄了给他,您记得么?他回答说,其他来稿,压力实在……"

"实在怎么样?"

此前,狄克逊一直将自己的嗓音压着,没有轻声叫出来。他本想借助汽车噪声,利用威尔奇记忆力的衰退,避免引起他的过多关注,从而保护自己。但现在,他不得不喊出声来:"我告诉过您,他说,这稿子没版面了。"

"哦?他没版面?他真没版面吗?哎,当然,他们总收到那些源源不断的……源源不断的垃圾投稿,你懂么?但是,我猜想，如果真的，真有什么好东西吸引住他们的眼球，那么，他们……他们……你还投给别的什么地方？"

"嗯，还投给过《泰晤士报文学副刊》做过广告的那个叫卡顿的家伙。他说是运用国际的视野什么来着，正在创办一份新的历史评论刊物。我当时觉得，我那篇稳进无疑。毕竟，这种刚刚办出来的杂志社，不太可能预先塞满了投稿吧，像我知道的其他……"

"啊，对的。新办的杂志值得一试。就前一阵子，《泰晤士报文学副刊》上还登过一则广告，编辑好像是叫什么'帕顿'还是什么'顿'来着。你其实应该寄给他试试，既然已经知道那些有名的杂志期刊，看起来都没有版面来体现你的……努力的话，那我们只能碰碰运气了。对了，你投的稿最后定了什么题目来着？"

狄克逊眺望车窗外：田野一片片地往后退去，那都是湿漉漉的四月所特有的鲜绿。狄克逊内心感到无话可说，这并不是因为他的大脑被刚才半分钟的聊天"二次曝光"了，威尔奇的言语风格一贯如此。他觉得震惊，因为自己还得将那篇论文的题目，一字不漏给复述一遍。那绝对是个完美的题目啊，其中浓缩了全文的冗长琐碎和空洞无物，体现了送葬般无趣的事实罗列，并涵盖了对"不是问题的问题"作秀般的诠释与说明。狄克逊读过，或者说他刚刚读过好几十篇类似的东西。但他自己的这篇，比别的更有过之而无不及，因为论文的笔调中，流露出极端的自我膨胀。"查考这一居然被忽略的问题。"文章如此开头。这一怎么被忽略的问题？这一居然被怎么了的问题？这一居然被忽略的什么玩意？他当时没有将打印稿涂毁，没有放把火把稿子烧了，而是一直在思考上述的问题。心目中，他越发感到自己是个伪君子加傻瓜。"让我们想想看，"他模仿着威尔奇的口吻，假装在回忆，"哦，想起来了：《论1450—1485年造船技术的发展对于经济的影响力》。这就是，那个……"

他无法说完这句话，便将脸转向左边，突然发现，大约九英尺开外，有一个男人的面孔直直地对着他。他看到的那张面孔充满了惊惧。这面孔属于一名卡车司机，此刻，威尔奇选择在两侧都是石壁的急转弯处，对那人的卡车进行了超越。而转弯前方不远处，一辆巨大的巴士跃入了眼帘。威尔奇略略减速，以保证巴士开过来时，自己的车仍可与卡车并驾齐驱。他这么做时，果断地说了句："嗯，这样应该绝对安全了，我敢打赌。"

狄克逊还没来得及将自己缩成团，甚至还没来得及摘下眼镜，卡车一记急刹车，然后就消失了。卡车司机的嘴巴不停地用力一张一合，终于想办法将他所开的车辆扭转到一边，紧贴石壁。而狄克逊他们自己乘坐的汽车，则发出一阵轰响，径直冲向前方。总体而言，狄克逊庆幸这次得以逃生，但同时感到，如果威尔奇就这么给撞死了，那他们之间的对话，可谓是"画上了一个圆满的句号"。他这种感觉越发强烈，因为威尔奇居然接着唠叨起来："如果我是你狄克逊的话，我将想尽一切方法，必须让这篇论文在下个月之前被采纳。我的意思是，我并不了解那种特定的知识来评判……"他的语速加快了，"我无法判断，对不对，无法判断这篇文章的价值。不管是谁，来找我问'狄克逊这小伙子的文章写得怎么样'，除非我可以给他们一个专业意见，评定出价值，否则那都是白说，对吧？但如果文章被一家学术期刊所刊载的话，那就会……就会……就连你，你自己，都不会知道你文章是否有价值。自己从何而知啊？"

狄克逊的感觉恰恰相反，自己这篇论文的价值，从几个方面来看，都是清清楚楚、明明白白的。首先，文章的价值，完全可以用一个带有连字符号的不良词汇来概括。其次，文章凝聚了他对于历史事实疯狂的搜寻，凝聚了这期间令他疯狂的无聊感觉。但最后，它的价值，等同于写作目的——消除他此前给院系里留下的"不良印象"。可是，话到他嘴边却变成了："您说得对，教授，我自己怎么会知道啊？"

"我说福克纳呀，如果这篇文章最后能有价值的话，这对你个人来说是很重要的，如果你能听明白我说的意思。"

尽管被叫错了名字（福克纳是他的前任），狄克逊知道威尔奇话里的意思，并这么告诉了他。那他的"不良印象"究竟是怎么造成的呢？他总感觉罪魁祸首应该是他上班第一周，就给英语系教授造成的那一点皮肉伤。那位先生，看起来有张娃娃脸，以前在剑桥某个学院当过老师。当时，他正站在大楼台阶前。突然，狄克逊从图书馆拐过来，猛的一脚，踢起某块躺卧在碎石路上的小鹅卵石。石子在飞行轨迹最高点不到的位置，击中了十五英尺外那位先生左膝盖骨的正下方。狄克逊转头一看，差点被吓呆了。逃跑是不可能的，最近的藏身处，也在很远的地方。他被这事一吓,居然扭头沿着车道往下走去。但他心里完全明白,他是这附近唯一能让石子如此飞出去的可以看得见的原因。他回过一次头,只见英语教授单腿站立,身子蜷曲,正巧盯着他看。正如其他相似场合,他很想去道个歉,但发现事到临头,他又变得胆小如鼠,不敢去了。两天后,类似情况居然又被他遇到了:他去参加全体教师大会,经过教务主任座位后时,不小心绊了一下,脚把那把椅子给碰歪了。当时,教务主任刚好一屁股坐下来。亏得主任助理惊呼一声,从而避免了一场灾难。可从此以后,主任脸上那副表情和他那S造型的僵硬身躯,令狄克逊终生难忘。接下来,是一篇论文的事情,一名优秀学生替威尔奇代写了论文,论文里含有,其实是充斥着,对另一本写圈地运动的书的彻底批判。可谁能料到,那本书竟是威尔奇以前的某个学生写的。"我质问他,究竟是哪个家伙往他的头脑里灌输了这些破玩意?你想得到吗?他说,这都从你狄克逊的某堂课上听来的。哎呀,我非常委婉地对他说……"过了很久,狄克逊才发现,那本有问题的书,就是在威尔奇的建议下,并部分由他亲自指导完成的。这些事实,那本书后的"鸣谢"部分明明可见,但对于"读书越少越好"的狄克逊来说,自然根本无法看到。最后,还亏玛格丽特告诉了他。根据他努力回忆,那是玛格丽特企图吞服大量安眠药自杀那夜的上午。

这时,威尔奇用了一种朝着远方喊话的音量说:"哦,狄克逊,顺便问你一句。"狄克逊热切而真实地回答:"您请说，教授。"与教授一起的经历，要远远好过玛格丽特所给予的——玛格丽特的那些花样，他很快就将亲身领略了。

"我一直在想，下周末，你是否愿意去我那里过……周末？我觉得那一定会很开心。有几个人从伦敦过来，你知道么，这些人都是我们自己和我儿子伯特兰的朋友。当然，伯特兰也会尽量赶过来。不过，他现在还不知道能否抽得出时间来。我想，我们可以搞一两个小节目，比如一点音乐什么的。我们或许还可以请你忙点小忙。"

汽车在空荡荡的公路上欢快地行驶着。"非常感谢您，我很愿意去。"狄克逊说着，心想，真不知道会安排他做什么，一定得请玛格丽特帮着先搞些情报来。

见对方一口答应，威尔奇十分开心。"那就好。"他由衷地说道，"好了，现在有些学术方面的事，我想和你讨论一下。我和院长谈过这学期末的'学院公众周'活动。他希望我们历史系能积极融入进去，你懂么？而我，首先想到了你。"

"噢，真的么？"肯定有其他更好的人选适合融入进去吧。

"是的，我想，你大概愿意负责准备系里组织的晚间演讲活动，如果可以的话？"

"嗯，我倒也想试试公开演讲，只要对你对我有信心。"狄克逊鼓足勇气说。

"我想到了一个题目，叫《快乐的英格兰》，你看合适么？学术味既不太浓，也不太……不太……你觉得，你可以找些材料，顺着这条思路讲下去么？"

2

"后来,就在我感到人沉下去之前那么一点点时间,我突然觉得自己豁然了。记得,我当时死死攥住空瓶子,死都不肯放手,好像我正以这种方式,握住我最后的生命。不过,很快我觉得,自己一点不介意就这么走;我觉得有点累了。可是,如果当时有人摇摇我,对我说'喂,你不能走,你快回来',我真的相信,我自己一定会尽力争取醒过来。没有人这么对我这么说,于是,我心想:噢,算了,咱还是一了百了,算了吧,什么都不那么重要了。那真是一种非常奇怪的感觉。"玛格丽特·皮尔,瘦瘦小小,戴副眼镜,浓妆艳抹,似笑非笑地望了一眼狄克逊。他们周围,五六个人正在叽里咕噜地聊着天。

"你能这样说出来,是个好现象。"他说。见她没有回应,他就继续说:"后来发生了什么,你是不是忘了?当然,你如果宁愿永远不再想起,那就不要告诉我了。"

"不会的,只要你不觉得烦,我并不介意告诉你,"她将微笑放大了那么一点点,"不过,威尔逊难道没有告诉你,他当时是怎么找到我的么?"

"威尔逊?噢,就是楼下房间的那个家伙啊。是的,他说了,当时,他听到你的收音机声音很响,就上来抱怨。可你为什么要放得那么响啊?"玛格丽特前半截故事,令他产生的那种触动,此刻已消退得差不多了，于是，他可以更加清醒地进行思考。

她的目光，穿过一半空空荡荡的酒吧。"詹姆士，我真的不知道为什么，"她说，"我觉得，我当时曾有个想法，就是要有些声音陪着我……过去。那个房间，平时真是安静得可怕。"她微微一颤，快速地说了句："这里好像挺冷的，对吧？"

"我们换个地方吧，我听你的。"

"不必了，我没事；是刚才那家伙带进来一点冷风罢了……哦，对了，后来。我想我相当快地明白过来，究竟发生了什么，自己又在哪里，所有的一切，以及他们要对我干什么。我当时在想，哦，上帝啊，数小时、数小时地感觉不舒服，自艾自怜，叫我怎么忍受得下去？不过，我当然一直昏迷着，醒醒、睡睡，这倒是好事，真的，最后其实是好事。当我终于彻底地，额，'恢复知觉'后，最坏的已经过去，我指的是最难受的感觉已经结束。我只觉得自己虚弱极了，自然会是那样的。嗯，你都记得吧……不过，其他人对我都特别好。我原本以为，对我这样和他们没一点点关系的病人，他们会觉得受够了。我记得，当时我很怕他们去报警，并把我紧急送去一家警方医院，我当时真的非常害怕——真会有这种事情么，詹姆士？——不过，他们是一群天使，他们不可能做得更好了。现在，你又来看我，那些可怕的情节，在我看来，已经开始不太真实了。可你的脸色怎么会这么难看……"她坐在高脚吧凳上，笑得身子都侧了过来，双手紧紧抱住膝盖，一只假天鹅绒的鞋子，从她脚后跟滑落，"你看起来就像在看一场血淋淋的可怕的手术,皮肤白得像床单布……死鱼一样的眼睛……"她摇了摇头,依旧无声地大笑着,并将外面那件羊毛衫,往脖子方向拉了拉,重新遮住绿色羽毛纹花呢连衣裙的双肩部分。

"真有那么难看么?"狄克逊问她。听她这么一说,得知此刻的自己,确实和那天早晨自己的脸色一样糟糕,他反倒释然了;不过,接下来,当他打算强迫自己放胆问最后一个问题时,感觉却有些不自在了。他心不在焉地听了一分钟玛格丽特的描绘,说威尔奇夫人是如何大发善心,将她从医院接到威尔奇家中来疗养的。夫人对玛格丽特,绝对算是好到家了。但其他一些场景,如,当她和丈夫公然唱反调时,狄克逊居然会破天荒同情起威尔逊来。此刻,听别人说威尔奇夫人多么多么善良,狄克逊内心十分烦躁——他得努力克制自己固有的那份厌恶。最终,狄克逊先喝完自己的杯中酒,低声问:"如果你不想说,真的不必再说了,不过……你那事算彻底结束了,对吧?你不会再想试一次吧,能明白我的意思么?"

她迅速抬眼,目光扫视了他一下,似乎正等着这个问题。这问题终于来了,但他不能肯定她是高兴还是忧伤。接下来,她转过头,他可以看见她的下巴非常瘦。"不了,我不会去再尝试了,"她说,"我已经不在乎他了,我一点都不在乎他了,其实,两种结果都是一样的。尽管这么说,我现在想到自己竟然会那么做,真的好傻。"

这句话,令狄克逊感到,他对今晚的所有担忧,纯属愚蠢。"太好了,"他兴致勃勃地问,"他后来想要找过、或联系过你么?"

"哪有啊，他连一个电话留言也没有。就这么消失得无影无踪了。对我俩而言，他或许根本从未存在过。我猜想，他现在正和他的小心肝玩得火热呢，这他早就说过了。"

"噢，他真说过，是吗？"

"嗯，是啊，我们那位卡奇帕尔，说话一直都是直截了当。他原话是这样的，我给你学学：'我带她去北威尔士两个星期。我想，我走之前，应该告诉你一声。'噢，他的坦诚真是迷人，詹姆士，他各个方面都是那么迷人。"

她再一次转过脸去，这次，脖子上的青筋和颈根部的骨头都明显地凸了出来。他感到了一阵紧张袭来。当他发现自己无话可说时，这种感觉愈发强烈。他像是查找一段文字般的对她的脸端详了起来，留意到有几缕棕色的头发盖住了她的眼镜架脚的部位，有一道皱皮，从靠近他这侧的脸颊，一路爬升，此时已更加接近她的眼窝了。（难道这只是他的想象？）还有她那并不明显，但从这个角度看，确凿无疑的下翻嘴唇。发现没有任何开启新一轮交谈的素材之后，他便摸出了一支烟来。但就在他打算用这个举动，打破她沉默的僵局时，她却转而面朝着他，给他了一个他所熟悉的那种微笑——那种自我厌恶又故作勇敢的微笑。

她将杯中之物欢快地一饮而尽。"啤酒，"她说，"给我上啤酒。今夜还长着呢。"

招呼女招待过来上酒时，狄克逊心里估摸，自己还得花钱买多少瓶"蓝带"。为什么带薪休假的玛格丽特极少主动掏钱请他喝呢？最后，尽管他同样不情愿，还是去回想了玛格丽特大把大把吞服安眠药的那个早晨。那天，除了下午两点有个研讨会之外，他在学院里什么事也没有。而她上午十点的一堂辅导课结束之后，也是空着。在一家新开张不久、生意兴旺的咖啡店，俩人喝了七便士一杯的咖啡后，一同去了药房，因为她要买点东西。其中一样是一瓶全新的安眠药。他还能清楚记得，当时她是怎样将那个装着药瓶的封好口的白信封，丢到手提包内，抬眼看了他一下说："要是你今晚没事，我十点钟煮咖啡，你来我家坐上一个小时，怎么样？"他说他会的，意思就是，他会去她那儿的。但后来，他发现第二天的上课讲稿还没准备好。此外，当十点钟来临时，他感到自己确实不想再去听关于卡奇帕尔的事了。而就在那天傍晚，卡奇帕尔给玛格丽特来过一个电话，说他与她一刀两断了。这样，到了十点左右，她吞服了一整瓶安眠药。事后，狄克逊对自己说过不下一千次，假如他那时能亲自到场，他就可以阻止她。即使晚到一步，起码也会比那个叫威尔逊的家伙提早一个半小时，将她送去医院。后来他想，要是威尔逊那天懒得上楼去敲开玛格丽特的门，将会发生的情况，真叫他再也不敢想下去了。当晚真实发生的事，远比那天早上他担心的任何一桩都要恐怖。而他再次见到她，已是一周后在医院里了。

狄克逊将自己那四先令找回来的八便士放进口袋，将其中一只高脚杯推给玛格丽特。他俩坐在离威尔奇家不远的大型路边酒店里的橡树廊酒吧内。在酒吧座上，狄克逊感到，自己付出了昂贵的酒钱，总可以不停地吃店里慷慨提供的薯片、腌黄瓜以及那些红、绿、琥珀杂色洋葱片,来稍稍弥补一下吧。他开始品尝最后也是最大的一块腌黄瓜,心里想,今晚这么多感情纠葛都得以释放,而自己却没有被直接牵扯进去,真算很幸运了。她只字未提他最近从没在威尔奇家出现的事,没提任何令人无法回答的问题,也没进行任何令人震惊的最新表白。

"哦,对了,詹姆士,"玛格丽特手指捏着酒杯柄说,"我想告诉你,最近这两周,你做事的策略,令我非常感激。你真做得很好。"

狄克逊全身为之一震。但凡那些听起来平淡无味,甚至令人悦耳的难懂话语,往往都是大祸来临前最可信的标志,就像运金车陡然望见神秘骑士出现在前方那样。"我倒真没有想过任何策略问题。"他用毫无感情色彩的声调回答。

"呀,我是说,你一直在回避我。你是唯一肯动脑筋、猜准我心思的人。你知道我不喜欢被各种友好的关切所包围,不喜欢听那些'亲爱的,经历过那些事之后,你感觉怎样啦'这类的问话。你知道么,威尔奇的老妈妈请了一帮甚至从没听过我名字的人,前来嘘寒问暖。真是太不可思议了。告诉你吧,詹姆士,她们那些人的心肠都是再好不过了。可我总觉得,那个地方,我能早一天搬出去早一天好。"

听起来真是发自肺腑之言。他身上一些最懒、最坏的作为或不作为,往往被她用这种善意来加以解释。当然,更多情况是,他那些真正的良好姿态和关心,却被她误解为懒惰和恶意。或许,他现在应该将话题引向别处了。"老威说,你觉得不久就可以去上班,"他问,"当然,我们很快就要大考了。考前,你想回学院做点事么?"

"我想每个班级都去一次,回答他们觉得任何有价值的疑问。前提得是,想问题不会先弄蒙了他们的小脑瓜。不过,除了阅卷,我今年不打算再做什么了。要想让我真正恢复正常,那得把我搬出老威家。尽管这听起来,有点忘恩负义的味道。"她将双腿交叉,然后又放下。

"你还打算在那儿待多久呢?"

"哦,不会超过两星期,我是这么希望的。我想,暑假前无论如何我都得搬出来了。这得取决于我多快可以找到新的地方住下来。"

"那就好,"狄克逊说道,他为即将到来的更坦诚的一轮对话感到兴致勃勃,"那么,下周你肯定还会住在那儿,对吧?"

"什么?哦,老威那场艺术聚会么?对,我当然在的。怎么啦,你不会是说你也要来参加吧?"

"是啊,我正是这个意思。这是坐车来的路上提到的。咦,这有什么好笑的?"

只听见玛格丽特笑了,那声音狄克逊以前曾在心里形容成"小银铃般的笑声"。有时他觉得,她一切的日常行为,就是将人类的种种比喻,在现实生活中尽力展现出来。还没等他来得及对她感到特别厌烦,她却先来了一句:"你可知道,要你来的目的是什么么?"

"嗯,估计是要和我高谈阔论吧,我想。我要是聊起来,他们谁都不是对手。那你倒是说说看,他们有什么安排?"

她开始扳手指数了起来:"有合唱,剧本朗读,击剑舞步表演,诗朗诵,室内乐演奏。另外还会有些别的节目,可我忘了。没事,我过一分钟就会想起来的。"说完,她又笑了。

"不用麻烦了,这些已经够多了。我的个天哪,这是动真格啊。老威的脑袋终于发疯了。这不是异想天开嘛。没有人会来的。"

"不好意思,这你就说错了,广播三台的一个家伙已经答应来了。《画报》杂志社的一队摄影师们也会来。本地好些个有名的音乐家都会到场,还包括你的老朋友约翰斯以及……"

狄克逊发出了一声憋气般的干号。"这不可能!"他说道,连喝带呛地把酒一饮而尽,"不要再异想天开了,求你了。这么一大队人马,那个家,怎么塞得下啊?要么他们都睡草坪?还是……"

"老威夫人说,他们大多数人都是周日当天来。其中一些人会留宿,当然也包括你。约翰斯周五晚上就到,很可能和你同一辆车过来……"

"要我和那个兔崽子同坐一辆车,我得先把他给掐死……"

"是的,是的,我知道;不过,你也用不着这么嚷嚷。他们家一位公子也会来的,带着他的女朋友。那女孩估计会比较有趣,好像是个芭蕾舞学生,我听说。"

"芭蕾舞学生?我倒是破天荒头一次听说还有这种学生。"

"很显然,确实有的。这姑娘名叫索尼娅·露思莫尔。"

"不会吧?你怎么都知道啊?"

"过去的一个星期里,老威夫妻俩除了谈这个,别的几乎啥都没说过。"

"我可以想象得出,"狄克逊开始将目光转向女招待,"那你倒是告诉我,他们又为什么会喊我去呢?"

"他们没有特别明说。就是叫你一起来呗,我猜的噢。到时候,有的是让你做的事情,我对此毫无疑问。"

"你听好,玛格丽特,你和我一样,都很清楚,我呢,既不会唱,也不会演,我连朗读都结结巴巴的。谢天谢地,我也看不懂乐谱。但是,我知道让我去干什么。这是个好兆头。他就想考考我对于文化的反应,看看我是否适合在大学任教,明白了么?谁要是连竖笛和横笛都分不清,绝对不配知道爱德华三世执政时期,一头该死的奶牛能卖几个钱。"他一把将七八个袖珍洋葱头塞进嘴里,咯吱咯吱地嚼了起来。

"可他以前肯定也让你接触过文化圈子吧?"

"但从来没有接触过这么庞大的阵容。我的上帝,他这究竟是想啥呀?这是要成就什么宏伟大业呢,不可能全都是为了熏陶我吧?"

"他有个想法,就是在郊区文化界发表一篇文章,或是做一次广播节目。你懂么?上个复活节,他从曼彻斯特回来后,满脑子都是这个事。"

"他不会真的以为别人都肯应邀前来,是吧?"

"谁知道他究竟在想什么。不对,这很可能只是搞活动的借口罢了。你知道他是多么热爱这些东西。"

"对我来说都一样，"狄克逊一边说，一边用目光去寻找女招待的眼睛，"你得帮我留心一下，他把我扯进来的真实目的究竟是什么。这样，我就可以想出点理由推掉这个活动。"

她将手掌放到他的手背上。"你可以完全信赖我。"她的声音非常温柔。

狄克逊慌忙说："可他究竟怎么请得动 BBC 那样的电台，以及《画报》摄影记者的呢？他一定是疏通了某些关系。"

"据我所知，那两拨人马都是伯特兰或他女朋友的熟人。好啦，咱们别光谈这些。难道不能说说我们自己的事么？我们有那么多话想彼此诉说，是不是？"

"那是当然啦。"他说时，努力让声调显得充满着普普通通的友情。他掏出香烟，抽了两支，又喝下更多啤酒，开始思量玛格丽特可以随时说起这种话来的本事。他真想乱叫一声，然后夺门而逃，离开酒吧，一路奔跑，直到乘上返城巴士回家。他很感激地留意到，由于女招待就在跟前，玛格丽特暂时闭上了嘴。可她的眼神愈发散发出亲热，甚至连膝盖也开始挪过来，触碰他的膝盖，不断地升温着彼此之间的气氛。他将目光转而朝上，盯着吧台上方的挂钟看。瘦长的秒针，匀速围绕着钟盘圆心转动，让人产生了一种时光不断飞逝的假象。其他两根指针则一动不动指着九点过五分。

接过找钱时，狄克逊细细打量了那位女招待：身材高大，皮肤黝黑，上唇细薄，双眼略有些紧凑。他感到，自己是多么喜欢她，与她的情况有多么相似；而如果她真能认识自己，她一定也会非常喜欢自己，一定也能和自己非常谈得来。他用了最慢的速度，将找头放进口袋，拈起一个别人留在吧台上的香烟壳晃晃，发现里面空空如也。他的身侧，玛格丽特沉重地叹了口气，这毫无例外地预示着最可怕的表白就要来了。她一直等到他不得已将目光重新转回她身上时，才说："今晚我们在一起是多么亲近啊，詹姆士。"她的另一侧，一个胖男人立即转过身来，盯着她看。"一切隔阂都消失了，对么？"她问道。

遇到了这个无法回答的问题，狄克逊直直地看着她，缓缓地点了点头，内心有点希望，在这无形的生活剧场里，在某个看不见的角落，有观众会给他的表演报以热烈的掌声。他真他妈的想将内心深处的愤怒和鄙视，借着烈酒狂饮下肚，并借助这种方式发泄出来，好让自己能像条蠕虫，有效挣脱掉那所谓的责任感的束缚。

最后，她终于垂下眼帘，似乎低头寻觅她那杯啤酒中的杂质。"这个希望，看上去有点遥不可及了吧。"她又静默片刻，继续用那种轻快的语调说，"可是，我们难道不能去一些更……更加私密些的地方坐坐么？"

用狄克逊的话来说，这是个"非常好的主意"，于是，他俩穿过那开始拥挤起来的酒吧，挪到一个空荡荡的角落。坐下之前，他说了声抱歉，径直去了洗手间。

出了酒吧，他对自己说，如果能放下这双重哈巴狗的身份，立即离开这是非之地，那该有多痛快啊——给威尔奇打个电话,狠狠骂他一顿,然后将事实简明扼要地陈述给玛格丽特听——整个流程五分钟足矣。接着,他就可以去收拾几件衣服,乘上十点四十的火车,直奔伦敦。当他站立在昏暗的洗手间,眼前又难以忍受地出现了他入职后总也挥之不去的一幕幻景。他好像是在一间幽暗的屋子里,目光穿过无人的街衢,落在同样黯淡的暮色天边,一排烟囱帽管,似乎是张铁皮剪影画。两片小云朵,从右缓缓飘向左。这景象不纯粹是视觉的,因为他那时就有种感觉,似乎耳朵里能听到些许轻微但又无法辨认的声音。梦境中,他毫无根据,却又坚定地认为,有个人就要进入他所站立的那间屋子了。那人在这影像的世界里分明认识,但不是他生活中的熟人。他自己肯定住在伦敦的某处,但同样肯定的是,他从未去过那里。到目前为止,他整个一生,只在伦敦待过十几晚。所以狄克逊纳闷,为什么这昙花一现的场景,会让他离开郊区去伦敦的这个念头,变得如此强烈、如此的特别呢?

他心事重重地从洗手间出来,门也忘了关。这门上装有压缩空气延迟装置,但储气罐上的螺丝不晓得给哪个喝醉酒的家伙拆了,结果,门突然关了,差点打疼他的脚后跟。在这短而狭窄的通道里,那声音就像是放了一炮。他似乎听到酒吧里传来一声嘶哑的惊叫。现在就是冲上街头,再也不回来的最佳时机。不过,经济上的拮据和同情心的呼唤,合二为一,成为强大的压力,最后,再加上恐惧心理,这三者变得无敌了。他推开亮闪闪的大门,再次回到了橡树廊酒吧里。

3

"不好意思,狄克逊先生,能耽搁您一分钟时间么?"

狄克逊做出个被人从身后开了一枪般的苦脸,停住,转过身来。他上完课,刚要离开学院,步履是那么的匆匆。"怎么了,米切先生?"

这位学生米切,是个留着小胡子的退伍军人。当年狄克逊还是苏格兰西部皇家空军中的一名下士,此人就已经在意大利安齐指挥坦克部队登陆了。今天,他在传达室旁遇上了狄克逊。和往常一样,他的态度有点鬼鬼祟祟,不过狄克逊从来就没搞清过这背后的玄机。他等了一会儿,问:"您那份教学大纲写好了么,老师?"他是狄克逊所知的唯一用老师这个尊称来同教员说话的学生。

"噢!对的,那份教学大纲。"狄克逊一边说,一边拖延着时间,因为他还没有写好呢。

米切假惺惺地认为,他的这个问题需要用更多的词汇来说清楚,于是又问:"老师,您知道,就是关于您明年特别课题内容的那份提纲。您曾说过,要将这提纲分发给优秀学生,您还记得吗?"

"啊呀,怪了,我倒还真记得自己说过这话。"狄克逊答道,暗自镇定了一下,他绝不能与米切为敌,"那份东西就在我家,不过我还没拿去给打字员印出来。我会尽快争取下星期上半周弄好给你,你看行么?"

"老师,那样就完美了。"米切献媚般的回答,小胡子随着他的微笑而往后缩。他目光盯着狄克逊,开始沿着车道往下走,看上去像是想同他一起离开学院。一只公文拎包,塞满了周末的阅读资料,在他手中缓缓晃荡着。"不知道什么时候,我有幸可以上您办公室取提纲呢?"

狄克逊不再固执,任凭米切将他领到了马路上,说:"只要你肯来。"气愤的烈火在他的头脑中升腾,那感觉,如同烤架下被遗忘了的一片吐司面包。编写提纲这事,当然是威尔奇的主意。历史系优秀生们拿到提纲后,就可以自行决定是学习这门新课,还是继续上系里其他老师教的老课。而这门课程的考试,也被列入毕业八门必考科目之一。显然,在一定合理数量内,越多"感兴趣"的学生前来听狄克逊的课,对狄克逊说来就越有利;同样明显的事实是,如果"感兴趣的"学生数目过于庞大,意味着威尔奇自己特别课题班上的学生数目,就会相应减少,少到了一定程度,威尔奇就会很不开心。优等班共有十九名学生,教员六名。这样,狄克逊估算,自己能分到三名学生的话,应该是个很保险的人数。到目前为止,除了脑海中不停地痛恨之外,狄克逊为自己这门特别课题所做的一切努力,仅仅局限于争取班级里最漂亮的三名女生来上这课。其中一名是米切的女朋友,米切本人,则受到狄克逊的不懈排挤。本身就对米切敬而远之,加之他最讨厌别人下班后来提上课的事，此刻的狄克逊，心情有多糟糕，那真是可想而知。

"老师，如果不介意的话，我想知道，您提纲的中心思想是什么呢？"当他俩从坡上拐弯走到学院路时，米切发问了。

狄克逊确实不介意，但他只是说了声："嗯，我觉得重点应该是有关社会方面的，就是那些。"他努力阻止自己回忆起他那特别课题的官方名称"中世纪的生活和文化"。"我想，我或许可以这么开始，比如，讨论一下大学在……社会中所扮演的角色。"他知道这话说了等于没说，因而内心得到了些许慰藉。

"这样看来，您并不想分析中世纪经院哲学，我理解得对么？"

这个问题恰好解释了狄克逊绝对不能让米切尔来上课的原因。米切尔知道，或者说他看起来知道的东西，实在是太多了，这是桩坏事。起码，他知道，或者说，他看起来知道有经院哲学这回事。而恰恰正是这个词，狄克逊曾读过、听说过甚至自己也用过十几次，他看上去理解了这个词，其实他根本就不明白。可是狄克逊心里清楚，一旦米切在他班里，对这个词或是类似的数百个这样的词进行发问、讨论、争论的话，他就没法继续装出看起来知道这个词的那副模样了。米切因而可以，或者说看起来可以，在毫无警告的情况下，一遍又一遍地让他出洋相。尽管狄克逊也能比较容易地通过一些专业问题，反过来找他的岔子，比如：某篇还没有上交的论文什么的，但他并不情愿那么做。他有一种近乎迷信的思想，觉得米切坚持想上"中世纪的生活和文化"课，目的纯粹是出于他对自己的鄙视，想要将自己整垮。因而，他必须将米切挡在门外。不过呢，不能因他罪有应得而施以拳脚，而是应当运用微笑和遗憾这样的手段。这就是此刻狄克逊为何回答说："哦，不，不是的，我很遗憾，从那个角度来看的话，并没有什么实质性的内容可讲。很抱歉，我还没有资格去谈论先哲司各特或阿奎那。"或许他应该说圣奥古斯丁？

"要是能研究一下对经院派学者的庸俗贬低和世俗化改造，以及对人类生活所造成的影响，那一定是非常有趣的。"

"噢，同意，完全同意。"狄克逊说着，他的嘴唇开始抖动了起来，"但那是哲学博士的研究课题，你难道不觉得，这对于基础课程来说，太过深奥了吗？"

米切花了一些时间，阐明了自己对这个问题正反两方面的看法。所幸的是，他没有继续提问下去。狄克逊口头表示，他很遗憾，这么个有趣的讨论即将结束。随后，他俩在学院路走到尽头时，终于分道扬镳，米切回他的学生宿舍，狄克逊则回他的寓所。

狄克逊急匆匆穿过一条条小街，此刻尚未到下班的钟点，那里还都是空空荡荡的。他想到了威尔奇。倘若威尔奇并不想留他做讲师，那他会不会还让自己开设这门特别课题班呢？要是将威尔奇换成任何一个其他名字的话，答案都将是否定的。但保持那个姓名原封不动，问题的结果就难以预料了。就在上周，也就是特别课题班这事提出一个月后，他听到威尔奇和教育系教授在谈论他想找的那种"理想的年轻教师",狄克逊听后,足足有五分钟浑身感到不适;而后,威尔奇过来找他,用完全坦诚的口吻,告诉他明年应当如何对待那些考试通过了的学生。想到这儿,狄克逊将两个眼珠对成了斗鸡状,又吸气将腮帮子缩进去,显出肺痨病人的憔悴模样,一边大声呻吟,一边穿过阳光普照的街道,来到自己寓所的前门。

在那黑色盘花的衣帽架上,放着两本期刊和一些信件,都是邮差今天第二次送来的。一只打好字的信封,里面有些东西是给学院英语系教员阿尔弗雷德·比斯利的;另一封是比狄克逊年长几岁的 W. 阿特金森的,浅黄牛皮纸的信封里,装着足球赛的赌注单据;还有一封,正面的字也是打出来,是给"J. 狄克逊"的,盖有伦敦的邮戳。他犹豫了一下,拆开。里面是一张从记事本上匆匆撕下来的纸,用绿色墨水钢笔歪歪扭扭写的几行字。写信人没有说其他客套话,而是直接宣称,自己很喜欢那篇关于船舶制造的论文,并说会在"不远的将来"予以发表。署名为"L.S. 卡顿"。

狄克逊将阿特金森的毛皮帽从架子上取下,带到自己的头上,在狭小的前厅里小小地来了一段舞蹈。现在,威尔奇想要炒掉他,可就不是那么容易啰。就算不考虑那一层,这也是个好消息,各方面来说,都是令人振奋——说不定那篇文章还真有些优点。不,那样想太过分了。不过,话又说回来,这的确说明,那文章是合适的。一个人如果在一篇文章中写了很多合适的内容,今后他就完全有可能写出更多合适的内容来。他会非常高兴把这事告诉玛格丽特的。把帽子重新挂回原处,他又懒洋洋地扫了一眼那些期刊。期刊是学院办公室工作人员、那位业余吹双簧管的伊凡·约翰斯订的。其中一本的封面上,清晰地印着某位现代作曲家的大照片,有理由相信,此人正是约翰斯的偶像。此刻,一个念头闯进了狄克逊的脑海中,而他的大脑,在这种欢欣的状态下,很容易就接受了这个想法。他站着不动,聆听片刻,然后蹑手蹑脚溜进了餐厅。那里的桌面已铺好,等着人来喝下午茶。狄克逊拿起一支粗芯铅笔,迅速而又仔细地修改起作曲家的照片来。下嘴唇被改为一排歪歪倒倒的黄牙齿,更下方又被加上一片新的下嘴唇,比原先要厚许多,耷拉在底下;双颊上平添了两道决斗后留下的刀疤,如同牙签一般粗壮的鼻毛,从开阔的鼻孔中弹出;双眼睁得很大,有点"斗鸡",胡乱地长到了鼻梁上;他令其下巴轮廓上长出一圈络腮胡子后,又在额头上弄出一道茂密的刘海。他继续给填上中式的八字胡须,以及海盗的耳环后,刚把这书放回架子上,突然有人从前门进来了。他跳回餐厅,侧耳再次倾听。过了几秒钟,当一个声音同样用北方口音喊道"科特勒小姐"时,他微微一笑。这口音和他略有不同,他偏西北口音,对方偏东北。于是,他走了出来,打了声招呼:"你好,阿尔弗雷德。"

"啊,你好呀,吉姆。"比斯利此刻正急着拆他那封信。狄克逊身后那扇门开了,露出房东科特勒小姐的脑袋。她张望了一圈,看看这里有谁,有几位。看清楚之后,她微笑着又将脑袋收回到门背后。狄克逊转向比斯利,比斯利边读信,边皱着眉头。

"一起喝点茶?"

比斯利点了点头,递给狄克逊一张油印的纸。"这就是我这周末要带回家的好消息。"

狄克逊读到,比斯利的应聘申请被婉言谢绝,并说那个岗位 P. 奥尔德姆先生已捷足先登了。"噢,你运气是不好,阿尔弗雷德。不过呢,总还有其他机会的,对不对?"

"很难说,十月份估计要废掉了。时间已经很紧张了。"

他们在茶点桌旁各自坐下。"你下决心走人啦?"狄克逊问道。

"只有这样才能逃脱老卓别林的魔爪。"这是比斯利对他的教授的惯用称谓。

"这么一说,我想,你确实是死心了。"

"对的。你在老威那里有没有什么新进展?"

"没有,没有直接的进展,但我刚得到一个小小的好消息。卡顿那家伙收下了我的稿子,就是那篇写造船的。"

"那确实不错,嗯。什么时候登出来?"

"他没说。"

"噢?信在你手头么?"狄克逊递给了他,"嗯,看看,这人的纸笔什么的,非常不讲究嘛。我明白了……要我看啊,你还需要有更加明确的信息才行,不是么?"

狄克逊的鼻梁猛一发力,将眼镜架抬回到正常位置,这是他的一个习惯。"我还需要么?"

"啊呀,我的上帝啊,吉姆老朋友,你当然需要啦。像这样一份措辞含糊的东西,对谁都不管用。或许要过两年才能登出来，那都算你走运。不行，你得和他敲死一个日期，然后再把这事作为一份真实的证据，拿去给老威看。记住我的忠告。"

狄克逊不能确定，比斯利这一席话是否正确。或许是他自己失望在先，故而这么说吧。就在他打算敷衍一句的时候，科特勒小姐托着一盘茶点进来，她硕壮的身躯穿着众多黑裙子中的一件，此刻衣裙散发出柔和的光。她步履坚定而轻盈，目光略略低垂，一双紫红色的大手训练有素，每次静静地往桌面放上一件物品，她的嘴角都会轻轻地动一下，鼻孔都会喷一口粗气，这一切都让人们很难在她面前彼此聊天，除非是同她聊。家政服务退休后，她转入长租公寓服务行业已经好多年。尽管她有时也会露出房东太太的那种特有神色，但当她上茶端饭时，依然可以令最严格的女主人感到满意。狄克逊和比斯利跟她说了几句话，和往常一样，最初得到的回应只是几下点头。当托盘已空荡荡的时候，聊天这才算开始。结果半路又被突然进来的保险推销员、前陆军少校比尔·阿特金森给打断了。

这人个子很高，皮肤黝黑，他沉沉地往桌子端头一坐。科特勒小姐一听他说要点"合适的东西"，吓得慌忙跑出去拿。他仔细端详了一会儿狄克逊，后者对他说了句："你今天挺早啊，比尔。"弦外之音似乎对他的身体力量或是忍耐程度有那么一丝挑衅的意味。阿特金森则对自己信心万丈，他的头点了二十到三十下，那发型从中央分开，胡须像把长方形的梳子，整个人看起来，像是上古时候的某位凶神。

茶点继续进行，阿特金森很快也参与其中，但始终超然于聊天之外，因为话题还是狄克逊的论文以及论文可能被发表的日期。到最后，比斯利终于问了句："你这文章写得到底好不好呢？"

狄克逊吃惊地抬头看着他说："好不好？你说，怎么叫好呢？好？"

"嗯，就是它得超过那些史实准确、足以发表的东西吧？就是水平要超越那些可以帮你保住饭碗的东西吧？"

"我的天哪，没有超越。你不会觉得我把写这篇论文真当回事了，是不是？"狄克逊注意到，阿特金森浓密的睫毛下面，双眼正盯着自己。

"我刚才只是想了一下而已，"比斯利说着，取出那根用镍圈箍的弯烟斗，正如棚架上需要爬点植物来装饰，他也想用烟斗来增添几分自身的魅力，"我当时觉得，我那么想可能是对的。"

"不过，认真点，阿尔弗雷德，你不会觉得我当真应该更加严肃地对待这件事吧？你是这个意思吗？"

"我什么意思也没有。我只是在想，你当初选择受这个活罪，究竟图个啥？"

狄克逊犹豫了。"可我好几个月前就同你解释过，告诉过你，不那么干，我在学校就是一无是处，什么都不行。"

"不，我的意思是说，你怎么会成了个中世纪史学家啦？"比斯利划了根火柴，他那大老鼠般的面孔，此时摆出一副皱眉的神情，"你不会介意吧，比尔，是不是？"没有得到任何回应后，他在抽两口烟的间隙，又来了一句："你看起来自己都不太喜欢这个题材，对吗？"

狄克逊试图笑出声来。"是的,我不太喜欢,我怎么可能喜欢呢?是啊,我为什么,就像你说的,成了个中世纪史学家?这是因为中世纪文献研究在莱斯特大学是最轻松的课程,于是乎,我就选了那个专业。后来,当我应聘这里的工作时,我自然而然就将其作为我的最大卖点,毕竟对于专项研究的热情,会给人留下好印象的吧。这也就是为什么是我得到了这份工作,而不是那个牛津毕业的聪明小子。当时在面试会上,他一直高谈阔论现代解释学派的理论,结果自讨苦吃。可我怎么也没想到,最后我会成天泡在中世纪里,除了中世纪,还是中世纪。"他抑制住自己想要抽支烟的冲动,毕竟,下午三点十五分那会儿,他已经将规定自己应该五点钟抽的那支烟给抽掉了。

"这下我明白了,"比斯利吸了吸鼻子,说道,"我以前不知道这回事。"

"你难道没有注意到,我们的专业,恰好都是我们最痛恨的东西么?"狄克逊问。然而,比斯利悠闲地在抽他的烟斗,早已放弃谈论这个话题了。狄克逊关于中世纪的个人观点,看来不得不等待将来另一个场合了。

"哦,好啦,我得走了,"比斯利说,"祝你和艺术家们玩得开心,吉姆。千万不要喝醉酒,然后把你刚才和我说的这些都告诉老威,记得了么?再会,比尔。"最后一句问候,还是没有得到阿特金森的任何反应。于是,他直接出去,门都没有随手关上。

狄克逊说了声再见,停顿了一下,来了句:"噢,比尔,我想请你帮个忙可以吗？"

这次回应来得出人意料的迅速。"要看是什么样的忙了。"阿特金森不屑地回答。

"就是这个周日，十一点左右，能帮我拨一下这个电话号码么？我应该会在那里，聊一些天气之类的话题，但如果我那时不能……"他听到门外似乎有个微弱到无法辨别的声音，于是顿了一下。什么也没有听出来之后，他接着说道："如果你打电话找不到我，不管是谁接的，请告诉那个人，就说我父母突然来了，让我立即回去。喏，这里，我将所有的都写下来了。"

阿特金森抬起他那对浓密的眉毛，研究起眼前这个信封的背面，似乎这上面是某个著名棋局的错误棋谱。他爆发出那种野蛮人般的笑声，瞪眼看着狄克逊的脸。"你这是活不下去了，还是怎么得了？"

"这是我们一个教授的艺术周末活动。我必须现身。但得整个周日都在那里，这我真的做不到。"

阿特金森一句话也没说，而是首先环视了一圈屋内，这是他做事的风格。他对于感官接触到的一切都很厌恶，而且他的厌恶感，不会因为变得熟悉而淡化。狄克逊对于这种派头，非常欣赏，非常尊敬。最后，他发话了："我明白了。我会很乐意帮你这个忙。"他说这话的当口，又走进来一个人。这次是约翰斯，手里拿着他的期刊。狄克逊一眼瞅见他，心弦一阵微颤：约翰斯行事向来隐秘，善于偷听，同时他也是威尔奇的好友，尤其是得到了威尔奇夫人的赏识和信任。他内心问自己，刚才他给阿特金森布置任务时说的那番话,是否已经给约翰斯听去了大部分。狄克逊紧张地冲着约翰斯点了点头,对方那猪油白的面孔上毫无反应。而当阿特金森向他打招呼说了声:"你好,小子!"他的面部表情依旧保持着纹丝不动。

狄克逊下定决心,要避开与约翰斯同车,自己乘公共巴士去威尔奇家。于是,他站起身,心想,应该给阿特金森某种暗示,提醒他一下。但他什么也没有想出来,只得就这么离开了餐厅。他走的时候,听到身后阿特金森对约翰斯再次说话了:"坐下,说说你的竖笛的事吧。"

几分钟后,狄克逊拎着个小箱子,匆匆穿过几条小马路,前往巴士汽车站。在主干道拐角,顺着往下的斜坡路,眼前的景象一览无余:一片片办公楼、时尚服装、裁缝店、公共图书馆、电话亭、新电影院扑面而来,就连最后剩下的一些零星民宅和小杂货店铺,都将很快被吞没,被更新。再过去,就是市中心更高的建筑群了。正中央最高点,是那瘦锥形的教堂尖顶。这里和那里之间,电车和无轨巴士一路轰鸣着来来往往,一串串小汽车,转弯、直行、聚拢、散开。人行道上相当拥挤。狄克逊穿过大马路,看着眼前生机勃勃的场面,他也精神焕发了,脑海的某个角落,升腾起一种无法言喻的兴奋。没有任何理由相信,这个周末,除了那些意料之中的乏味,加上一些意料之外的无聊,还能有什么好东西。但在此时此刻,他真的相信奇迹。他的稿子被采纳,这或许意味着,自己渴慕的好运,终于要来了。他真会遇上一些有趣的、谈得来的人。就算没遇到，他和玛格丽特也可以海阔天空，尽情谈论那些人。他必须让她感到开心，越开心越好，在大庭广众之下，这个任务相对还是比较容易的。他的手提箱里，放着本薄薄的诗集，那是位他自认为功力相当差劲的当代诗人所写的。当天早上，他买下这本书，以此作为一份毫无缘由的礼物，送给玛格丽特。这种惊喜，与那份爱的表达，以及诗集本身所蕴含的恭维意味，会很好地融合在一起。尽管，当他想到自己在扉页上题下的字句时，心里又习惯性地颤抖了一下，但他此时的极好状态，足够镇住那种恐慌的感觉。

4

"当然啦,这种音乐形式,并不适合公开表演,你们明白么?"威尔奇边说着,边将歌谱分发给大家,"它的乐趣,全在于歌唱。每个人都会有真正的旋律——真正的旋律,"他咆哮着重复道,"的确,你们也可以说,多声部音乐形式,在它当时的年代,确实发展到了最高峰,后来也确实一路在倒退。这一点,你们只要看看歌曲中的各个和声部分,比如《信徒精兵歌》,这首赞美诗是个典型的……典型的……"

"老威啊,我们都在等着呢。"坐在钢琴边的威尔奇夫人发话了。她弹了一段慢速琶音,随后踩下踏脚板,保持住回声,问道:"大家都准备好了吗?"

歌唱者们开始了,只听见一阵催人欲睡的哼鸣,充斥围绕在狄克逊上方的空气当中。威尔奇夫人也加入进来,登上了他们家音乐室那端头上临时搭起来的矮舞台,立于另一位女高音玛格丽特的身边。一位身材矮小、棕色头发所剩无多、看起来有点惊慌失色的妇女,是全场唯一的女低音。而紧贴着狄克逊身旁的那位,叫塞西尔·哥德史密斯,是学院历史系里他的一位同事。此人的男高音,尤其是过了中央 C 这个音高之后,极富野性的力量。身边的狄克逊,无论被迫努力着发出任何声响,都被他的声音掩盖得一干二净。而他身后侧,是三位男低音，其中一位是当地作曲家，另一位是偶尔会被城市交响乐队拉去凑数的业余小提琴手，第三位就是伊凡·约翰斯。

狄克逊将目光沿着五根线和小蝌蚪一路扫过，那些蝌蚪似乎在上下游窜。他内心安慰自己说，每个人都会一直不停地唱下去的。就在二十分钟之前，他刚刚遭遇一个挫折，一曲勃拉姆斯创作的鬼玩意，开头十秒钟左右，居然是无伴唱男高音——这事实上就成了哥德史密斯的无伴奏独唱。此人在复杂诡异的间歇处，声音居然两次戛然而止，结果，就只看见狄克逊的嘴巴，无声地时开时合。此时，他学乖了，小心翼翼地跟着哥德史密斯的哼鸣音唱。嗬，他发现这样的效果还挺不赖。这帮人为什么直接把他赶上这舞台，安排好位置，往他手里硬塞上这叠歌谱，而不事先问一问，他是否愿意参加呀？

威尔奇那患有关节炎的食指一抖，无伴唱合唱就开始了。狄克逊一直保持脑袋低垂，嘴巴能少动尽量少动，要点就是看上去在动就行，他的眼睛和大家一样盯着歌词："我用真情觅真情，谁能拨动我心弦，"他读道，"结果发现她表白，全然是背叛与谎言。可我问她为什么……"他朝玛格丽特看了一眼，看见她正在欢快地歌唱——每到冬季，她常常出来参加当地保守党协会合唱团的演出——狄克逊心想，他们俩人各自的处境和性格，必须做过多么天翻地覆的调整，才能符合这首无伴奏合唱的歌词呢？她确实对他做过表白，或者说是声明也行，说不定歌词作者正是那个意思。但如果作词家真指的是"拨动心弦的爱"，那狄克逊从来没有上玛格丽特那儿去"寻觅"过。

或许他应该去寻觅一下：毕竟，人们一直都在寻觅着。唯一可惜的是，她真心长得不好看。就在这几天吧，他总应该去尝试寻觅寻觅，看看究竟会发生什么。

"但是到了后来，他们都会否认，会说都是玩笑，没有任何佐证。"哥德史密斯用他那雄壮响亮的歌喉唱道。这是最后一句歌词了；狄克逊在威尔奇手指依旧高举时，口型保持张开状态，然后，当他看到那根手指往旁侧一挥，便赶紧闭嘴，并学他见过的那些歌唱演员，将脑袋轻微摇晃了一下。大家看起来对这歌曲的表演都非常满意，兴致勃勃地等着再来一首类似的曲目。"接下来，听好，接下来一首音乐形式，被称为芭蕾。当然啦，不是我们熟悉的那种同名的……其实，这首曲子相当有名，叫《现正是五月光阴》，好，请大家都……"

狄克逊的左侧，突然响起一声由鼻腔中发出的笑。他目光转过去，看到约翰斯那猪油白的脸上，露出了一丝奸笑。他那短睫毛下的大眼睛，正死死地盯着自己。"有什么好笑的？"他问。就算约翰斯是在嘲笑威尔奇，狄克逊也已经准备好站在威尔奇这方了。

"你一会儿就知道了。"约翰斯说。他继续看着狄克逊。"你一会儿就知道了。"他重复了一遍，继续奸笑着。

结果一分钟不到，狄克逊就明白了，完完全全地明白了。这首和前面不同，不是分四个声部，而是有五个。其中，从上数下来的第三、第四行，同时有男高音第一声部和男高音第二声部两种歌唱旋律；不仅如此，第二页开始，歌词中出现了不少极其幼稚的"伐啦啦啦"的歌词，各声部都有无数各自的停顿。在这种情况下，就连威尔奇的耳朵，都可能听得出某个声部根本没有声音唱出来。半小时之前，狄克逊刚刚说自己可以"勉强唱谱"，现在要去解释刚才说错了，已为时太晚。就算把他挪到男低音声部里去，也来不及了。除非他此刻立即发上一阵羊癫风，否则真是在劫难逃了。

"吉姆，你最好唱第一男高音，"哥德史密斯说，"第二男高音曲调有点不好弄。"

狄克逊无声地点了点头，几乎没有听到约翰斯后来的笑声。他还没来得及叫出声来，钢琴过门已经结束，合奏哼鸣也过去了，转眼就是分声部演唱。他鼓起腮帮子开始了："女伴儿将同往，跳舞在草地上，伐啦啦啦，伐啦啦啦啦啦啦啦……"但威尔奇已停住了手指的挥舞，将那根指头定在空中。音乐全部停止。"喂！男高音们，"威尔奇开始发话，"我好像没能听到……"

房间的另一头，有人乱敲了一阵门，随后，房门一下子开了。走进来一位高个男子，身穿柠檬黄色运动外套，三只纽扣都牢牢扣着，下巴处相当繁茂的大胡子，歪歪地低垂下来，刚好将那藤蔓花纹的领带遮去了一半。狄克逊兴致高昂起来，他猜想，这一定是和平主义画家伯特兰。他要陪女朋友回趟家的事，从茶点开始，每隔几分钟，就被威尔奇敲锣打鼓般的宣告一回。他们的来临，或迟或早，一定会让人难受，但此时此刻，却成了天赐良机，冲掉了刚刚那阵灾难般的合唱效果。狄克逊还在沉思之中,老威尔逊夫妇却已离席,走去迎接他们的儿子了。随后,其他人也都三三两两、说说笑笑地走过去欢迎,大概都觉得,这样休息一会儿也挺好的。狄克逊则愉快地点燃了一支香烟,发现自己身边空荡荡的:业余小提琴家已经缠上了玛格丽特;哥德史密斯和当地作曲家正打算和哥德史密斯夫人卡罗尔聊天,他夫人用一种令人羡慕的坚决态度表示,自己只想坐在靠近火炉边的扶手椅上听大家演唱;约翰斯在钢琴上练着指法技巧。狄克逊往屋子的另一端走去,穿过一簇簇的人,最后靠在门旁边的墙上,那里恰好放着一排书架。他将自己置身于此,享受吞云吐雾的快乐。仅几秒钟之后,他便从这绝佳位置,非常清晰地看到伯特兰的女朋友缓缓而犹豫地走了进来,毫不引人注目地站在了屋内。当然,只有狄克逊正在看着她。

仅仅又过了几秒,狄克逊已经看到了他想要看到的一切细节:头发金黄,短而笔直,棕色眼睛,没涂口红,嘴唇狭小,双肩宽大,胸部饱满,腰肢纤细。她身穿清纯自然的酒红色灯芯绒裙,无花纹的亚麻布上衣。她的出现,似乎是对他的固有习惯、标准、抱负的轰天一击:让他的脑海里永远烙上了那种自知之明的感觉。他早就觉得,这样的女人只会被伯特兰这样的男人拥有,除了在伯特兰这种人身边,他自己平时连看都看不到。他这种观念由来已久,已经不再令他感觉不公平了。包括玛格丽特在内,那个层次的庞大女性群体,命中注定是他今后娶妻的选择范围:那些女人,要是想去吸引男人的话,通常都会表现出演戏一般的弄巧成拙——过于紧身的短裙，弄错颜色的口红，或者说根本没涂口红；甚至连一个神态不对的微笑都会使她们身上仅有的光斑破碎，令人感到永无挽回之可能。不过，挽回的机会还总会再来：一件新买的毛衣，多多少少会让那双大脚显得略微小巧了些；花了很多钱后，蓬乱的头发终于焕发出神采；而两大杯啤酒下肚，谈起伦敦的剧场或是法式的美味，那种迷人的感觉，又会悄然而至。

这女孩转过头来，发现狄克逊正盯着自己看。他的横膈膜因害怕而收缩；她动弹了一下身子，放松站好，像士兵听到了"稍息"的指令。他们相互对视了一会儿，后来，正当狄克逊的头皮开始发痒的时候，传来狗一般的嚎叫声："啊，亲爱的，你在这儿啊；如果不介意，请往这边来，让我给大家介绍介绍吧。"伯特兰大步流星在屋内走过来找她，顺便抛给狄克逊一个冷眼。狄克逊对此很不满意，他内心里要求伯特兰给自己道歉，而且是极其谦卑的道歉，请求原谅他突然从这里冒了出来。

狄克逊看到了伯特兰的女朋友之后，心情非常沉重，以至于不想被介绍去认识她，所以一度躲开了。随后，他走过去，开始和玛格丽特以及那位业余小提琴家聊了起来。伯特兰是全场的中心，他的话又长又多，当中不断地哈哈大笑；他那位女朋友则专注地看着他，似乎他随时都会让她将故事内容浓缩后重新复述一遍似的。咖啡和蛋糕，本来是晚饭时用的，此刻被端了上来。吃吃喝喝，再和玛格丽特聊聊天，叫狄克逊一刻不得闲。忽然间，威尔奇朝他走来，对他莫名其妙地说："啊，狄克逊,一起过来吧,我想让你认识一下我的儿子伯特兰和他的,他的……你过来呀。"

狄克逊,由玛格丽特陪在身旁,很快面对着威尔奇希望他会一会的那两位。此外,伊凡·约翰斯也在那里看着他。"这是狄克逊先生,这是皮尔小姐。"威尔奇一边说着,一边将哥德史密斯拉走了。

就在大家快要冷场时,玛格丽特开口道:"威尔奇先生,你这次要住这儿很久吗?"狄克逊非常感激她在旁边,因为她总有要说的话。

伯特兰的下巴正在稳健地咀嚼着一块刚才险些滑到地上的食物。他接着嚼了一阵,思考了一会儿。"我不确定。"他终于说了,"经过思考,我觉得这种不确定很有必要。在伦敦有各种各样的事务等着我去亲自处理。"他的嘴在大胡子深处微笑起来,他的手也开始从大胡子那儿,将屑末捋到地上,"不过,来到这里,知道文化传承的火炬,依旧在乡下熊熊燃烧,这令我感到非常愉快。真叫我放心了。"

"你的工作如何啦?"玛格丽特问。

伯特兰对此哈哈一笑,转向他的女朋友。女友此刻也在笑,她发出一种非常好听、非常有乐感、很类似玛格丽特那种小银铃般的笑声。"你是问我的**工作**吗?"伯特兰重复了这个词汇,"被你这么一说,好像我的工作是传教活动一样。当然,我们的一些朋友确实不反对这样来形容他们的劳动。比方讲,弗雷德。"他对着自己的女友说。

"是啊，或者说奥托也行吧。"她回答道。

"奥托那是绝对的。哪怕他工作起来不像，但他看起来，活脱脱就是一名传教士。"他再度大笑起来。他的女友亦然。

"你的工作具体是什么呢？"狄克逊毫无表情地问。

"我是个刷油彩的。不，啊呀，不是刷房子那种，不然我早就钞票一大堆，现在就可以退休啰。不，不，我是刷油彩画画的。不过呢，我不画工会或市政厅的宣传画，我也不画裸体女郎，要是那样，我现在就得被成堆的钞票压垮啦。不，不，不，我的工作只是画画，画画而已，纯粹是画画，或者按照我们的美国朋友的说法，就是，'画画，句号'。那你又是干什么工作的？当然啦，总得说声你介意我这么问你吗？"

狄克逊犹豫了。伯特兰刚才那段话，除了最后一句提问，很显然已经练到滚瓜烂熟，熟能生巧了。其效果，是一种令他感到无法相信、无以形容的厌恶。伯特兰的女友此刻正用一种审问的眼光盯着他看，她那两弯比她的头发颜色更深的眉毛，已抬了起来。此刻，她用那种相当深沉的语调说："就满足一下我们的好奇心吧。"伯特兰的眼睛，不像平常人那样有凸型的弧度，这时也对准了他。

"我是你父亲的一个下属，"狄克逊告诉伯特兰，内心暗自告诫自己，一定不能流露他被冒犯的感觉，"我就在他们历史系，教中世纪课程。"

"真是美妙，真是美妙啊！"伯特兰说道。他女朋友问："你很享受你的工作，对么？"

狄克逊留意到，老威尔奇不知何时，已重新回到他们当中，他正一个个的脸庞看过去，显然是想瞅准机会，加入到这段谈话中来。狄克逊下决心不惜一切代价，绝不给他这个机会。于是，他平静而又快速的回答："嗯，当然啦，这份工作有它独特的吸引力。但我看得出，也许它还是缺少那种魅力，如果是比起……"他转向女孩，"你所擅长的那个领域。"他必须让伯特兰清楚，自己和他一样，完全可以将她引入彼此对话当中。

她迷惑地抬眼望着伯特兰。"可我还没注意到有什么魅力来敲过我的门……"

"但那一定会到来的，"狄克逊说，"我知道，肯定这需要大量艰苦努力的训练。但是，芭蕾，这么说吧，"他毫不理会玛格丽特给他的暗示提醒，"注定和那无穷的魅力相联系。就这一点，我呢，一直都是非常理解的。"他说这些话时，一边给伯特兰一个友好的微笑——那种充满善意的妒忌微笑，一边夸张地摆出兰花手势，捏住小勺柄，优雅地搅着咖啡。

伯特兰满脸通红，倾身对着他，奋力吞下半块面包圈，想要开始说话。那女孩真诚而困惑地重复道："芭蕾？可我在书店里上班。你怎么会想到我是……"约翰斯又开始奸笑了。就连老威尔奇显然也听懂了他刚才说的话。他这都是干了些啥呀？内心的一阵紧张，以及突然推测"芭蕾"可能是威尔奇他们家谈话中"发生性关系"的委婉用语，这双重压力，让狄克逊撑不住了。

"我不管你叫什么名字，狄克逊，你给我听好，"伯特兰开始了，"或许你觉得很有趣，但还是请你快给我闭上嘴巴。我们不想闹出点什么不愉快，对吧？"

他声音中那种狗叫般的音色，特别是到最后质问的阶段，混杂着某些含糊不清的回声，使狄克逊想将大家的注意力集中到他的生理缺陷，或者说，他眼睛的特别之处上。那样一来，伯特兰肯定会对自己动手——太棒了：他觉得，自己与一个艺术家发生冲突，必定获胜——或者伯特兰那和平主义者的气质会令他克制？不过，随后的安静，使狄克逊迅速决定撤退。他先前对这女孩说错了话，他再不能把事情变得更糟糕下去。"如果我刚才说错了，我非常的抱歉。不过，我好像有种印象，这位露思莫尔小姐确实与……"

他转而向玛格丽特求救，不过她还没来得及开口，在这小群人当中，威尔奇居然响亮地插了一嘴："我可怜的狄克逊，哈哈哈，一定是将这位……这位年轻的女士与索尼娅·露思莫尔给搞混了。那位露思莫尔是伯特兰的一个朋友，她不久前让我们大家都大失所望。我想，伯特兰一定以为你这是在……嘲讽他。叫我怎么说你才好啊，狄克逊，哈哈哈。"

"哎，要是当时劳他大驾过来，大家先认识一下，这些都不会发生，"伯特兰脸色依旧红通通，"可他偏偏没有……"

"不要紧，狄克逊先生，"这女孩插了一句，"这些都是愚蠢的小误会。我现在清楚地知道这是怎么回事了。我叫克里斯汀·卡拉汉。你看，完全是两码事。"

"嗯，您能这么豁达，我真的非常……感谢。我太抱歉了，真的不好意思啊。"

"不必啦，你就不要对这事过于自责啦，狄克逊，"伯特兰说着，扫视了一眼他女朋友，"不好意思啦，各位，我们俩也想四处去打个招呼。"

他们走了，约翰斯远远地跟着。他们走向哥德史密斯那群人，留下狄克逊和玛格丽特单独在一起。

"喏，抽支烟吧，"她说，"你一定想抽了吧。上帝啊，伯特兰真是头猪啊。他大概是想到了……"

"都是我的错，真的。"狄克逊说道，他非常感谢尼古丁和她的援助，"我当时应该先过去和他们认识一下的。"

"也是，那你为什么没过去？但他不该往火上浇油。不过，据我了解，他就是这样的人。"

"他令我有一种不忍直视的感觉。你见过他几次啊？"

"他之前回来过一次，带着他那位露思莫尔女友。要我说啊，这真的很怪，对吧？他那时本来是要跟露思莫尔结婚的，看看现在，他怎么又搭上了个新姑娘？不过呢，我突然想起来了：老威给我做过长篇大论，介绍了儿子与露思莫尔的婚约破裂了，以及其他种种情况，就是两天前的事。这样说来，就他所知道的……"

"喂，玛格丽特，难道我们不该出去喝一杯么？我得喝点，在这儿我们可别指望能喝到什么。现在才八点钟，我们可以提前回来，赶在……"

玛格丽特笑了，这样一来，他看到了她露出很多牙齿，其中有一颗虎牙上还蘸了点口红。她的妆总是过于浓艳了些。"噢，詹姆士，你真是死不改悔，"她说，"喝完酒又想干吗呢？我们当然不能出去，你想，老威他们会怎么想？他们那位宝贝公子这才刚回来？你就等着一个星期内被炒鱿鱼吧！"

"是的，你说得对，我承认。但我真想什么都不管，痛痛快快来上三杯。自从昨晚在路边我喝了杯，然后赶到这里，到现在，我滴酒未沾过。"

"不喝最好，替你省钱了，"她又开始笑了，"你在那段合唱里，表演得真不赖啊。可以说是到目前为止的最佳演出。"

"请不要再提了，好么？"

"甚至比你朗诵阿诺伊尔的剧本还要强。你的那个口音，听上去让这句台词变成得很瘆人。那句是什么来着，'La rigolade，c'est autre chose'① 这句法语，你念得实在是高水平！"

狄克逊压低嗓音叫道："别说了，我受不了了。他们为什么不挑一个英语剧目？好吧，我知道了。不要对我解释了。我说，下面又是什么表演呢？"

"竖笛合奏吧，我想是。"

"那就好，不管怎么说，和我没关系了。不会吹那玩意也不算丢人。再说了，我只是个音乐门外汉。噢，但这难道不太可怕了么，玛格丽特？难道不太可怕了么？演这一次，得拉多

---

① 意思是"开玩笑，那又当别论了"。

少人一起上台啊？"

她又笑了，目光迅速扫了一圈室内。这是她自得其乐的一种迹象。"噢，据我所知，随便多少根都可以在一起合吹。"

狄克逊也笑了，企图忘掉那啤酒。确实，他口袋里铁皮小盒中，只剩下三个英镑了。等到下次发工资，还有整整九天。在银行折子里，他存了二十九英镑，但那笔钱算是防止自己被炒鱿鱼的备用金。

"真是个漂亮的姑娘，我说克里斯汀，那个姓什么来着的。"玛格丽特说。

"嗯，可不是嘛。"

"身材也好极了，对吧？"

"确实。"

"脸蛋那么好看，身材又这么好的，倒还真不多见。"

"不多见。"狄克逊预感到，某个贬义形容词马上就要上来了，他一下子紧张了起来。

"可惜啊，她太刻意了，"玛格丽特犹豫了一下，随后决定去润饰一下这个用词，"我不喜欢才这个年纪，就表现得像优雅贵妇一样的女孩。太一本正经了吧。"

狄克逊其实早就得出了类似的判断，此刻却发觉，自己那个观点，并不想通过她这种方式予以确认。"噢，我倒没看出来，"他说，"就这点点接触，我还不能断下结论。"

他这话，引来了一阵小铃铛般的笑声。"哈哈，你总是心里向着那些漂亮的小脸蛋，对不对？我总说：只要脸蛋漂亮，别的什么都好。"

他内心觉得这句话真是对极了,可他没法这么说出来,只能怅然若失,无言以对。他俩彼此担忧地对望了一眼,看那情形,谁再开口,都会说出一句侮辱的话来。最后,狄克逊说:"她看起来,倒像是和伯特兰用同一把油彩刷子刷出来的。"

她给了他一个令人难以琢磨的讥讽微笑:"应该说,他俩是一路货色。"

"我想也是。"

一名女佣开始进来收用过的杯碟,人群也开始四处走动。很显然,今晚的下一个节目即将开始。伯特兰和他的女朋友此时都不见了踪影,可能去摆放行李了。在威尔奇的安排下,狄克逊离开了玛格丽特,去帮着排椅子。"教授,下一个节目是什么?"他问。

威尔奇那丰富多彩的表情,经历了刚刚过去的疯狂的一个半小时之后,开始显出怅然的神色。他充满怨气地朝狄克逊瞪了一眼。"只有一两个乐器演奏了。"

"噢,那很不错啊。谁会先登场?"

对方沉思了起来,他那双石板一样的瘦手,搭在一张矮得可笑的椅背上,那椅子活像是没有改完的教堂跪凳。过了一小会儿,他透露说,那位当地作曲家以及那位业余小提琴家,将联袂"啃"一首非常枯燥的日耳曼小提琴奏鸣曲。接下来,人数尚未统计完整的一些竖笛爱好者,将会合吹一首合适的曲子。到后来,约翰斯大概还会给大家带来他的一段双簧管演奏。狄克逊点了点头，露出似乎很满意的神情。

他又回去找玛格丽特，发现她正在和卡罗尔·哥德史密斯聊天。这位女士，年纪大约四十岁，瘦削，棕色直发。狄克逊一直将她视为自己的同盟。不过，有时，她的那种成熟气质，还是会令他感到三分敬畏。

"你好，吉姆，那边弄得怎么样了？"她用一种异常清亮的声音问道。

"糟透了。至少还得忍受一个小时的吹吹打打。"

"那可够糟的，不是么？我们为什么要来这种场合啊？不过，我知道吉姆你为啥来。而可怜的玛格丽特恰好住在这里。我想，我的意思是要问，我自己来这鬼地方究竟是图个啥！？"

"噢，是为了做好你丈夫的贤内助吧，我是这么理解的。"玛格丽特说。

"总有点那方面的考虑，我想。不过，他又是为什么来？这里连点喝的都没有。"

"詹姆士早就注意到了这个情况。"

"要光是为了见见那位伟大的画家，那可真不值得来，对不对？"狄克逊说，他扯出这段话题，期待多少能够减轻自己内心因弄混了露思莫尔和卡拉汉而导致的持续尴尬感。

出于某种他不明白的原因，这句话显然招引来不良的反应。玛格丽特抬起下巴望着他，似乎随时准备着要责备他出言不慎。不过，对她来说，对任何人的不利评论，除非是他俩独处时，都是不该说出来的。卡罗尔半闭双目，开始梳理她那笔直的头发，问："你为什么会这样说呢？"

"嗯，其实也没什么特别原因，"狄克逊警觉地回答，"我刚才和他有了一点小过节，仅此而已。我把他女朋友的名字搞混了，他的情绪有点激动了，我觉得是这样的。也没什么大事。"

"噢，他就是那样一个人，"卡罗尔说，"他总觉得别人对他有恶意。不过，很多时候，别人确实也是。"

"哦？你认识他，对吗，"狄克逊说，"我真抱歉，卡罗尔，他是你的好朋友吗？"

"根本谈不上是。去年夏天，我们见过几次面，你知道么，我和塞西尔一起，而你那时还没有找到这份工作呢。有时候吧，这个人还挺有意思，真的。不过你刚才那句大画家什么的，说得也完全正确。这人确实会不时地让你觉得烦。玛格丽特，你之前见过他一两次对吧？你觉得他人怎么样？"

"是的，他上回来这儿的时候，我见过他。我觉得吧，和他单独一起谈谈吧，他这人还挺不错。但要旁边有别人在场，他就开始蠢蠢欲动，想要让大家都来敬佩他。"

一阵狗叫般的笑声响亮地传来，三人赶忙转身。只见伯特兰牵着哥德史密斯的胳膊，缓步走来，脸上依旧堆起那残留的微笑。他对卡罗尔说："啊，你在这里，我亲爱的姑娘。你一切都好吧？"

"好得很呐，谢谢你，我亲爱的小伙子。我也看得出你的最近的情况。好像不是你平常的口味啊，对吧？"

"克里斯汀吗？啊，那可真是个了不起的女孩，了不起的女孩啊。她是最最出色的一位。"

"你对她有什么打算么？"卡罗尔逼问，微微一笑。

"打算？你问打算？不，不，没有任何一丝一毫的打算。"

"这可不是你的作风啊，老伙计。"哥德史密斯嗓音毛茸茸而又单调地说，那音色和他唱歌时那种咆哮式男高音，完全判若两人。

"说句老实话，在目前这个阶段，她让我感觉到不是一点点的兴趣盎然。"伯特兰说的时候，用拇指和食指掐出一个类似句号的圈，意在进一步强调最后那个四字成语。

"这是怎么回事，伯特兰？"哥德史密斯迫切地问。

"这么说吧，你也想象得出，尽管我对这种事情非常有热情。"他冲着钢琴的方向点了点头。钢琴边，那位业余小提琴家正在当地作曲家的配合之下调弦。"但如果叫我就这么一个人来这里的话，虽然我很高兴见到你们诸位，但促使我的动力，那还是不够的。不够啊，不够。我事先已经答应要和一位叫朱利叶斯·戈尔-阿夸特的人见面，这个名字你们或许听到过吧。"

狄克逊确实听说过戈尔-阿夸特，一位热衷于美术的有钱人。此人偶尔会向美术周刊专栏投些稿子，他在这附近有座别墅，常有身份显赫的人前去留宿，他也是老威尔奇一直徒劳妄想抓住的一条大鱼。狄克逊再一次看着伯特兰的眼睛。这双眼睛真是神奇极了：仿佛是有某种花纹图案的纸张，被巧妙地塞进了他脸中，只有在这两个胡乱开着的圆孔中，人们才能看到。一个人，若拥有这样一双眼睛，这样一髯胡须，加上

（他此刻第一次发现）那毫不对称的耳朵，他怎么会和朱利叶斯·戈尔-阿夸特这样的人士有了交集呢？

接下来的一两分钟，他便知悉了这二人是如何扯上关系的。当然，这种关系是非常浅淡的：女孩卡拉汉，认识朱利叶斯·戈尔-阿夸特的家族，或许甚至就是他本人的外甥女，曾安排本周末介绍伯特兰给他认识。到了最后时刻，突然发现，这位朱利叶斯·戈尔-阿夸特居然人在巴黎。这样一来，再次安排跟他见面，就得上这儿来。个中还有个原因，解释了为什么他俩在伦敦见面就不太合适，只是狄克逊听后忘记了。朱利叶斯·戈尔-阿夸特果真见到伯特兰，又能帮他什么忙呢？

当玛格丽特拐弯抹角开始打探这个信息时，伯特兰抬起他那硕大的脑袋，低眼扫视一张又一张的面孔，最终回答："我可以相当负责地说，"他拿捏出一种强调，"我们这位神通广大的朋友，很快就会宣布，他私人秘书的职位要空出来了。我很怀疑这个职位会通过公开竞聘流程。于是，我目前正积极准备，让自己成为他最合适的人选。这是一种资助，你们懂么，完完全全是资助：我会一只手替他回信，另一只手继续画画。"他哈哈大笑起来，哥德史密斯和玛格丽特也加入其中，"这样，如果你们同意我如此的比喻，我自然就得加紧去趁热打铁了。"

为啥他们需要同意这个比喻？狄克逊心想，为什么？

"老伙计，你觉得下次你会什么时候再来这里呀？"哥德史密斯问，"我们将好好安排一下。这次没有时间了。"

"噢,大约再过两周吧,我估计,"伯特兰说到这儿,意味深长地补充道,"我和卡拉汉小姐下周末还有另一个约会。你们懂吧,我可不想错过。"

"再往后一个周末,刚好是学院的夏季舞会。"玛格丽特迅速插了一句。这在狄克逊看来,目的在于压一压对方最后那句话的威风。伯特兰怎么可以在一位几乎不认识的女士面前如此说话,何况身旁还有一位男士,他肯定猜得出这位男士对他的初次印象并不是太好。

"噢,真的么?"伯特兰显然产生了兴趣。

"今年你也能来参加么,威尔奇先生?"

"我想或许我会争取一下。我记得上次,不能说我玩得不开心。啊哈,我看到有人掏香烟了。我喜欢抽烟。我可以从你的存货中提取一支么,塞西尔?对了,能不能介绍一下今年的这场舞会?我想,他们拦得了你吧?"

"很遗憾,这次他们还真的把我支开了,"哥德史密斯说,"那两天在利兹,刚好有个历史教师大会,你父亲派我去那儿参加。"

"天哪,天哪,"伯特兰说道,"这真是太不幸,太不幸了。他不能找别人去么?"他的眼睛瞥向了狄克逊。

"恐怕不行了。这些我们全都商量好了。"哥德史密斯说。

"遗憾,遗憾。啊,对了,我在想,我们这些人里面,有谁会去吗?"

玛格丽特看了一眼狄克逊,卡罗尔问:"你会去吗,吉姆?"

狄克逊坚决地摇了摇头。"不会,我从来就不大会跳舞,我很抱歉。对我来说，跳舞就是烧钱。"倘若玛格丽特胁迫他一起去的话，前景会相当的可怕。

"噢，啧啧，这可不是我们的希望，大家说是不是？"伯特兰说，"绝对不行。我在想，小卡拉汉现在妆化得怎么样了。我大胆推测一下，她的鼻子上扑的粉，该有厚厚的一层了吧。咦，这两位音乐家怎么还在拖延时间？"

狄克逊看过去，只见两位演出者终于校准了音，摆好了谱，琴弦也给擦上了松香，他们开始抽烟和闲聊。四处都不见老威尔奇的踪影——估计他在大秀自己善于隐匿的那种技能。在这个长长的、低矮而又光亮不足的房间的另一端，门开了，卡拉汉女士进来了。狄克逊觉得，这样一位身材匀称的姑娘，走起路来怎么有种不自在的感觉。

"啊，我亲爱的，"伯特兰模仿骑士深深一鞠躬，说道，"我们都在琢磨，你究竟是怎么啦？"

她看上去有点不知所措。"噢，我只是去了趟……"

"我们在谈论戈尔-阿夸特先生，想知道他下下个周末是否有空？届时，学院刚好有一种叫做舞蹈节的活动，我想，你能否让我们提前知道一下他肯来么？"

"不巧，他秘书说过，他在巴黎大概要待到下个月的中旬，估计早就赶不上了，对吧？"

"是的，我想你说得对。是的，你说得对。噢，那样的话，下次还有机会的，不是么？"听到这个消息，他看上去毫无气馁之态。

"我会给舅舅写封信,问他究竟什么时候回来。"

狄克逊简直想笑出声来。每当他听到女孩们(男人从来不那么说)说起"舅舅""老爸"这些称谓时,好像这世界上就只有这一位舅舅或老爸,又好像这位特别的舅舅或老爸,也是全场所有人的舅舅或老爸。

"你觉得有什么好笑的,吉姆?"卡罗尔问。伯特兰开始对他瞪眼睛了。

"噢,没事。"他回敬了伯特兰一眼,心里盼望自己能在某些事情上打败伯特兰,就算冒着得罪他老爸的风险也在所不惜。任何不需要动手,不,哪怕小打一架,都可以接受。不过,此地似乎没有什么缘由,让他可以展开那样的行动。他在此刻,一度考虑自己是不是在下一个十年里好好努力,爬上美术评论家的宝座,然后对伯特兰的作品毫不客气地进行批判。他想到曾读过的一本书上有这么一句话:"就那样,他提起那个狗杂种的后脖,我的个天哪,差点就把他给掐死了。"想到这句,他又微笑了。伯特兰的胡子在抽搐,可他并没有说出任何话来打破这片刻的无声。

一如既往,玛格丽特又想出了一句:"卡拉汉小姐,我最近读过一篇写你舅舅的文章。这篇关于他的文章,刊登在当地报纸上。说他将会给我们这儿的美术馆赠送一批水彩画。要是没有他这样的热心人,我真不知道,我们这儿是否还能维持得下去。"

这句评语,本身就无法回答,此时,收到了与预期完全相反的效果,正是玛格丽特的熟人们都熟悉的效果——促使大家开始聊天，结果大家哑口无言。好几步开外，那位业余小提琴家正用嘶哑喉咙所发出的笑声来回应当地作曲家对他说的话。老威尔奇去哪儿了？

"是的，他为人的确很慷慨。"卡拉汉女孩说。

"这真是好事，现在还能有这些实力派肯这么去做。"玛格丽特说。狄克逊抬头，看到了卡罗尔的眼睛，不过她那是在和她丈夫交换着眼神。

"哎，要是工党那帮小子继续执政，我恐怕，这种局面真会长不了。"伯特兰说。

"噢，我倒不觉得那批人干得特别差劲，"哥德史密斯插了一句，"毕竟，你总不能……"

"外交方面，他们或许还行吧，我同意，总没有弄得更糟。只是他们遇到点事情，就像热蚂蚁上锅，实在是无能到了极点。"伯特兰迅速扫视了一圈，接着说："不过，他们的国内政策……敲富人的竹杠……我意思是说……"他看起来有点犹豫不决，"嗯，就是那样，全然如此，对不对？我只是在征询意见而已，没别的意思。我的意思是，看起来就是那样的，这一点大家没有异议吧？我想，就是那么一回事，没别的了。我说错了吗？"

假装既没注意到玛格丽特那警告的皱眉，也没有看见卡罗尔那充满期待的坏笑，狄克逊缓缓地说："这有什么错呢？就算只是那么一回事，就那么的，又能怎样？如果一个人有十块小面包，另一人只有两块，而这俩人之间，必须有人拿出一块小面包来，那么，你肯定是去拿那有十块小面包的。"

伯特兰和他的女朋友对望了一眼,脸上的表情如出一辙,他们都在摇头微笑,抬眉叹气。就好像狄克逊刚才说他自己对绘画一窍不通,然而却又知道自己究竟喜欢什么画似的。"但我们认为,任何人都无需放弃自己的一块小面包,狄克逊先生,"女孩说,"这是问题的全部关键所在。"

"换作是我,这谈不上是全部和关键……"狄克逊刚开口说,突然被玛格丽特打断,她说:"我们还是别纠缠于这些……"而伯特兰也同时在说:"全部问题所在,就是富人们……"

这场抢着发言的小竞争,最后是伯特兰获得了胜利。"问题就是富人们在现代社会中扮演了关键的角色,"他说的时候,嗓音中的狗叫声,显得又多了一点点,"在当今,这一点尤为突出。这就是我要说的全部内容。我可不想继续说一些陈词滥调,比如,他们维系着美术发展什么的,那样诸位会感到厌烦的。它们之所以成为那些陈词滥调,本身就证明了我的看法。我这个人,恰好喜欢美术,你们明帮?"

最后那个词,其实本应该是"明白嗯"。伯特兰那么说,完全是他自己的发明。这个单词是这样产生出来的:原本是"艾"音,加上"嗯",突然收尾后过早闭嘴,就给搞成了个"帮"。狄克逊猜出原意后,感觉实在不好接这句话,只能自我满足地回了一声:"你喜欢的。"他说的时候,刻意加上了那种知道底细故而不信任的语调。

这话看上去激励了伯特兰。"是的,我喜欢。"他说得更响亮了,结果所有人都迅速将目光转而看着他。"让我再告诉你,我刚好还喜欢什么？那就是，富人。我自豪，我支持这句当代不受欢迎的声明。要问我为什么喜欢富人？因为他们有魅力，他们慷慨；因为他们学会了喜欢那些刚好我自己也喜欢的东西；因为他们的家里充满了美丽的东西。这就是我为什么喜欢他们，这也就是我为什么不希望他们被敲竹杠。行了吧？"

"快过来，宝贝，"威尔奇夫人从后面招呼他们，"要等老爹的话，大家都得在这儿站上一晚了。我们都开始吧？只要你过来，我们就能全部入坐了。"

"好嘞，妈妈。"伯特兰扭头过去回应，这群人开始分散开来。但他本人在挪步之前，眼睛盯住了狄克逊。"你全明白了，对吧？"

玛格丽特拉住狄克逊的衣袖，而他本身也不想在这轮结束后，再挑事端，于是和蔼地说："哦，是的。你与富人们的交往经历，看起来，要比我幸运得多，答案就这么简单。"

"对于这点，我毫不惊讶。"伯特兰带着几分鄙视说着，同时退后一步，好让玛格丽特先走过去。

狄克逊愤愤不平地回答："啊呀，你最好趁自己还能抱住他们大腿的时候，好好利用利用。以后呐，你和他们的关系也是长不了的。这一点，你很清楚。"

他挤上几步，打算随玛格丽特往前走去，但卡拉汉女孩叫住了他，对他说："我希望你别带着脾气讲话，你不介意我这么说吧？"

狄克逊四处望了一圈；其他人都已就座，那位业余小提琴家正用下巴依偎着他那把琴。往最近的椅子上一坐,狄克逊压低嗓音说:"你说你希望我别带着那种脾气讲话么?"

"是的,希望你别介意,"她和伯特兰也坐了下来,"我总是会被这种脾气弄得很烦躁。我很抱歉,但我无法控制自己的情绪,这是我个人的毛病。"

倘若狄克逊以前从没被玛格丽特类似的话激怒过,他可能就不会回敬她如下这句了:"你去找人看过么?"

业余小提琴家用上半身鞠躬致意,然后在当地作曲家的伴奏下,爆发出一阵慌张而无序的音调。伯特兰俯身过来,对着狄克逊。"你他妈的是啥意思?"他用低沉音色厉声质问。

"你的精神病医生是谁呀?"狄克逊说着,加大了他这方的火力。

"听好,狄克逊,你这么说,好像很想让自己的鼻子鲜血淋漓,对吧?"

狄克逊激动起来以后,思路往往不清晰。"要是我就这么想了,你不会觉得是你让我的鼻子鲜血淋漓的,对吧?"

面对这句谜一样的话语,伯特兰脸上一片茫然。"什么?"

"你知道你留着的这把大胡子,看上去像个啥么?"狄克逊的思维越发简单起来,心跳也随之越发激烈。

"好的,我们俩出去一下怎么样?"

这一连串唇枪舌剑后的最后一句,被钢琴低音区那种长时间的轰响而淹没。"你刚才说什么?"狄克逊问。

威尔奇夫人、玛格丽特、约翰斯、哥德史密斯夫妇以及那位女低音似乎都不约而同转过身来。"嘘！"他们一起发出这声音，听上去就像火车头上的蒸汽，喷射到了玻璃天花板上。狄克逊起身，蹑手蹑脚地往门那里走去。伯特兰也半个人站了起来，但被他女朋友拦住了。

狄克逊刚到门边，门开了，威尔奇走了进来。"噢，你们都开始啦，是么？"他说话的声量丝毫没有控制。

"是啊，"狄克逊对他耳语道，"我想我真得……"

"你不能再多待一会儿，这真是遗憾。我刚才接了个电话，你知道么？打过来的一个家伙是从那叫……那叫什么地方来着……"

"再会。"狄克逊挤过他，来到门外的过道上。

"你不听完 P. 雷辛·弗瑞克的曲子么？"

"我就出去一会儿，教授。我只是想去……"狄克逊做了些莫名其妙的手势，"我一会就回来的。"

他说完便关上了门，任由威尔奇惊讶的面孔上，长长久久地皱起了眉头。

5

"他每小时九十英里呀,汽笛尖叫着往下冲,"狄克逊唱道,"大家在破铁皮里找到了他,他的手还紧推着油门阀。"他唱不下去,在喘着粗气。沿着那干燥的沙坡路,往上走到威尔奇家,确实很累人,尤其又是灌下去这么多啤酒之后。当他回味起十点钟那美好的时光,黑暗里他的脸上抽动出美梦中的微笑。那滋味就像是第一次领略到了艺术的魅力、人性的善良时那种严肃认真、全神贯注甚至带着崇敬心情的喜悦。一口干掉了他觉得应该是今晚最后一杯啤酒后,他发觉周围的人们仍在点单,服务员仍在上酒,客人们源源不断地进来,他们脸上都是那种自信,而不是充满焦虑。酒吧台球桌上,又是一枚六便士硬币叮当一声,滚进了投币口。当身穿白衣的男招待费力搬进来两大箱新来的吉尼斯牌啤酒时,酒吧里突然灯火通明起来。这座小镇和城市分属两个郡区;当地的酒吧,不像他和玛格丽特去过的那些城市的酒吧和酒店,夏季一直要开到夜里十点半,如今夏季正式开始了。他的感激之情,难以言表,只有今后多来来,才能还掉这份快乐的心债。结果,他花了自己不该花的钱数,喝了自己不该喝的升量,但内心,除了满足和平静,什么也感觉不到。突然,他生疼地撞到了门柱上,被弹开后,他在房子四周的鹅卵石路上,开始爬行。

那间曾经音乐起伏的长方形大屋，此刻从背后看进去，已是一片漆黑。这很好。不过，再往前绕过去，就是客厅了，那里还亮着灯。他很快发现，里面还有人在交谈。从窗帘布的缝隙，他偷窥过去，看到威尔奇身穿朱红条块的蓝雨衣，头戴钓鱼帽，刚走出门，身后跟着当地作曲家和塞西尔·哥德史密斯。这两位也身披雨衣。客人们都准备着被车送回家去。一想到威尔奇将给车上的乘客带来何等体验，狄克逊禁不住咧嘴笑了。卡罗尔身穿浅色花呢外衣，留在最后，像是要和伯特兰最后说上几句似的。除此之外，屋内再也没有旁人。

附近的一扇窗开着，可狄克逊就是听不清伯特兰正在说些什么。不过，从他们的语调上判断，这是在一问一答，卡罗尔的回答是："好的，没问题。"听到这句话后，伯特兰上前一步，双臂拥住了她。狄克逊看不清他们接下来做了什么，因为伯特兰背对着窗户。但就算他们在接吻，那也只维持了一小会儿；卡罗尔挣脱身子，匆忙出去了。伯特兰也走了。

狄克逊回到音乐室那儿，从法式落地窗爬了进去。刚才的所见，居然令他产生了一种莫名其妙的不适感。尽管从理论上来说，这类场景早就令他习以为常。但这次，他体会到的冲击力，大概只能用难受这个词来描述了。一周见西塞尔·哥德史密斯好几次，并同他聊聊天，其实并没改变那个家伙在自己心目中可有可无的地位。可是，当狄克逊看到此人的妻子，被一个第三者如此玩弄之时，这伙计怎么就变得不是那么无足轻重起来，尤其第三者是那副德行的人！狄克逊真希望，自己当初不要留意窗帘之间的空隙就好了。不过，他随即将这事抛诸脑后。他目前必须调动全部注意力，溜回楼上自己的卧室里，而且不能被发觉。

狄克逊判断，此刻被人在音乐室里撞见，这个小风险估计总是避不开了。于是他摸黑找到一把扶手椅，瘫坐在上面，闭目，满意地听到威尔奇的汽车发动后开走了。过了一会儿，他觉得整个人都要往后栽了下去，胃开始剧烈膨胀，胀到要把他的脑袋吞没。等他再度睁眼，已是满脸惨状；是啊，或许喝下最后一杯真是个错误的决定。他起身，用他在皇家空军部队里学到的动作，一边上跳，一边双臂过头击掌。以前某次，如此跳了五百下后，头脑就清醒了。可是这次，折腾完一百八十下，他觉得，就算脑子依然不清楚，他也不想再跳下去了。行动的时刻到了。

过道厅走到一半时，他听到了伯特兰的笑声，可是被中间的一道门隔着，听得不是很清楚。他咯吱咯吱地登上楼梯，穿过中间的平台。这房子设计古怪，他得先经过一间大盥洗室，然后才能进入自己的卧房内。此刻，他努力试图将那盥洗室的门打开。门把手一动不动。显然盥洗室里面有人。或许约翰斯决定堵住这间盥洗室，不让在他期刊上乱涂乱画者进屋睡觉？狄克逊远远站着，分开两腿，半蹲并伸高双手，活像某位指挥家在序曲或是交响诗即将排山倒海爆发出来之前那一刻的姿势。随后，他一半像个指挥家，一半又像个拳击手，手脚疯狂比画了一阵。就在那时，有人从楼梯平台的另一侧开门出来。

已经没有任何时间做别的动作了，狄克逊只好采取假装站在盥洗室门口等着的模样，但他身上披着的雨衣，将他的表演效果削弱了不少。

"詹姆士，你究竟是在搞什么鬼啊？"

狄克逊一见是玛格丽特，而不是旁人，心中涌起从未有过的喜悦。"嘘，"他说，"快把我从这里带走。"

她向他示意，一声不吭地领着他去了自己的卧室，这令他更喜欢她了。就在他关上房门时，那盥洗室里某个人，居然刚好开门出来。狄克逊意识到后心脏狂跳不止。"感谢上帝啊。"他说。

"啊呀，你这整个一晚上都去哪儿啦，詹姆士？"

他一面向她解释，一面暗自对自己说，面对她那种反感的表情和态度，他起先的暂时轻松感已经荡然无存。要是他俩结了婚，遇上这事，那场面又将会怎样？可与此同时，他不得不承认，身穿蓝色睡袍的她，没有那些发夹和发卷的束缚，一头棕色夹杂着些黄褐色的秀发，松松地披散开来，显得比以往任何时候都要美。他脱去雨衣，点了支香烟，感觉又好起来了。他说完了必须说的那些，却没有提从起居室窗外看到的事情。

她静静听他说完后，微微一笑。"怎么说呢，我想，也不能完全责怪你吧。但你的举动还是挺无理的。我能察觉到，老威夫人觉得你有点不正常。"

"她觉得我有点那样啦，哦，是么？你对她说过我去哪儿啦？"

"我连一句解释的机会都没有：伊凡告诉她，说你可能去泡吧了。"

"就这几天内,我非得拧断那个狗杂种的脖子不可。我的天呢,那太爽了,对吧?他真是友好啊。他那样说,准能让我失去老威两口子的欢心。以后,不要再亲切地管他叫伊凡了。"

"别太担心了。老威看起来并没放在心上。"

狄克逊鼻孔里哼了一声。"你怎么能确信呢?他那副脑袋里,究竟会钻进去什么想法,甚至会不会钻进去任何想法,都是无从推断的。你先等我一小会儿,好吗?我得先上那盥洗室里做件事。别走开哦。"

当他回来后,她仍坐在床边,不过显然已为他涂了层口红。这令他很高兴,这种高兴不是来自口红的效果,更多因为他觉得自己受到了尊重。真的,此时的他,再次开始感到状态非常好了。甚至在他先前仰面躺在扶手椅上,花几分钟彼此聊完当晚早些时候的那些事之后,如此的好状态一直保持到现在。后来,玛格丽特说了声:"喂,你不觉得你该回去了么?现在很晚了。"

"我知道,让我再多待一分钟。我现在很享受。"

"我也是。这是我们俩第一次真正单独在一起待了……多长时间啦?"

这句问话的一个效果,就是彻底让狄克逊醉糊涂了。事后,他再也分析不出,自己为何做了接下来的那些事情:他走到玛格丽特的床边坐下,一只手臂环抱起她的双肩,然后坚定地往她唇上吻了下去。诱因很多,比如:她蓝色的睡袍,自然松开的秀发，特地涂上的口红，很多杯当地的啤酒，又如：他内心希望他们的关系遇上危机，希望自己避免再遭连珠炮式的亲密提问和热情表白；再如：令他烦恼的工作问题，等等——结果，他的行为，引来了毫不含糊的效果：她将双臂环抱住他的脖子，热情地回吻了他。事实上，她这次的热情，比以前他俩单独在她公寓房里那种半假半真、毫无结果的两性交流来得更加炽烈。狄克逊扯下自己和对方的眼镜，将它们放到一旁。然后继续亲吻她，动作更猛烈了；他觉得自己的脑袋在打转，转得飞快。过了一两分钟，觉得自己没有理由不将手伸进她睡袍的翻领里去。她则哼唧了一些亲密的话语，抱住他脖子的双臂加大了力度。

　　为什么不继续下去呢？看起来他是可以进一步行动的，尽管他不知道最后能到达哪一步。他依稀记起，卡奇帕尔那事之后，自己曾告诫她说，相当长一段时间，比方说一年吧，不要再陷入任何一丁点性的纠缠了。这对她公平么？这对他自己公平么？他的本事仅仅能把自己当作她的一个男性朋友而已。要成为她的"情人"，他就得如同一名西部牛仔，人生头一回即遭遇臭名昭著的凶悍蛮牛。不，这对他不公平。这对她肯定也不公平，继续下去，她马上就会感到烦恼和不安。而事后，那种不良情绪更会加剧。不，不能对她那样。但另一方面——狄克逊挣扎中的内心在寻找某种缥缈的理性——她看起来确实很想要。他感觉到她的呼吸，柔软而温热，喷到了自己的脸颊上。他的欲望，本来都走下坡路了，一下子突然强烈起来。当然，他此前一直担心的，只是会被断然拒绝。他刚抽出的手，又伸了进去，这回放到了她的内衣下面。这个动作，以及她全身的震颤，令他的头脑旋转得更快，快到无法再做任何思考。此时的无声，在他的耳内形成了震天的轰鸣。

短短一小段时间后，俩人都躺上了床后，他做了一个不仅毫无疑问，甚至可说是大胆直接的动作。玛格丽特对此的反应尽管强烈，但又令他很难琢磨。狄克逊毫不犹豫地进一步行动下去。经过一阵短暂的滚动和挣扎，他发觉自己被对方用足力气，推下了床。只听"砰"的一声，他的脑袋撞上了床边的脚踏板。玛格丽特站了起来，理了理她的睡袍，拎起他的雨衣。"快点，"她催道，"你快出去，詹姆士。"

他努力爬了起来，好不容易接到她扔过来的雨衣。"对不起，这是怎么啦？"

"出去！"她那瘦小的身躯因为愤怒而发抖。

"好吧，但我搞不明白……"

她打开了门，用头做了个示意动作。这时，楼梯上响起了往平台走动的脚步声。

"啊呀，有人来了……"

他发觉自己像个包裹一样，给扔出了门：雨衣挽在手臂上，脑袋被转向一个新的方位。快到盥洗室不远处，他面对面遇上了那位叫卡拉汉的女人。"晚上好。"他彬彬有礼地说。她则朝另一侧看去，与他擦肩而过，直接回到她自己的卧房。他试图打开盥洗室的门，可门居然被反锁上了。他想也没想，仰面朝天，猛吸一口气，然后尽情地发出一声响亮而悠长的怒驴之吼，回味起来，其音量和音色都颇似哥德史密斯在无乐器伴奏合唱中的嗓音。接下来，他拖着沉重的脚步下了楼梯，将外套挂在钩子上，来到餐厅，屈膝在那天晓得是真还是假的十八世纪古董餐柜前。

不消一会儿的工夫，他从半柜子雪利烈酒、啤酒、苹果酒里，挑了瓶波尔多葡萄酒出来。前一天晚上，威尔奇拿着这瓶子，居然好意思郑重其事地往狄克逊杯子里倒了平生见过的最少的酒。酒瓶标牌上写着某种拉丁语系的文字，但也混着英语。叫人感觉这酒既不太英国本土化，也不显过分洋味十足，真是恰到好处。就像圣诞大餐上那样，软木塞"噗"的一声开了，令他想再来点坚果和葡萄干。他大口痛饮。一些酒汁从他的嘴边漏出，沿着下巴流下，滴到他的衣领下面。他开始喝时，酒瓶里还剩四分之三。等他喝到尽兴，三分之二已经空了。他用瓶塞锤击瓶口，"哐当"一声，将酒瓶放回柜中，用餐柜上的装饰长台布擦了擦嘴，感觉超棒。之后，他一路顺畅地回到了自己的卧室。

屋内的他，晃悠了几分钟，缓缓脱下衣裤，竭力回忆他先前与玛格丽特的那场遭遇。他自己的行动，果真出乎本心？从某个意义上来说，一如往常，唯一的答案只能是肯定。但如果她看上去不是那么热切，他是否就不会去尝试了？起码不会那么努力去尝试？好多个星期下来，她一直都很平淡，这次却为什么突然要表现得那么热切？最最可能是她刚看过一些新派小说家的作品吧。不过，她当然应该是热切的，他想，这正是她真心想要的。他对着自己，强调了这一点，皱着眉头来加重内心的语气。她只是自己不知道，但那是她真正所需要，她真实本性的需求。啊，上帝啊，这原本是他该得的，对不对？他忍受了那么多。但她经历了那么多之后，被置于如此境地，对她来说，又是否公平呢？狄克逊一旦意识到，自己脑袋里的某个抽屉，居然还装着这个问题，便赶紧将那个抽屉牢牢关紧。他边系好浴袍的带子，边往大盥洗室走去。

盥洗室里的感觉，可没有卧室里那么舒服。尽管这是初夏的一个凉爽夜晚，他却觉得自己热到汗流不止。他站在洗脸台盆之前，试图确认自己究竟感觉如何。他的身体，胸部以下，都显得鼓鼓囊囊，而且极不均匀。那灯光也不像灯光，像是一团非常稀薄的磷光鬼火：还发出令人腻味的哼鸣声。他打开冷水龙头，俯身就低那台盆。当他这么做时，几乎不能克制自己想要把脑袋夹到冷热水龙头之间去的冲动。他淋湿了面孔，从玻璃架上取下一个胶木塑料杯，喝下去一大杯水，暂时感到了清醒。当然，这带来了他没能立即发现的一个副作用。他挤出很多牙膏刷牙，再次将脸弄湿，又将杯子放满，然后又是更多的牙膏进入口腔之中。

他站到床边沉思。满脸愁容，仿佛很多小沙袋悄无声息地钻进了他的脸皮底下，使他的五官下垂，扯他所有的颌面骨头——如果他脸上还有骨头的话。突然，他觉得更加难受了，于是发出一声令人惨不忍听的叹息。背后，似乎有人敏捷地一跃，用种看不见的棉毛布潜水服，将他牢牢套紧。他淡淡地呻吟了一声：那感觉真是再难受不过了。

他开始上床。只剩四支香烟的烟盒（今晚他果真抽了十二支了吗？）静静躺在一张油光锃亮的床头柜上，旁边还有火柴盒、盛满水的胶木塑料杯，以及从壁炉台上拿过来的烟灰缸。当他那第二只脚暂时无法抬上床时，这才意识到，自己喝了那么多水后，副作用上来了：他醉了。当他身体全部上了床，这种副作用已经上升到了绝对性主导地位。那开始晃动起来的壁炉台上，有一个小小的中国佛像，一个艺术形象，盘坐着。那是一个很有名的东方宗教人物。威尔奇放在这里，是要无声地让他明白冥想生活所具有的诸多优点么？如果是那样，这条暗示，来得实在是太晚了。他手伸上去，关掉了头顶上垂下来的拉绳开关。灯熄了。房间开始从床的右侧往上升腾，但又像是原地不动。他猛地掀开被子，坐到床边，双腿悬空。屋子渐渐安顿了下来。过了一会儿，他将腿放回床上，再次躺下。屋子又开始上升了。他将双脚踩在地板上。屋子又一动不动了。这次，他将双腿放到床上，但没有躺下来。屋子移动了。他坐在床头。没事；将一只腿平放到床上，又开始动了，不只是一点点动静。显然，他面临着一个非常危急的场景。他嘶哑着嗓门咒骂了几句，将枕头堆起来，半躺半坐背靠着，双腿弯曲跨过床沿晃荡。保持着这种姿势，他终于能小心翼翼、一点点地睡着了。

6

狄克逊终于活了过来。他刚刚清醒，身体还不能下床。那种醒来的感觉，不是从梦乡舒舒服服地渐渐苏醒，而是有如立即被强力弹射到了现实当中。他四肢摊开，像个赖床的坏孩子；呕吐过之后，又恰似断了腿的长脚蟹，大清早就被困在粘满柏油的海滩卵石上。光线对他都是伤害，但他看东西的感觉更糟。于是，他下决心，刚才那一眼就算了，以后眼球再也不动了。颅内一阵难受的悸动，让他眼前的景象，如同脉搏一样，跳动起来。他的嘴巴被某只夜间的小虫当成了马桶，此刻，那里又成了那虫子的陵墓。整个夜晚的梦中，他居然是在越野跑步，然后又被秘密警察非常专业地暴打了一顿。他感觉难受极了。

他伸手够到自己的眼镜并戴了上去，立即看到自己眼前的被单情况不对劲。他不顾性命地微微坐起身来，火辣辣双眼所看到的景象令他的脑袋如同锣一般，"哐"的被敲响了。床单折过来的地方不规则的一大块区域失踪了；毯子折过来的地方说小不算小的一块消失了；而最上面一层毯子的主体部分，如同他手掌一样大的一块，也变得无影无踪。透过这三个边缘，都刚好有圈黑边的洞，他看到第二层毯子上有块深棕色的印记。他伸出一根手指，去床单上的那个洞里掏了一下，发现手指上也粘上了深灰色的东西。那应该是灰——有灰就有过火——有火那只能是香烟了。难道那支香烟自己在被单上烧没了？如果不是那样，那香烟现在在哪儿呢？床上哪里也找不到，垫单、毯子里也没有。他倾身看侧面，牙齿磨得咯咯响：那看起来挺昂贵的小地毯，浅色花纹部分，有一道深陷下去的棕色凹槽，端头是褪色的残纸。这已经让他非常不高兴，抬头看到床头柜，不悦的情绪明显加剧了。柜子表面赫然有两道褐色烧焦了的沟槽，灰银色相间，形成直角，在烟灰缸前结束。而烟灰缸里，有一根划过的火柴。桌子上有两根没划过的火柴，其余的都散在地上，躺在空烟盒的旁边。那个胶木水杯，却哪里也找不到了。

这一切都是他亲手干的么？或许有个过路客还是夜贼什么的，在他屋里留过宿？要么是某个爱抽烟的外星人干的恶作剧？他思前想后，觉得这一切一定还是他自己干的，并感到非常悔恨。这会砸了他的饭碗。如果他不亲自去威尔奇夫人那里坦白的话，肯定会的。但他此时已经知道，那样的行动，自己完全做不出来。那种解释也无法自圆其说：烂醉如泥之后，屋内纵火，这是不可宽恕的；而且这样一个酒鬼，面对酒精的诱惑，居然不顾及主人和许多同来的客人，室内音乐会也不能阻挡他邪恶的酒瘾。唯一的希望，在于威尔奇夫人告诉威尔奇床单毯子被烧时，威尔奇能够心不在焉，故而没听进去。不过，威尔奇一贯以观察力强而著称，比如，期刊上对他学生那本书攻击的那起事件。不过，那次等同于是在攻击威尔奇本人。床单、毯子什么的,威尔奇当时并没有亲自用,估计他不会太在意吧。狄克逊记得自己以前也曾想过,无论是谁,当着威尔奇的面,在教师大办公室里喝得东倒西歪,满口脏话,手敲玻璃窗,涂毁期刊,威尔奇都会视而不见,听而不闻,因为他自己的利益,没有受到任何损害。印象中,他曾瞥见阿尔弗雷德·比斯利的书中有这么一句:"任何外在刺激,除非适应了生物体本身的需要,否则是不会被大脑所接受的。"他哈哈大笑起来,但随即转为愁眉苦脸。

他下了床,钻进了盥洗室。过了一两分钟,他又回来了,嘴里品尝着牙膏沫,手里捏着安全刀片。他开始小心翼翼地将被毯孔洞四周那些黑色的边缘全部切割下来。他不知道自己为什么要这么做,不过经过如此手术之后,情况看起来真的有所改观:这场灾难的起因,变得不是一眼就能看明白。当所有的切边,都变得规整平滑后,他缓缓跪下,仿佛一下子成了位老朽。他开始修刮地毯,所有割下来的那些零星碎片,他都塞进了自己夹克衫口袋里,心想,一会儿就去洗个澡,然后下楼,给比尔·阿特金森打个电话,通知他比原先约好的时间提前很多时间打来电话,就说老狄克逊有特别的急事。他在床边上坐了一会儿,恢复一下因蹲下来弄地毯所造成的晕眩。就在他打算起身之前,有人,他很快听出是个男人,捷足先登,走进了他隔壁的盥洗室。他听到塞链子的金属声响,然后是龙头出水的哗哗声,威尔奇,他儿子,要么就是约翰斯就要洗澡了。究竟是谁呢?这个谜底很快就被一阵滚滚而来的深沉而毫无章法的歌声所揭晓。这一团无休无止的滑稽音符，在狄克逊的耳朵里，不是莫扎特这个混混，还有谁能写得出？伯特兰肯定不会唱任何歌；约翰斯早就坦言，他自己对于理查德·斯特劳斯之前的东西毫不感兴趣。此时的狄克逊，如同一位斧子下面的森林巨人，缓缓侧倒，将他那滚烫的脸颊放到了枕头上面。

这显然给了他厘清思路的时间。但厘清思路，恰恰是他最不愿去做的。他的头脑将这些事情，尤其是与玛格丽特的那段，尽力一一拒之门外，越久越好。他第一次不可回避地想到，下次两人见面，如果她还能有话对他说，她会对他说些什么呢。他将舌头伸出，卷在下牙床的前面，鼻孔尽量吸气收紧，嘴里叽叽咕咕，无声地说个不停。他要花多久，才能先劝她狠狠骂自己一顿？然后又得花多久，才能让她发泄完内心的痛恨？这一切，刚刚是他努力挣扎着向她道歉，请她耐心听下去的开场白。他绝望地试图去听威尔奇的演唱，去惊叹他那举世无双的单调音色，那种无聊到死的歌唱效果，但毫无作用。接下来，他试图去回味论文被采纳后的欣喜，但他能忆起的，只是威尔奇听到好消息后，那种漠然的表情，以及他那令人恼火的类似比斯利的指令："狄克逊，你得去问他要个刊登的准确日期，否则，这没有多少……没有多少……"他坐起身来，一点一点地将自己的脚放到了地板上。

还有一个方案，比阿特金森那个方案还要简单，还要巧妙，就是立即离去，不和任何人打招呼。但那样其实没有什么可操作性，除非他从这里离开后直接逃回伦敦。伦敦现在是什么样子啊？他脱了自己的睡衣，省却了洗澡这个步骤。那些宽阔的大街上，除了很少几个单独疾走的行人外，此时都该空空荡荡的了吧。他的脑海里浮现出二战期间，一次周末休假时见到的情景。他叹了口气：想着伦敦，和想着蒙特卡洛或是中国新疆，又能有什么区别？他一只脚伸在睡裤的裤腿内，一只脚露在裤腿外，站在小地毯上蹦跶，什么都不想，但疼痛依然像流水冲过沙堡似的，冲击着他的脑袋。他撑不住了，像电影里中弹的角色，身体突然往壁炉台靠去，结果不小心差点弄倒那尊东方菩萨像。中国新疆那里，也有玛格丽特和威尔奇存在么？

几分钟后，他进了盥洗室。威尔奇给浴盆上弄了一层污垢，给镜子留下一片水汽。狄克逊略略一想，伸出一根手指头，在蒸汽上写下"内德·威尔奇是个大傻瓜，面孔长成了猪屁股"。他随后拿了条毛巾将字迹擦光，盯着镜中的自己看了起来。

他看起来不算太糟，真的；不管怎么样，总比他自己感觉的要好。尽管他用沾满水的指甲刷使劲刷了又刷，他的头发还是像弹簧一样，高高地翘在头皮之上。他想用块肥皂来代替头油，后来还是觉得不能那么乱来。因为以前好几次，就是用了这种权宜之计，导致左右两侧短发和后面的头发，看起来像鸭子毛一样。他那副近视眼镜，看上去更像空军眼镜了。不过，他自己的形象，却一如既往的健康，但愿也流露出几分诚实和善良吧。他应该感到心满意足了。

他刚要溜下去打电话，可是一进卧室，他又一次检查起那些动过刀子的被单毯子来。那几处地方，看上去感觉总归不太自然，究竟哪里令人不满意，他也说不上来。于是，他走了出去，将最外面盥洗室的门反锁，拿起刮胡刀片，又开始修裁那些孔洞的边缘。这回，他用锯齿状的刀法，插入孔洞的边缘，在缺失部位的周边，形成了一个小小的港湾。有些港湾的连接处，似乎都快被切得一碰就断了。最后，他小心地抓住刀片的背部，快速沿着洞口边缘乱切一通，造成很毛糙的样子，然后往后退了一步，欣赏起自己的杰作来，感觉这样明显好多了。本来一场灾难的后果，似乎被缩小成一群蛀虫咬过的痕迹。他又将地毯转了个向，将烧过又被切割过的部位，对着一把椅子。那部位虽说没有被椅子挡住，但离椅子也不远了。他考虑过将床头的那张桌子搬下楼，然后在回家的半路上，从公共巴士上扔下去。突然，他耳朵里传入一阵熟悉的歌声，从那声音中可以听出，歌者的脑袋正在快乐地晃动。歌声越来越响了，好像有什么可怕或可恶的东西正在逼近歌唱者。随后，盥洗室锁着的门开始震动，门把手发出晃动的声音。歌声戛然而止，晃动声却没停，反倒加上了踢门声，甚至有一阵子，变成重重的撞击声，一定用是肩撞的。威尔奇如此返回（对了，他又回来一趟，究竟是要干什么？），事先一定没有料到，此刻也一定没有想到，盥洗室还会有别人在用着。他劳而无功地多次摇晃门把手后，定了定神，又开始了新一轮劳而无功地摇晃门把手。经过最后高潮部分的摇晃、拍打、脚踢、撞击之后，脚步声撤退了，最后听到某扇门被关上了。

  狄克逊的眼里，涌出了怒不可遏的泪水，他离开卧室，不小心踩到并弄碎了从什么地方滚到他脚前的胶木杯子。他到了楼下,看到墙上的钟显示:八点二十分,然后走进放着电话机的客厅里。阿特金森真了不起,居然每个周日都早起出去买报纸。在他出门之前,很容易找到他。狄克逊拎起了听筒。

接下来的二十五分钟,最痛苦的,莫过于一方面要发泄自己的愤怒,另一方面又不可以加剧脑袋的疼痛。这段时间里,听筒里什么声音也没有,只有耳朵贴着海螺听到的那种嗡嗡声。当他坐到皮扶手椅把上,面孔摆出千奇百怪的恶心表情,身边一屋子的人似乎都开始活动起来了。头顶上传来脚步声;其他人则走下楼,进入早餐厅;还有一些人从屋子后面过来,也往早餐厅走;更远处,有吸尘器的哀鸣;马桶水箱里的水被冲了出来;有人"砰砰"地在敲门;还有人在叫喊着什么。这些声听上去像是一队保安突然在客厅门口集合起来。他挂断电话,屁股因长久坐在狭小的杠子上而显得生疼,手臂则因不停地挂电话,又不停地重拨而酸胀不已。

威尔奇家的早餐安排,一如他们家其他东西,都令人想起过去的好时光。餐柜里的食物,大概是放在保温火锅里的,一直都是热乎乎;食品也是花色繁多,数量充足,令人不由得感到威尔奇夫人本身有很多钱,她大概一直在补贴拿教授死工资的威尔奇吧。狄克逊总爱琢磨,威尔奇究竟是怎样追到富家小姐的:他根本就谈不上有什么人品,脑子里整天爱异想天开,也不具有任何吸引力。或许这老家伙,年轻时真有点和现在明显不同的地方,比如:翩翩的风采?尽管头痛欲裂,气急攻心，狄克逊依旧在想，今天早餐桌上，会有什么东西可以证明威尔奇一家的富裕呢？这么想，令他觉得开心起来。他走进早餐厅，床单毯子和玛格丽特的事情，都被远远抛到了脑后。

餐厅里只坐着那位卡拉汉女孩，她面前是满满一大盘食物。狄克逊对她道了声早安。

"噢，早上好！"她的语调自然，没有敌意。

他迅速决定用一种虚情假意、伪装掏心掏肺的方式，来消除他过去曾经，或未来可能给对方留下的粗鲁印象。他自己知道，在过去的十五年里，他父亲的朋友，一位珠宝商，说起话来一直都是在侮辱别人。可每次他运用这种方法，总能免受指责。于是，狄克逊刻意强化了自己的北方口音，说："昨天和你初次见面，一开始就是不打不相识啊。"

她快速抬头看了一眼，他则心中一酸——她的脖子真是美极了："哦……那件事啊。要我是你的话，我不会太在意的。况且我自己也有些做得不周之处。"

"你能这么豁达，我真的非常感谢。"他说，突然忆起上次自己也曾对她说过完全相同的话，"不管怎么样，都怪我举止太粗鲁。"

"嗯，让我们都忘了吧，好么？"

"好啊，真太谢谢你了。"

接下来是一阵沉默，他带着微微的吃惊注意到，这女孩吃起东西来真是又多又快。一大摊调料酱汁基本都看不见了，旁边是剩下一点点的炒鸡蛋、火腿和番茄。甚至就在他观察的当口，她又从瓶子里补倒出很大一团酱汁。她抬眼扫了他一下，看到他饶有兴趣地看着自己，便抬起眉毛说："不好意思，我就喜欢酱汁，我希望你别介意。"这话似乎不太能令人信服，他也觉得她脸上似乎有了点羞红。

"那就对了，"他热情洋溢地说，"我本人也特喜欢这东西。"他推开自己那碗玉米片。这玉米片里添加过麦芽，他不大喜欢。研究了对面的鸡蛋、火腿和番茄后，他决定还是暂时不要吃东西。他的食管和胃，感觉这么坐着时，被人偷偷地缝了起来。他倒了一杯清咖，喝完，又续了一杯。

"你不吃点这个么？"这女孩发问了。

"嗯，不了，暂时还不想吃。"

"你怎么啦？觉得哪里不舒服吗？"

"嗯，其实我是有点不舒服。有点头疼，怎么说呢。"

"噢，那你真去过酒吧了，就像那个小个子说的那样，他叫啥来着？"

"约翰斯，"狄克逊用一种特殊的发音说出了这个名字，希望她能听得出自己此时此地对这家伙的准确感觉，"是的，我确实去了趟酒吧。"

"你在那儿喝多了，是不是？"她好奇心上来后，连吃饭也停下了，但双手仍握成拳头，攥着刀叉，放在餐桌布上。他留意到她的指尖是平头的，手指甲也剪得很短。

"我想我一定是吧，对的。"他回答道。

"那你究竟喝了多少啊？"

"噢，我倒没有仔细数过。这是个坏习惯，我说的是数酒瓶。"

"嗯，我觉得也是吧。但你感觉自己喝了多少呢？大概？"

"噢……七八瓶吧，有可能。"

"啤酒么，一定是啤酒，对不对？"

"是的。"他微微一笑，心想她大概真没有见过坏男人吧，而她眼白中略略泛着的蓝色，使她看起来特别健康。可是，当她接下来说话时，他突然改变了自己刚才的第一个想法，对后一个想法也失去了兴趣。

"嗯，你要真喝了那么多，第二天一定会觉得不对劲，那肯定会的吧？"她将身子坐直，显出了一副女家庭教师的模样。

他一下子想到了他的父亲。父亲二战前总穿着笔挺的白衬衫，被一位嘴很坏的珠宝商说成是举止过度"端庄"。那位喜欢推敲措辞的老兄，恰好帮狄克逊想出了眼前这位克里斯汀小姐的应有评价。他相当生硬地回了一句："是啊，我肯定会的，难道不是么？"这句口头禅其实是他从卡罗尔·哥德史密斯口中贩来的。想到了她，狄克逊今天早上第一次回忆起他昨夜目击的场景。他也意识到，那件事情，对于这女孩而言，与哥德史密斯家一样事关重大。怎么说呢，她显然可以自己照顾好她自己的吧。

"昨晚大家都在猜测你究竟上哪儿去了。"她说。

"我对这一点毫不怀疑。告诉我：威尔奇先生是如何反应的？"

"什么？你是问，发觉你可能去了酒吧，他的反应如何么？"

"是啊。他听到之后，人是不是看上去有点暴躁？"

"我真的不知道了。"她意识到自己的回答听起来可能太突兀，于是又补了一句，"我对他一点也不熟悉，你知道的，这样一来，我真没法判断。他好像听力不大好，你懂我的意思吧。"

狄克逊懂了。他觉得自己现在可以去进攻鸡蛋、火腿和番茄了，于是去取了一些，说："啊，这我就放心了，真的。我会去向他道个歉的，我想我会的。"

"这可能是个好主意吧。"

她说这话的口气令他转身面对餐柜，双肩耸起，做了个中国古代大官发怒的表情。这女孩和她男朋友真叫他厌恶透顶，可他怎么也想不通，这两人怎么就彼此互不讨厌。突然，他想到了床垫被单：自己怎么会这么愚蠢？他根本不应该将它们就那么摆放着扬长而去。他必须再好好做些掩饰工作。他得立即回自己的卧室，再看看那里的情况，究竟会给人带来怎样的第一印象。"天哪，"他出神地说道，"哦，我的老天啊。"他强作镇静。"我很抱歉，我得赶快走了。"

"那你还回来么？"

"不，不是真正的离开，还没有到⋯⋯不，我的意思是，还有⋯⋯我得赶紧上楼去。"他意识到自己这句退场词用得实在太拙劣，于是，他手里端着盘盖，嘴里说："我的卧房出了些问题，我必须调整一下。"他看着她，发现对方的眼睛里的瞳孔放大了。"昨晚我房里着火了。"

"你在自己卧室里放火了么?"

"不,我不是故意放火,我点了支香烟。结果就这么烧起来了。"

她的面部表情再次发生了变化。"你卧室里失过火啦?"

"不是,只是床烧了。火是被我香烟点着的。"

"你是说你在自己的床上点火啦?"

"对的。"

"香烟点着的吗?不是你想放火?那你为什么不及时扑灭呢?"

"我睡着了。我早上醒来后才意识到。"

"可是,你一定应该……火烧到你没有?"

他将手中的盘盖子放下。"看起来好像没有。"

"噢,那不管怎么说,都挺严重的。"她看着他,双唇抿紧,然后笑出了声。她此刻的笑声,和前一天晚上完全不同。事实上,在狄克逊听来,一点不像音乐那么好听。她那精心梳理过的头发,垂下了金色的一缕,她轻轻将其恢复原状。"啊呀,那你该怎么办才好?"

"我还不知道。但我一定得做点什么事。"

"是的,我完全同意。你得立即行动了,对吧,一定得赶在保姆出来做事之前?"

"我知道。但我能做什么呢?"

"现场情况有多糟糕?"

"相当糟糕。好几大块都没了,你知道么。"

"噢！可惜，我没有亲眼看过，真不好给你出主意。除非你……不，估计也没什么用。"

"喂，我想你是不是可以上来，然后……"

"然后看一眼现场？"

"对。你觉得你能行么？"

她坐直了身子，想了想。"嗯，好吧。当然，我什么也不能保证哦。"

"不，当然不要你保证，"他高兴地忆起，昨晚的浩劫之后，他还有几支香烟，"这就太感谢你了。"

他俩走到餐厅门口时，她突然问："那你早饭怎么办？"

"哦，我吃不上了。真的来不及了。"

"换做是我，我就先吃完再说。告诉你一声，他们家中午饭菜的数量很少。"

"但我不想等到……我的意思是说，我没有多少时间了……等我一分钟。"只见他拔腿奔回餐柜那儿，夹起一块颤悠悠的煎鸡蛋，整个滑入口中。她双手交叉在胸前，一脸茫然地看着他。狄克逊狼吞虎咽后，又将一大片火腿对折，塞进了自己上下牙齿之间，然后做了个"就来"的手势。他的消化系统里，翻腾起一阵恶心。

他俩一前一后，从厅里一路走上楼梯。一阵单调的竖笛声，仿佛是陶笛吹出来的，远远地传来。威尔奇估计在他卧室里吃过早饭了吧。狄克逊发现通往自己卧室的那间盥洗室没反锁，他紧绷的心弦，一下子松了下来。

这女孩严厉地瞪着他，问："我们进这里干吗？"

"我的卧室在更里面。"

"噢，我明白了。这格局可真奇怪啊。"

"我猜，这部分的建筑，是老威自己设计的。还不错啦，总比先进卧室，然后再是盥洗室强吧。"

"我也是这么觉得的。我的天哪，你大概是精力过剩了，对吧？"她走上前去，手指托起那些毯子床单，就像面料商店里的营业员做展示一样，"但这些看上去不像是烧过的，好像是被什么刀割过一样。"

"是的，我……用刮胡刀片将那些烧焦的部分切了下来。我觉得这样，看上去总比那些烧过的东西好一些。"

"你究竟想干吗啊？"

"我也无法解释我的想法。我当时只是想，这样弄一下会好看点。"

"嗯。所有这些都是一支香烟烧的么？"

"这我就不清楚了。大概是吧。"

"你大概真的喝多了，烧得这么厉害你都没有……桌子也烧过。啊呀，还有地毯啊。你知道么，我真不知道自己是不是应该被你卷入这桩烂事里。"她咧嘴笑了，这笑容，让她看起来出奇的健康，同时，还暴露出她那略微有点不整齐的门牙。不知道什么原因，这比看到一副整齐的牙齿，更叫狄克逊感到心情动荡。他开始想，对于这位女孩的细节，自己看得足够多了，谢谢啦。只见她又挺直身子，双唇闭紧，似乎在考虑：

"我觉得，最好的方法，是重新铺床，将所有这一切乱七八糟的东西盖到底下，别让人看见。你可以将只是微微熏了一下的毯子，就这条，放到最上面。把朝下的那面翻上来，这几乎都不大看得出来了。怎么样？只是可惜没有鸭绒床罩。"

"是的，这主意听起来很好，就按你说的做。但是，她们掀开毯子，一定会发现的，不是么？"

"发现归发现，但她们恐怕不大会同吸烟联系起来吧，尤其是你已经用刮胡刀片做过手脚了。还有，毕竟你不会头睡到床脚去抽香烟，对吗？"

"有道理，你说得对。那么，我们顺着这条思路弄下去。"

他用力将床从墙边挪开，她则双臂搭在胸前看着。接下来，他俩将那些玩意铺上去了又拉下来，拉下来又铺上去。吸尘器的声音已经很近了，把威尔奇的竖笛声都盖了下去。他俩如此这般干活时，狄克逊违背了自己不再留意这位卡拉汉女孩的初衷，居然又端详起她来。他越看越气愤，这姑娘啊，比他想象中还要漂亮。狄克逊真想现在就做个习惯性的鬼脸，或发出一声怪叫。每当威尔奇给他一项能力考验，或是他老远看到米切，或是想到威尔奇夫人，或是比斯利告诉他约翰斯又说过什么话之后，他总爱那么做。他想扭曲自己的五官，喷吐出胸中的气流，以此抵消这女孩在他心中勾起的那团混乱的感受：不平，悲伤，反感，牢骚，怨恨，毫无用处的怒火，以及各种痛苦的衍生品。这女孩犯下了双重罪过，首先为什么要长成这样；其次是为什么在他面前显出这等相貌。那些千篇一律的梦中女神、意大利女影星、亿万富翁的老婆、挂历上的女孩,他都忍受得了,甚至说,他很喜欢去看她们。但这种类型的女孩,他真是看了一眼,就不能再看下去了。他想起在一本书里读过,有位透彻研究过爱的人,一位水平不亚于柏拉图或里尔克的人,曾宣称:爱这种东西,不仅是程度上,其实从本质上来说,和普通的性感觉,都是不一样的。这么一来,他对这位女孩的感觉,是不是就是爱了呢?无论是在他的经历中,还是他的幻想里,从来就没有过出现过类似的感觉。但是,除了有柏拉图或里尔克这种似是而非的支持,其他研究结果,都与他这想法背道而驰。哎,如果这都不是爱,那这算什么呢?看起来可不像是欲望。当被单最后一个角被小心折好,他站到她所在的床那边时,他强烈地感觉到自己的双手,想要伸出去罩住她那饱满的胸脯。但这举动,就算实施了,对他而言,也就像面对果盘里一只又大又甜的蜜桃,想要伸手去抓那样,是非常自然、非常无关痛痒、不会招来任何非议的动作。不,这一切的想法,不管叫什么名称,都是大脑里一种叫人无可奈何的东西。

"就这样,我觉得看起来很不错了,"这女孩说,"如果不告诉你的话,你怎么也想不到这些下面会是什么吧。"

"不会的。谢谢你的好主意,还有你的帮助。"

"哦,没关系啦。那桌子,你打算怎么弄呢?"

"我想过这个问题。过道最末端有个小杂货间,里面都是破烂家具、发霉图书那些玩意儿。昨天,他们打发我上那儿去找他们说的什么东西,大概是乐谱架吧。在一个画着法国王公大臣——就是那帮头戴宽边帽、手弹班卓琴家伙的旧屏风后,还有点地方,应该可以塞得进这张桌子。你能出去望望风吗?要是没有人的话,我立即抱着这桌子冲过去。"

"同意。我不得不说,你这叫做天赐灵感。桌子看不到,那谁都不会将床垫被单和抽烟联系起来了。她们会怀疑你做噩梦或是干什么的时候,双脚乱蹬,踢破了那些东西。"

"那真是特大的噩梦,两层毯子给踢穿了。"

她张开嘴看着他,开始笑出声来。她坐到床上,但立即一跃而起,好像那床又着火了。狄克逊也笑出了声,倒不是因为他觉得有什么好笑,而是因为感激她在此刻的笑容。他俩就这样笑了足足一分钟,然后她在盥洗室门外,招呼他出来。他赶紧抱着桌子冲到楼梯平台。突然,玛格丽特推开自己卧室的房门,一眼看见了他俩。

"你这是在演哪一出戏啊,詹姆士?"她问。

7

"我们正在……我正在……我刚刚想要处理掉这张桌子,就是这样的。"狄克逊说着,目光从一个女人身上转到另一女人身上。

卡拉汉女孩鼻子里没有控制住,发出特别响亮的噗嗤声,随后哈哈大笑起来。玛格丽特说:"这都在胡说些什么呀?"

"这绝对不是胡说,玛格丽特,我可以向你保证。我已经……"

"你们容我说一句话好么,"女孩抢过了他的话头,"我想,我们应该先处理掉这张桌子,然后再慢慢叙述前因后果,不对么?"

"太对了。"狄克逊说着,低头奔向过道的尽头。到了杂货房,他用肩肘推开了一张射箭的靶子,用那副乡下老农头一次进城的面孔,盯着靶子看,心想:靶子啊靶子,你这些年,一定目睹过无数奇蠢无比的姿势吧?然后,他将桌子扔到了屏风后面。接下来,他顺手拿起一段发了霉的绸缎,平铺于桌面;然后在绸缎上放上两柄钝头佩剑,又摆上了本《西班牙的教训》,以及一套小人国玩具衣帽橱柜(这里面一定有贝壳和孩子的头发)。最后,他在这堆东西的最上面,加放了一台某个自以为是的家伙用来观察天文或拍照的三脚支架。他退后一步看，效果简直完美。不管是谁，看后都会觉得，这些东西如此摆放一定已经有很多年了。他微微一笑，闭了一会儿眼睛，然后一下子又回到现实生活中来。

玛格丽特在她卧室门里面等着他，一侧嘴角露出了某种他非常熟悉的表情。卡拉汉女孩已经走了。

"我说，詹姆士，这都是在搞什么呀？"

他关上了门，开始解释起来。在他复述时，纵火的情节，以及掩盖的对策，头一次让他自己觉得非常好笑。玛格丽特一定也会觉得好笑吧，尤其是她本人和这件事毫无牵连。这都是她喜欢的故事类型。最后，他说出了以上这些想法。

她的表情一点也没有变化，依旧是反对他的意思："不过，我看得出来，你和那女孩觉得这一切都挺好玩的。"

"是啊，我们为什么不能觉得这一切很好玩呢？"

"没有任何为什么。这事和我一点关系也没有。整件事情，在我看来，是十分愚蠢和幼稚的，仅此而已。"

他很费力地说道："你听好，玛格丽特：我很明白你为什么会有这种看法。但你难道没看懂么，整个问题的中心是，我其实根本不想去烧那些该死的床单毯子。但我一旦犯了这个错，我显然就得去做点什么来弥补，难道不对么？"

"你当然可以去威尔奇夫人那里，当面解释一下。"

"不！虽说我'当然'应该去，但我就是做不到啊。那样一来，我五分钟之后就会失业的。"他掏出香烟，给他俩一人点了一支。他努力回忆，伯特兰的女朋友是否也说过让他向威尔奇夫人坦白之类的建议。他觉得她没有说过。从某种意义上说,这也真是奇了怪了。

"要是她发现了那张桌子,你被炒掉的速度还要快。"

"她发现不了的。"他有点恼火了,开始在屋里来来回回地走动起来。

"那床单又是怎么回事?你说的重新铺床是克里斯汀·卡拉汉出的主意?"

"嗯?那又怎么啦?床单又怎么啦?"

"看起来,你和她今天的关系,要远远比昨天好很多啊。"

"是啊,那不是很好嘛,对吧?"

"可我突然觉得,刚刚她的举动极其粗鲁。"

"你这话什么意思?什么举动?"

"干涉这件事,并让你那样去扔掉一张桌子。"

狄克逊觉得自尊心受到了刺激,回道:"'粗鲁'这词,你用得太随意了,玛格丽特。她刚刚说得绝对正确:威尔奇他们家的人,随时可能出现。要是说有人干涉了我这事,那也是你,而不是她。"他这话还没说完,自己就后悔了。

她嘴半张,瞪着他看,接着立马转身背对着他:"那对不起,我再也不干涉你的事情了。"

"喏,玛格丽特,你知道我不是那个意思,不要极端嘛。我刚才只是……"

她努力控制住情绪,响亮地发出一声:"请你走开。"

狄克逊的脑海里无法摆脱那种评价:这女人既是演员,又是编剧，演出非常出色。而令人深感痛恨的是，自己却演得一塌糊涂。他尝试让语气变得非常迫切，说道："你千万别那么想。我他妈的居然说出这种话，我真蠢，我承认。我不是说你真的干涉了我的事，我当然不是那个意思。你必须清楚……"

"噢，我很清楚，詹姆士。我完全清楚。"这次，她的语调平缓了。她此时的一套装扮，颇有艺术气质：杂色衬衫，荷叶边带口袋的裙子，低跟鞋，以及一串木珠子。她的香烟，腾起卷曲的青云，在阳光下缭绕着她赤裸的前臂。狄克逊凑近，发现她的头发刚洗过，没有光泽，在她脖子后面聚成一缕。在这种状态下，他觉得这头发更具特殊的女性魅力，远超卡拉汉女孩那头亮泽的短发。可怜的老朋友玛格丽特，他心里想着，便将手搭到她挨着他的肩头，意思是表示求好。

他还没来得及说话，她已经将他那只手给甩掉，并走到窗前。她一开口，他就意识到，这是将此前他俩显而易见的纠葛，继续推向一个更新的高潮。"你给我滚开。你好大的胆子。不要再对我动手动脚的了。你觉得你谁啊？昨晚，那种无耻行径，你还没向我好好道歉呢。我希望你能意识到，你浑身上下酒臭冲天。我从来没对你有过一丝一毫那方面的暗示……你怎么就胆敢想对我做出那种事情？你到底把我当什么人啦？你又不是不知道，在过去的那几个星期里，我都经历了些什么。这太叫人受不了，绝对是受不了了。我再也无法容忍了。你当时一定知道我是什么样的感受。"

她就这么说个不停，他则看着她的眼睛，感到内心的恐慌，无论是从质上还是量上，都在不断提升。她的身躯来回震颤，脑袋在那又细又长的脖子上左右晃动，使得那串木珠子在杂色衬衫上不断蹭摆。他意识到，她的表现，和她那套颇具艺术气质的装扮真不相配。如此打扮的人，是不该介意这类事情，肯定不至于像玛格丽特对这件事如此耿耿于怀。穿着这么得体的衣裙，平时都是举止得体的样子，可现在乱发这么大的脾气，真是不应该。不过，起码在卡奇帕尔这桩事情上，她也并不总是举止得体，对吧？话又说回来，自己真不应该，甚至可以说自己真不道德，就因为对她某些一贯作风的厌恶，而忘了那最重要的事：她在精神上，刚刚遭受过重大打击。是的，她是对的，虽然不是她自己感觉的那样。他的表现太差劲，也没有好好顾及对方的感受。他得全力以赴去道歉了。尽管她情绪激昂，声音的强度却明显控制得住——意识到不知何处钻出来这个念头时，他立即将其甩出脑壳。

"我还在想，昨天下午我们建立起来的那份关系，多么的珍贵，多么的美好。但回过头来看看，那些都很愚蠢，不对么？我真是大错特错，我……"

"不，你现在大错特错了，你那时是对的，"他插话进来，"那些事情，不会到那一步就止步不前的，你懂么？人类没那么单纯，不像是机器。"

他就这么说个不停，她则看着他的眼睛。他口中的陈词滥调，如果说有什么作用的话，起码可以帮助他直面她的目光。她以自己最喜欢的那种双腿微微交叠的姿势站着，明显在秀腿，那腿也确实很好看，是她身体最美的部位。随后，她将头稍稍侧了一下，眼镜片反射阳光，使他无法看到她视线的方向。这份诡异，令他大感惶恐。但他还是鼓足勇气，对那遥远的目标，不断地许愿，不停地表态。那目标就是结束这场风波，令偏离了诚实道路的旅人，重新得到安歇。咔嚓，咔嚓，咔嚓，他的靴子又开始在屋里来回走动起来。

过了一阵，她的状况减退为无法抑制的愤怒，接下来变成一般恼火，随后剩下沮丧。她每次只发出一个音节。"噢，詹姆士。"她最后终于开口了，"我们真的停止吧。我累了。我太累了，我再也撑不下去了。我得回床上睡觉了。昨晚，我没有怎么睡着。我只想一个人静静。你也替我考虑考虑吧。"

"那你的早饭怎么办？"

"我根本不想吃。不管怎么说，现在也没了吧。我也不想跟任何人说话。"她躺进被子里，闭上眼睛，"请让我一个人睡会儿。"

"你肯定自己没事？"

她长叹一声："哦，是的。"然后说："请你走吧。"

"千万别忘了我说的话。"

他等不到她的回音，于是悄然离开，进入了自己的卧室。他躺在被子上，又抽了支香烟，并做了些无益的沉思，思考刚过去的一个小时内所发生的一切。他几乎是立即将玛格丽特抛到脑海之外了。他俩的每件事情都非常复杂，不过，一直以来，都是那么复杂。他不仅痛恨她对他说的那些话，也恨透自己对她所说的话。但是，他所做的一切，都只是迫不得已。啊，那位卡拉汉女孩的表现，是多么的好，尽管初次见面，她有些故作清高。她给自己所出的主意，也是那么的高明。这些，加上她那放肆的大笑，都足以证明，她并不像看上去那样"庄重"。他颇不宁静地回想起她那叫人心悸的肌肤光泽，她眼睛里令人神伤的透亮，以及她略略不规整的牙齿，散发出的叫人诧异的洁白。接着，他想到，这女孩居然和伯特兰在一起，显然不是什么好货色吧。这么想，让他多少有了几许释然。是啊，伯特兰，自己要么与这家伙和好，要么就得躲着他。避开此人，几乎肯定是上策。与此同时，他也应当避开玛格丽特。如果阿特金森能够准时打来电话，那么不消一个钟头，他就能离开这座房子，扬长而去也。

这回，他将香烟在烟灰缸里掐灭，足足花了二三十秒，然后出去剃了胡须。过了一阵，有人发出了狗吠一般的声音："狄克逊。"他应声来到楼梯口。"有人叫我吗？"他也吼着回答。

"电话，狄克逊，狄克逊，电话。"

在客厅，伯特兰和他父母以及女友正坐在一起。他用那硕大的脑袋示意了一下电话，然后继续听他老爹讲话。他那位老爹，如同破烂机器人般斜躺在扶手椅里，没好气地说着："你们懂么，在儿童美术里面，需要的是一种称之为视觉清晰度的东西，那是一种对世界直截了当的看法，你们明白么，而不是成年人看到的那样。这个嘛，这个，这个……"

"是你么，吉姆？"阿特金森用那种冷酷的声音问道，"那边的大马戏团里,情况怎么样?"

"听到你的声音,一切都变得更好了,比尔。"

令人大感意外的情况发生了:这阿特金森,今天突然变得絮絮叨叨起来,他复述起《世界新闻》里读到的一则案例,又向狄克逊咨询起一个有奖猜谜的解答,居然还给威尔奇家庭音乐会提了个根本不切合实际的建议。狄克逊留意到,卡拉汉女孩正在听伯特兰讲解某个美术问题。她人在椅子里坐得笔直,嘴唇抿着。她的衣着,狄克逊第一次注意到,居然就是昨晚所穿的那套。她的一切,看上去都是很严肃的。可她却对破床单和烧焦的桌子毫不在意,这一点,和玛格丽特完全不同。这女孩也不介意他自己用手拿煎鸡蛋吃。这真是一个谜。

狄克逊提高了音量,说:"嗯,非常感谢你打电话通知我,比尔。请对我父母说声抱歉,好么?告诉他们,我会立即赶回去的。"

"你走之前,也替我问一声约翰斯,问他我应该把他的双簧管放到什么地方。"

"我会尽力去问。再见。"

"那就是墨西哥美术的真正要点,克里斯汀,"伯特兰说,"原始的技法,不可能有任何可取之处,显而易见。"

"没有,当然没有,我明白了。"这是她的话。

"我很抱歉,我现在立即得走了,威尔奇夫人,"狄克逊说,"刚才那个电话……"

他们都转过脸来看着他,伯特兰极不耐烦,威尔奇夫人满脸指责，威尔奇一脸茫然。伯特兰的女朋友则是一副毫无兴趣的样子。狄克逊刚要解释什么，玛格丽特从开着的门里走了进来，后面跟着约翰斯。她从起先那种躺着毫无气力的状态，竟能恢复得如此迅速。是不是约翰斯以某种方式帮助了她？

"啊——"玛格丽特说。每当面对一屋子的人时，她惯用这种问候方式：长长的一声下滑音，一直用尽最后一口气。"大家好。"

屋里的人开始不安地动弹，以示回应。威尔奇和伯特兰同时开口，威尔奇夫人目光迅速地在狄克逊和玛格丽特之间来回扫着，约翰斯一脸猪油白，在进门处站着。突然，威尔奇边说话，边从椅子上摇晃着弹起身，走向约翰斯。狄克逊感觉，自己说话的机会转瞬即逝，于是也向前走去。他听见威尔奇用了个专业术语"华彩低音"。他干咳了一声，打算响亮地说，但没有想到效果很嘶哑："我很抱歉，我现在得走了。我父母突然来看我。"他停顿了一下，等着有人喊出"太可惜""真遗憾"这类的挽留客套。结果，谁也没吭一声，他便赶紧继续说完："非常感激您留我在这过夜，威尔奇太太，我真的很开心。现在，很抱歉，我真得走了。再见，诸位！"

他避开玛格丽特的眼睛，在一片沉默中走出来房门。除了感到自己随时都会死掉或会疯掉，他醉后的那种不适感，居然彻底消失了。他经过约翰斯身边，对方在坏坏地笑着。

8

"噢,狄克逊,我能和你说句话么?"

对于听到这句话的人,这是一切命令中最可怕的一种。在他服役于空军部队那时,他的上士长官,就爱那么说。那位正规军的长官,脑子里有着传统礼仪观,每次都是这么将狄克逊这位非正式任命的士官拉到没人的地方,然后针对一些微乎其微的疏忽,大发一通雷霆,而不仅只是"说句话"。而今,威尔奇将这一老传统复活了,狄克逊每次给他一个新的"坏印象"之后,他就将开头那短小的大师序曲,一下子变为如火如荼的快板,从而尽情发泄他的不满情绪。最起码,这句开场白也预示着又有什么新的学术任务,等着狄克逊去完成,等着他去证明自己对于系里的价值。米切也不止一次使用过这句话,表达出他想要探讨或询问"中世纪的生活和文化"这一话题。这回轮到威尔奇来发布指令了,只见他在狄克逊和哥德史密斯共用的一间小教室门口晃悠着。狄克逊聪明的脑袋里,此时所能想到的,是自己因帮威尔奇的新书做索引而获得了称赞,或是被推荐成为《中世纪》期刊的一名编辑,要么就是应邀参加一次不太像样的家庭聚会。然而,感情和身体却提醒他,接下来的某件倒霉事,一定会压得他半死不活。

"当然啦,教授。"他跟着威尔奇去隔壁办公室,心里想,马上要面对的辩论，是关于床单的事情，还是关于解雇的事情，还是关于床单加解雇的事情。狄克逊嘴里含糊不清地低声说了一大串骂人的词汇，仿佛这样一来，开头的几分钟他就能占上风似的。他边走，边把脚步跺得很重，一半是为自己鼓劲，一半是因为自己这天上午还没抽过烟呢。

威尔奇在他那张堆放得看不清所以然的办公桌后坐下。"哦……啊……狄克逊。"

"您说，教授？"

"我已经……你的这篇文章。"

尽管威尔奇说话颠三倒四，但他一旦批评起人来，却总是直截了当的。所以，这样的一句话，相对来说还是很令人振奋的。狄克逊防备着问："哦，那是？"

"前两天，我同一位南威尔士的老朋友聊了天。他是阿伯德尔学院的一位教授，他现在评上了，他叫阿斯诺·海恩斯。我想，你知道他那本讲中世纪时威尔士鹿渡谷的书吧？"

"哦，那是。"还是同样几个词，但狄克逊用了不同的语调，依旧是小心翼翼的。他想流露出自己非常热切、非常真诚、确实知道那本书的意思，但同时，又想显得对这书并没有第一手的了解，以防威尔奇突然询问这本书的内容概要。

"当然，他们那边的问题，和……和……是完全不同的。尤其是他们的兴趣班。他告诉我说……看起来，他们第一学年，每个学生，不管是不是想要继续学历史，都得先通过一定数量的……"

狄克逊迅速放松了他大部分的注意力，只留下足够的一点，好在恰当的时候点点头。他觉得一下子释然了。他的论文，和海恩斯老家伙，这两个话题之间越扯越远。但无论中间连接的桥梁是什么，都不可能真会有什么坏事发生。他脑海中渐渐下定一个决心，这想法在尚未成型之前，就把他自己给吓坏了：现在，自己和威尔奇独处一室，得向他摊牌，逼他透露出对自己未来的决定究竟是怎样。要是决定还没有做出，那么，何时能够做出，需要再做些什么，才可以明确做出？一直以来，他都想要增加自己被留任的机会，但这种希望本身，成为一种勒索，逼着他去公共图书馆找资料，以备威尔奇在当地历史的书籍创作的"不时之需"，或是"粗略看一遍"（其实是帮助纠正）威尔奇在当地考古期刊上某篇长文的样稿，或是随时准备参加乡村舞蹈会议（谢天谢地，他最终不必去了），或是上个月参加的那个糟糕的艺术周末活动，或是同意演讲《快乐的老英格兰》——尤其是最后这件事！这学期眼看就要结束，仅剩不到一个月的时间。迫击炮还是拼刺刀，不管用什么方法，他总得逼威尔奇不再沉默，不再乱扯，不再表现出那永恒而讶异的皱眉表情。

突然，威尔奇的话再次令狄克逊的思想全部发动起来："显然，这个叫卡顿的家伙，当年和海恩斯一样，也在申请阿伯德尔学院教授的职位，那大概是三四年前的事了。嗯，海恩斯自然不能讲很多，但他给了我这么一个印象，那就是这个卡顿差一点点就把教授这个位置从他手中抢走了，唯一的问题，就是卡顿本身有些相当不光彩的地方，你明白了么？不要向别人透露这个情况好么，狄克逊？好像是他伪造了一份推荐信或是其他什么类似的东西，这是我听出来的意思。不管怎么说，是桩相当不光彩的事情。当然，他编的这份期刊，或许是正大光明的，我并不是在否定他的东西。它完全可能是……正大光明的。但我想，我应该让你知道这个情况，狄克逊，这样你可以去采取任何你觉得……觉得……恰当……的行动。"

"真太感激您了，教授，您能这如此预先提醒我，真令我感激不尽。我或许得再写封信，问问他……"

"你上回写信去问他论文确切发表的时间，他没有给你回信么？"

"没有，他一个字也没有回。"

"是这样啊，那你真得给他再去一封了，狄克逊，就说你必须得到一个确切发表日期。就说还有一家期刊也在问询你的著作，就说你必须在一周之内需要得到明确的答复。"威尔奇居然说得这么流畅，而他说话时的眼神也显得那么的敏锐。看来，他给别人下达指示时，确实很有一手。

"是，我一定会照办的。"

"今天就去写，好么，狄克逊？"

"是，我一定。"

"毕竟，这事对你很重要，不是么？"

狄克逊终于等来了这句提示。"是的，教授。事实上，我刚准备问问您这事呢。"

威尔奇浓密散乱的双眉略略往下一沉。"关于什么呢?"

"嗯,您肯定能够理解,教授,我一直担心我在这里的职位,过去的几个月,我一直在担心。"

"噢,是么?"威尔奇颇为热情地答道,眉毛又恢复了原状。

"我想知道,我现在的状况如何,您懂的。"

"你的状况?"

"对,我……我的意思是,我很遗憾,刚来这里的时候,我没走对路子。我做了些比较愚蠢的事情。嗯,既然我的第一学年就快结束了,我很自然地感觉,心情有一些紧张。"

"是的,我知道很多年轻人,对于他们的第一份工作都有些难以适应。这是容易理解的,毕竟,战争刚结束。我不知道你是否认识年轻的福克纳,他现在到了诺丁汉大学。当年,他就在我们这找了一份工作,那是一九……"此处他停顿了一下,"四五年。怎么说呢,他在二战期间,经历非常坎坷,碰上一件又一件事情:先是被调到东亚,海军航空兵部队,然后又把他调回地中海。我记得他曾对我说过,都要适应自己的想法,那该是多么的困难。当时他不得不在这里安心工作,而且还想……"

还想扇你一记大耳光,狄克逊心里默默地说。他等了一会儿,发现威尔奇的停顿还没有结束,他自己便接了一句:"是啊,一个人是会觉得双倍的困难,如果他感觉缺乏……安全感。不过,我自己知道,换做是我,一定也会加倍努力,只要我能感到有安全感……"

"嗯，缺乏安全感是思想集中的最大敌人，这一点我懂。还有，每个人随着年纪增大，思想自然而然会越来越不容易集中。我觉得这真是不可思议，早年一个觉得完全无关紧要的干扰，居然会变得无法应付，我是说一旦到了……变老的时候。我记得他们当时，在这儿建一座新化学实验室，嗯，我说新，你现在去看看，现在，它已经和新这个词没有任何关系了，我是这么觉得的。我说的那时，是战前好些年了，他们在打地基。当时是复活节，一定是复活节，那台混凝土搅拌机，还是什么来着的……"

狄克逊暗想，威尔奇是否听得见他此刻磨牙的声音。如果他真听到了，却也没有表现出任何反应。像一名拳击运动员，饱受十个回合的痛苦打击后，狄克逊依然站着。此时，他终于插了句嘴："要是我可以消除掉我最大的担忧，那我会对所有事情都很开心。"

威尔奇的脑袋，像是架老式榴弹炮口，缓缓抬起。那种不知所以然的皱眉，又呈现了出来。"我不是很明白……"

"我的实习期。"狄克逊高声地说。

眉头舒展开来。"哦，那个啊。你在这里有两年实习期。狄克逊，不是一年哦。都写在你合同里，你知道的。有两年。"

"是的，我知道，但那仅仅意味着我两年期满，才能成为正式教师。那条并不是说，我第一年结束不能被……解雇。"

"噢，不能那么说，"威尔奇热情地回应，"不能。"他话音中，根本听不出是肯定还是否定狄克逊的意思。

"我一学年结束,可以被解雇,是么,教授?"狄克逊说得很快,身体顶着椅背。

"是的,我想是的。"威尔奇说,这次言语中透出了冷淡,仿佛有人让他做出某种理论上说得通但道德上提也不该提的妥协。

"怎么说呢,我只是在想,这究竟是怎么个状况?我没其他意思。"

"是的,毫无疑问,这就是你的想法。"威尔奇的口气依旧。

狄克逊等着,脸部肌肉开始蠢蠢欲动。他环顾四周,这是间小巧温馨的办公室,地毯看起来很协调,旧书一排排地放着,文件柜子里,摆着陈旧如古董似的考卷,以及以前那些学生的档案。从关着的窗玻璃望出去,正是那阳光普照着的物理实验室。威尔奇脑袋后面,悬挂着系日程表,那是威尔奇本人用五种不同颜色的墨水笔绘制的,五种颜色分别代表这系里的五位教师。看到这玩意,狄克逊思绪的闸门一下子打开了:从初来学院到现在,他第一次感到真实、压抑但又令人极度亢奋的无聊,与这种感觉形影不离的是一种真正的愤怒。如果威尔奇下一个五秒钟还不说点什么的话,狄克逊即将采取行动,好让自己二话不说被轰出去学校——那些行动绝对不是以前坐在隔壁假装工作时的憧憬。例如,他以前曾想过,在这面历史系日程表上,写一些短小精悍的污言碎语,评价一下他对系主任、对历史系、对中世纪历史学科、对历史本身、对玛格丽特的看法,然后把这块牌子挂到窗外,让路过的学生和老师们都能一目了然;他也曾想过,将威尔奇绑在椅子上,用个玻璃瓶狠狠地敲他的脑袋和双肩，逼他坦白交代，为啥他自己明明不是法国人，偏要给两个儿子取法语名字。不……不，他会仅仅用一种安静、平缓而又清晰的语调，让威尔奇好好听清楚他语言的大致意思——听好，你这只老土鳖，你觉得自己凭什么能掌管整个历史系，哪怕这个地方再破再烂，呃，你这只老土鳖？我知道你最擅长的是什么，你这只老土鳖……

"怎么说呢，这些事情没有你想象的那么简单，你懂么？"威尔奇突然发话了，"这是桩非常难的事情，狄克逊，你懂么？有许许多多的方面，我都得综合考虑。"

"对，我明白，教授。我只想问一声，这件事究竟什么时候能定下来，仅此而已。如果要我走人，那应该尽早通知我才好。"他说这些话的时候，感觉自己的脑袋，因愤怒而微微颤抖起来。

威尔奇瞟了他一眼，其实此前，他的目光已经两三次扫过狄克逊的脸庞，然后低头看着桌上一封半卷着的信。他喃喃地说："是的……呃……我……"

狄克逊用更大的嗓门继续说："因为我将不得不去寻找一份新工作，您懂么？大多数学校，在他们七月放假前就已经决定了九月份的录用名单。这样，我真得提早知道您的决定。"

一种不悦的表情，开始出现在威尔奇那眯缝着眼睛的面孔上。狄克逊一开始，还觉得挺高兴，这说明对方的思想，还能从外部予以感知；接着，他体会到了暂时的内疚，因为他看到眼前这个人，为了避免自己的痛苦，竭力不愿意透露任何相关的消息；最后，恐慌吞没了他：威尔奇不情愿透露的究竟是什么？他，狄克逊，就这么完蛋了？如果是这样，起码自己终于可以发表那段责骂老土鳖的演说了，当然，他希望自己的听众能够再多一些。

"一旦做好了决定，我第一时间告诉你，"威尔奇用令人难以置信的语速说，"目前什么都还没定下来。"

被弄得哑口无言之后，狄克逊意识到，想要找个咒骂老土鳖的场合，真是何等渺茫啊。他从来没办法对威尔奇直接说出自己的真实看法，而他对于玛格丽特，情况居然是一模一样。每次他都觉得自己已将实习期这个问题，引到了一触即发的白热化边缘，但现实中，却每每成为威尔奇回避策略那针头下的一团螺蛳肉。这次，威尔奇运用了言语策略，而并非以往的实际行动。这种新策略，正好帮他抵御了不愿承担的更大压力。

正像狄克逊心中有一半的把握所期待的那样，威尔奇掏出了手帕。显然他要擤鼻涕了。这通常都会很吓人，光是看看他那根奇大无比、毛孔开张的四面体鼻子，就会叫人受不了。但当那声熟悉的轰响，撞击着墙壁和窗户，拖长到令人惊诧的地步时，狄克逊却一点也不介意：这擤鼻涕的音效，有着改变他人情绪的特殊功效。此时，威尔奇无论说了点什么，听起来都变得真实可信起来，这样，狄克逊又回到了原点。不过，能回到最初，而不是被丢在自己不愿意待的前方阵地，是多么叫人愉悦。人们平时爱说的那句话"知道最坏结果，总比不知道瞎忙要强"，其实是大错特错。他们完全说反了。医生，麻烦您告诉我真相吧，我越早知道越好。不过，真相也得是我想听的才行。

当确信威尔奇的鼻涕都擤完了之后，狄克逊起身，几乎是带着真诚的心，感谢他给予了彼此交谈的机会。就连放在旁边椅子上的，通常必定惹他讨厌的威尔奇的"皮包"和钓鱼帽，此刻一见，也令他不由自主地哼起"威尔奇小调"来。这小调是某个令人厌烦的钢琴协奏曲中的回旋部分。有一次，威尔奇硬是要用他那台结构繁杂、带指数喇叭的留声机放给他听。这首所谓的"小调"，足足等到四张双面红标唱片播放到最后时才出现。后来，狄克逊给这曲子填写了歌词。现在，他下楼，往公共大厅走去。这个时间段，那里往往开始供应咖啡了。他紧闭的嘴唇里，含糊不清地唱道："你 / 这愚蠢的大笨蛋，你 / 这愚蠢的老东西 / 只会吃闲饭 / 胡言又乱语……"此处省略一大串无法写出来的词汇，刚好搭配协奏曲中极为难听的轰鸣。"你这啰嗦的屎壳郎 / 人渣都要比你强 / 又老又蠢的放屁管 / 你比屁股还肮脏。"狄克逊并不介意自己歌词中太晦涩的隐喻，比如："放屁管"特指威尔奇的竖笛。他觉得，自己明白其中的意思就行了。

考试正在进行中，狄克逊那天早晨无所事事，只需在中午十二点半去大礼堂取一些文稿。文稿上面印着他出的关于中世纪课程问题的答案。当他快到公共休息室时，思绪暂时飞到了中世纪。那些声称不相信人类发展事实的人，应该欢欣振奋起来。看看眼下这些学生，他们通过对中世纪历史的短暂学习，显然都已深受了鼓舞。至于氢弹、南非政府、蒋介石、麦卡锡参议员大人，这些仅仅是离开中世纪之后的一些小灾小难罢了。人性，怎么会变得如此丑陋、任性、沉闷、可怜、自负、缺乏艺术细胞、荒谬到令人痛心，变得和"中世代"这个表述（这是玛格丽特对中世纪的称谓）一样错误的地步！想到最后这一点，他咧嘴笑了。然而当一只脚跨进公用办公室时，他立即打住，因为他看到了脸色苍白、眼圈发黑的她，正独自坐在空荡荡的壁炉附近。

那个"艺术周末"过去已经十天左右了，他俩的关系并没有实质性的好转。他在橡树廊酒吧用了整晚，花了大量的钱和虚情假意，换来的结果是她说她自己还在恨他。后来，他再次用了差不多同等的巨大努力，方才劝慰她界定、论述、讨论、缓和了这份怨恨，直至最后全然释怀。出于某种时有出现却难以琢磨的原因，他一见到她，心中就充满了喜爱和悔恨。天很热，他没要咖啡，而是向服务台前那位穿工作服的女工友要了份柠檬汁，然后穿过三三两两聊天的同事，来到玛格丽特跟前。

她穿着那件富有艺术气质的衣服，但这次没戴木珠链子，而是佩了一枚含有木质 M 字母的胸花。她椅子旁的地板上，放着一个装满试卷的大信封。屋内另一端，摆咖啡保温壶的地方，传过来一声高分贝尖叫，令狄克逊不寒而栗，接着，他说："你好，亲爱的，今天你感觉如何？"

"挺好的，谢谢。"

他尝试微笑了一下。"可你的声音听上去并没有那么好。"

"我没么？那不好意思。我现在真的感觉好极了。"她的话透露出极其尖刻的意味，下巴肌肉也绷得紧紧的，好像在忍受着牙疼的折磨。

他快速往左右看了看之后，凑近俯下身体，尽力用最温柔的声音说："听好，玛格丽特，请不要这么讲话。这真的没必要。如果你觉得不太舒服，就告诉我，我会感同身受的。如果你真觉得不错，那就好。不管是哪种状况，让我们一起来抽支烟吧。但看在上帝的分上，别再和我挑起争端了。我真的不想那样。"

她先前靠坐在椅子扶手上，这时突然身体位置挪动，背对起屋内所有人来，除了狄克逊之外。狄克逊因而看到她眼中噙着泪水。当他犹豫不决时，她开始出声地抽泣，却依旧看着他。

"玛格丽特，你可不能这样，"他惊恐地说，"别哭啦，我不是有意的。"

她怒气冲冲地将手往下一甩。"你过去说得对，"她颤抖着说，"都是我的错。我对不起。"

"玛格丽特……"

"不，是我错了。我对你发了脾气。我并不想那么做，我没有那个意思。这个早晨，什么事情都不对劲……"

"那么，就告诉我吧。先擦干你的眼泪。"

"你是唯一对我好的人，我却那样态度对你。"她说着，取下眼镜，开始用手帕擦拭泪水。

"真的没关系啊。告诉我，都遇到什么问题啦？"

"哦，没事。一切都不对劲，但一切似乎又都正常。"

"昨天晚上你又没睡好么？"

"噢，你真贴心，我确实没睡好，和以前一样，我觉得自己真可悲。我一直在想着自己,哦,天哪,这世上什么还能有点价值呢,特别是对像我这样的人来说?"

"来支香烟吧。"

"哦,谢谢,詹姆士,我现在正需要一支。我看上去还行吗?"

"当然不错。只是有点倦容。"

"我直到四点才睡着。我得去看医生,让他给我开点什么吃吃了。我不能总这样吧。"

"但他不是说过,你得自我调整,做到不依赖任何药物么?"

她抬眼看着他,脸上似乎出现了胜利的表情。"是的,他的确说过。但他并没有说,睡不着时我该如何自我调整呀。"

"其他什么方法都不管用么?"

"噢,上帝啊,那些泡澡、热牛奶,还有什么,阿司匹林、关窗子、开窗子的效用,你都知道啊……"

他们这么交谈了几分钟,周围其他老师开始陆续散开,重新回到自己的工作中去。这些工作,一定是大家自行安排的,因为现在是一学年中唯一都不需要教课的时间段。狄克逊一边聊天,一边暗冒冷汗。他极不情愿去回忆,但又迷迷糊糊地记起,两天前吧,他曾漫不经心对玛格丽特说过,第二天晚上,他会打个电话到威尔奇家里找她聊天。那电话昨天晚上他本应该打过去的。哎。显然,他现在需要来点什么邀请或承诺,起码可以消除这个潜在的隐患。于是他瞅准机会,来了这么一句:"今天一起吃个午饭吧? 你有空么?"

不知道什么原因,这两个问题令她的态度第一时间重新回到了最初的状态。"有空？你真觉得还有谁会邀请我一起出去吃午饭么？"

"我以为你告诉老威夫人你回去吃饭呢。"

"说来真巧了，她刚好有个小型午餐会，确实邀请了我去参加。"

"哦，瞧瞧吧，的确有人邀请你去吃午饭呀。"

她嘴里说"是，的确如此"时，表情却是一种迷糊、失落的模样，仿佛她突然忘了自己刚才说了些啥，甚至忘了他们先前交谈的内容。这情形，比刚才的眼泪，更令他紧张。他快速说了声：

"那是什么样的午餐会呢？"

"噢，我真不知道。"她疲乏地回了一句，"没有任何值得惊艳的，我猜哦。"当她盯着他看的时候，镜片似乎又变得模糊了起来。"我得走了。"她开始缓慢而迟钝地找她的手提包。

"玛格丽特，我们下次什么时候再见面？"

"我不知道。"

"我现在有点缺钱，一直要等到……要不，我让老威请我周末去他们家喝茶？"

"看你自己是否喜欢吧。不过，伯特兰也会在的。"她依旧用那种奇怪而又毫无感情色彩的语调说。

"伯特兰？哦，啊呀，那这事就没得谈了。"

她的声音中，陡然增加了一丝不易察觉的强调意味："是啊，他就要来参加夏季舞会了。"

此时此刻,狄克逊感觉像是被逼着跳上一辆飞驰着的火车——一旦停下来考虑,那肯定就没可能了。"我们也得去参加么?"他问。

十分钟过后,他们谈妥——确实都得去参加。玛格丽特要出门了,她满面微笑地锁上了那些试卷,往鼻子上补扑了些粉,然后给威尔奇夫人打了个电话,说自己不巧,不能去参加午餐会(这午餐会到现在也没有刚才听起来那么重要了)。玛格丽特将在酒吧快餐店和狄克逊一起吃点奶酪卷,喝点啤酒。而他也很高兴,自己打出去的王牌,居然发挥了这么大的威力。不过,和棋牌桌上的情况一样,王牌看起来应该可以连赢十张,而不是仅仅赢一张。而且王牌在手时,看上去要比摊在桌上更厉害。不过,他自己手中还有两条关键信息,这都是玛格丽特不知道的。其一,不管那算什么,伯特兰·威尔奇和卡罗尔-哥德史密斯之间确实有不正常的关系。就在刚才,玛格丽特告诉他,伯特兰将会带着卡罗尔来参加夏季舞会,因为后者的丈夫周末将作为威尔奇的代表去参加利兹举行的会议。而狄克逊一听,脑海里立即想到了上述的关联。这样一来,那位金发碧眼,身材姣好的卡拉汉女孩,自讨没趣,就算是被抛弃了吧。这个有趣的情况,基本可以抵消掉自己与卡罗尔、伯特兰、玛格丽特作为玛格丽特口中的"小团体",一同参加舞会所带来的不良感受。其二,狄克逊知道,但玛格丽特不知道的是:比尔·阿特金森此前同意,在自己和玛格丽特即将前去的酒馆快餐店里与他碰面。阿特金森在场,是个宝贵的后备力量,以防玛格丽特突然又和他闹起别扭来(鬼才知道他刚打出那张王牌,会不会又出现啥不良状况?)阿特金森的口风很紧,绝对不会突然地、不恰当地透露自己事先约他上那里去的。最最重要的是,到目前为止,阿特金森和玛格丽特还没有见过面。他的脑海中幻想着,这次见面后,这两位彼此私底下将如何向他评论对方。狄克逊在座位上等玛格丽特的时候,想着想着,便自娱自乐地笑了起来。天晓得还要等多久!为了打发时间,他翻出学院里拿的纸笔,开始写了起来:

"亲爱的卡尔顿博士:不好意思打搅您了,不过我想烦您告诉我,我那篇文章何时……"

9

"威尔奇教授,威尔奇教授,有人找您。"

狄克逊正在阅读期刊,听到这声音,不禁装得更加全神贯注起来,同时还偷偷做了个火星人进攻地球时的面部表情。他感觉,在公开场合里这么喊那个名字,简直是一个重大过错,即使那个名字的拥有者并不在场也非常不妥;威尔奇一贯是全天缺席高手,昨天就是极好的例子(也就是他们讨论狄克逊工作去留的那天):威尔奇来学院晃了一下他的身影,上午的上半部分,上午的下半部分乃至整个下午,他都给自己放了假。狄克逊希望传达室的门房人员(此人本身也不是什么好东西)此刻不要再喊叫那个名字了,尤其不要过来,以免他看到自己,让自己替威尔奇做替补。但这想法是徒劳的,不一会儿,他就感觉到这位门房走进了公共休息室,直接向他的椅子走来。他这才不得不抬起了头。

门房今天穿着一身橄榄绿军装式样的制服,头戴一顶看起来并不合适他的鸭舌帽。他是个长脸耸肩,鼻毛乱长的家伙,年纪倒是挺难估计的。他的表情,平常基本看不出什么变化,现在看到狄克逊,也还是那样。他一边走来,一边用那副嘶哑嗓门说:"噢,杰克逊先生。"

狄克逊真希望自己可以鼓足勇气,精神抖擞地在椅子上扭过身来，帮他去找他口中的那位陌生人。"嗯，麦克诺奇？"他热情回应。

"噢，杰克逊先生，有人打电话来找威尔奇教授，但我怎么也找不到他本人。您能帮他接个电话么？您是我在历史系里唯一可以找到的人。"他解释道。

"哦，没问题，"狄克逊说，"我可以在这里接么？"

"那谢谢了，杰克逊先生。不过，这里的电话是总机下面的分机。找教授的那位女士拨的是学院的直线。我可以帮您转到教务主任办公室里。他不会介意您去他那儿接电话的。"

一位女士？那要么是威尔奇夫人，要么就是某位与艺术相关的半疯物种吧。要是威尔奇太太，还会好些，主要是她的电话内容，自己还是可以理解的。不过，若是她已经发现了床单被套，甚至那张桌子的情况，那可就惨了。他们为什么都不肯放自己一马？他们中的每一个人，为什么毫无例外，都要缠着他，不肯让他清静清静？

幸运的是，教导主任的办公室里居然没人。那也是个坏家伙，刚好不在。狄克逊拎起话筒，说了声："我是狄克逊。"

"中间地层学系，对，是的。"一个声音轻松愉快地说。"你谁啊？"另一声音问道。接下来是一阵沙沙的干扰声，最后以一声令耳鼓膜破裂的咔哒声结束。当狄克逊再次接起电话，将听筒靠近耳朵时，他听到第二个声音又说话了："你是杰克逊先生么？"

"我是狄克逊。"

"谁?"这次换成了一个略微有些熟悉的声音,不是威尔奇夫人,听上去像是位青春少女。

"是狄克逊。我过来替威尔奇教授接电话。"

"哦,原来是狄克逊先生啊,"听筒里传来忍俊不禁的笑声,"我应该猜出来就是你。我是克里斯汀·卡拉汉。"

"噢,你好呀,呃,你好么?"他刚明白过来时,那种要拉肚子的不适感,此刻已经消失。因为他知道,对方的其余部分,此刻应该都在伦敦,至于她的声音部分,自己是可以应付。

"我很好啊,谢谢你,你怎么样?我希望你和床单的事情,终于了断了吧。"

狄克逊也哈哈大笑起来。"是的,看起来都没事了,老天保佑我吧。"

"噢,那就好……是这样的,你有办法找到威尔奇教授么?他现在人不在学院里么?"

"哎呀,他整个一上午都不在。现在肯定是回家去了。对了,你往他们家打过电话么?"

"哎,真烦人。要么,你能告诉我,他是不是在等着伯特兰回家?"

"嗯,是的,我刚好知道伯特兰这周末要回家。是玛格丽特·皮尔告诉我的。"狄克逊的那种平静心情,此刻已经不复存在:显然,这女孩不知道自己已经被伯特兰所抛弃,起码是在参加夏季舞会这件事上。所以,要回答她关于伯特兰的情况,还真有一定的难度。

"谁告诉你的?"她的声音尖锐了一点点。

"你认识的,玛格丽特·皮尔。就是上次你去他们家,暂居在那里的一个女孩。"

"哦,是的,我想起来了……她有没有说起过,伯特兰是否会参加你们的夏季舞会呢?"

狄克逊脑子转得飞快,希望她千万不要顺着问起伯特兰是否预定好的舞伴这个问题。"没有,我没听到她说过。但其他人都会去参加的。"她为啥不找到伯特兰,自己问问他啊?

"我知道了……但他肯定会回来的,对么?"

"显然如此。"

她一定是觉察到了他的困惑,因为接下来她说:"我想你一定会觉得奇怪,我为什么不去问伯特兰本人。是这样的,你知道么,这家伙往往不大容易找得到。目前他就处于一种失联状态,谁都不知道他在哪儿。他想来就来,想走就走,非常的随意,说是最讨厌被固定在一个地方,你懂了么?"

"我当然懂。"狄克逊握紧他空着的那只手,伸出两指不停地晃着。

"这样一来,我得问问他父亲,是否知道他在哪儿,在干什么。总而言之,我最想知道的是下面这个问题:我舅舅,戈尔-阿夸特先生,提前从巴黎回来了,他收到你们副院长的邀请,要来参加那个什么夏季舞会。他不知道自己要不要来。如果伯特兰和我决定一起来的话,我倒是可以劝他来参加,这样伯特兰和我舅舅就可以彼此认识一下,这是伯特兰自己盼望的。但我必须尽快知道，因为就是后天的事了。我的意思是，舅舅希望及早能决定下来，自己这周末在哪儿过。这么说……哎，听上去挺复杂，我真不好意思。"

"威尔奇夫人不能给你一点提示吗？"

对方沉默了一会儿。"我其实还没打过电话给她。"

"嗯，她知道的肯定要比我多，对吧？……喂？"

"我在……听好，这事你得保密，好么？如果我能通过其他方式知道，我是不会去找她的。我……我们俩上次在那里，相处得不是特别好。我呢，也就不太想和她在电话里谈论伯特兰的事情。我感觉她觉得我……别提那事了；不过，你听明白我的意思了吧？"

"我倒真的听明白了。老实告诉你吧，我和那位女士，相处得也不是特别好。听好，我有个建议。我可以现在给威尔奇他们家拨个电话，让教授给你打过去。如果他人不在，我就给他留句口信什么的。不管怎么样，我会负责确保威尔奇夫人不会被牵涉进来。如果不行的话，那我也会自己打电话告诉你。你觉得呢，我现在就打？"

"哦，那简直完美！太谢谢你了。这真是个天才的主意。这是我的号码，是我上班的地方，过了五点半，我就不在那里了。准备好了么？"

在他听写电话号码的时候，狄克逊反复给自己洗脑：威尔奇太太不可能发现床单或桌子的事，否则玛格丽特早就提前警告他了。电话那头的女孩上次对自己可真好啊，他想。"好了，我都记下来了。"他最后说道。

"你肯这么帮我,真是个大好人,"这女孩很活泼地说,"但这样一来,我岂不是显得太蠢了,你如此折腾,仅仅为了帮我避免……"

"千万别那么想。这些个事,我自己比谁都更清楚。"可他心中暗暗说,其实自己也清楚不到哪里去。

"嗯,我真感激不尽了,真的。我只是无法去面对……"

一种拍电报一样的声音,混进了这些句子当中,接着,又是一串噪声。最后,闯进来另一位女人的声音:"打电话的,你第二个三分钟也用完了。你还需要再来三分钟么?"

还没等狄克逊来得及开口,克里斯汀·卡拉汉已经说话了:"好的,请让我继续打完,好么?"

催促的噪声消失了。"喂?"狄克逊说。

"我还在。"

"我说你啊,这样是不是要花好多钱呢?"

"不是我的,是店里的。"她又笑了出声来,是和小银铃毫无关系的笑声。在电话里,那声音的刺耳感更加明显了。

狄克逊也笑了出声。"啊呀,我希望这桩事情,最后能皆大欢喜;不然,那就太惨了,我们做了那么多准备。"

"是的,没理由不会的。对了,你会去参加那个什么舞会么?"

"是啊,我没办法呀。"

"没办法?"

"哎,我其实根本不是块跳舞的料,你知道。这对我来说将会是一种痛苦，真没办法。"

"那你究竟为什么要去参加呢？"

"我现在要退出来，已经太晚了。"

"什么？"

"我已经回复过一句：'去参加可能会挺有趣的'。"

"噢，我想你会的。我自己倒真跳得不好。我从来就没好好学过。"

"你一定练过很多次，我敢肯定。"

"说实话，还真不多。我就没去过几场舞会。"

"那我俩大概可以一起坐着看看吧。"这句有点直接，他心里想，不应该说的。

"要是我来的话。"

"是的，要是你来的话。"

挂电话前，俩人一阵沉默。狄克逊感觉闷闷不乐：他第一次意识到，她来参加舞会的机会实在是微乎其微，这背后的玄机，将超过她最大胆的想象。由此导致的结果，是他将再也没有什么机会与她见面了。这事竟会取决于伯特兰对性爱、对社会经济地位的野心究竟哪一种更强烈。这令他觉得无比厌恶。

"嗯，再次感谢你的帮助。"

"一点不必客气。我非常希望你周六能来参加舞会。"

"这也是我的希望。好吧，先跟你说声再见。可能，我还会和你通个电话呢。"

"对呀。再见啦。"

他坐回椅子里,嘴里不断地吐气,努力想象着电话那头她的模样。她应该是笔挺地坐在自己办公室椅子上,当然是那样的,就像飞行员助理听到空军少将视察命令:"继续保持状态。"但真的一定会是那样么?她电话里的声音,听起来可不象:她说话时很放松,就像"床单-桌子战役"中,他碰巧见过的那样。不过,她通电话时,突然表现出的明显友好,兴许是因为她本人不在场,所造成的一种错觉吧。另一方面,她最初那种严肃样子,说不定同样也是她相貌所造成的错觉?他正要摸支香烟出来时,约翰斯从门口进来,手里拎着一捆考卷。他是不是又偷听了?

"你有什么要我帮忙么?"狄克逊用一种纯机械式的友善口气问道。

约翰斯发觉自己不得不说几句:"他去哪儿了?"

狄克逊往桌底下张望了一番,随后看了看上层抽屉,接下来又是字纸篓。"这些地方都不在。"

对方那种猪油白的面孔纹丝不动。"那我等。"

"我可不等了。"

狄克逊出门,打算去公共休息大厅往威尔奇家里打电话。当他经过传达室,猛地听到麦克诺奇说了声:"啊,他刚好在这儿,米切先生。"狄克逊做了个爱斯基摩人的鬼脸——就是努力将一半面孔收缩到双肩里去,又让面孔宽度撑大一倍,并将最终效果保持了几秒钟,而后,他转身,看见米切走了过来。

"啊,狄克逊先生,我想你现在不忙吧。"

狄克逊完全清楚，米切对于自己忙还是不忙，连原因，附带程度，都知道得一清二楚。他回答道："现在不忙。有什么要我帮忙的么？"

"老师，是关于你明年特别课题的事。"

"嗯，什么事呢？"到目前为止，学生们这种对特别课题的好奇心，一直是对狄克逊有利的。那三位他一直想拉到班级里来的漂亮女生，上回谈话时，看起来似乎都已产生了"兴趣"。而米切的"兴趣"虽说并没减弱，但也确实没有增长的迹象。

"我能同老师您一道在草坪上散会儿步么？这样明媚的好天气，要是待在室内，那真是太浪费了，对吧？关于那个课程大纲，我和奥沙内西小姐、麦克夸黛尔小姐、阿普-赖斯-威廉斯小姐一起详细研讨过。我看女同学们的意思，都觉得阅读任务太重了。而我本人却不这么认为，正如我对她们说的那样：上这样一门课，需要大量的背景知识做后盾，否则几乎毫无意义。但我很抱歉地告诉您，她们似乎都不以为然。她们作为女性，本身性格就比我们保守吧。哥德史密斯的课程，她们觉得学起来会更稳妥些。她们更清楚自己将会在他那儿学到些什么。"

这一点，狄克逊自己也相当清楚，但他听任米切的声音在自己耳边作响。随后，他俩步入强烈刺眼的阳光中，穿越粘脚的柏油路，来到主楼前的草坪上。米切刚才是在告诉他，三个漂亮女生叫嚷着要离开，而他本人叫嚷着要进来么？狄克逊可以阻止这些事发生，哪怕必须动用非法的伤人手段。过了一会儿，虽然他无法除掉嗓音中的哀伤，但还是说了句："那你说，我该怎么做呢?"

米切看着他。他的小胡子似乎比平时更浓密了,而那只庄重的温莎领结和身上所穿的饼干色衬衫,色调极不相称;那条淡紫色的丝绸裤子,随着他的步伐,在空中优雅地摇摆着。"老师,这一切当然都取决于您了。"他说的时候,恭维中略带一分惊讶。

"我在想,这课程是否真可以砍掉一些内容呢?"狄克逊几乎是没经过大脑,脱口而出。

"我倒不觉得还有什么可以删减的地方了,狄克逊先生。对于我个人而言,课程的宽泛基础,正是它最主要吸引力之所在。"

不管怎样,就这一点上,这话听起来倒让人觉得挺受用的。所谓基础,其实只是一个点——几何学上只有位置,而没有长、宽、高的一个实体——显然他只能从这一个点入手。"嗯,我得再好好研究一下,不管如何,我要看看是否真能删减掉一些内容。"

"老师,那太好了,"米切说道,他的态度,看上去就像是位参谋长,马上就要执行将军那套不可行的方案去了,"您会和我保持联络么,还是我来……"

"我今晚就研究一下,明天上午告诉你,如果你方便的话。"

"没问题。您能十一点钟来二年级公共休息室找我么?我可以让那几个女生也来,我们一起喝杯咖啡。"

"那就太好了,米切先生。"

"谢谢您,狄克逊先生。"

经过如此这番维多利亚式老派，或是说杂耍秀演员之间的致敬，狄克逊回到了此刻已空荡荡的公共休息室，坐到电话机旁。一切令米切感到有趣的内容，都得从课程大纲里删除，而对那些不可缺少的重点部分，尤其是那些东西，也将被毫不留情地删光。有什么要紧呢？他大概根本就不必来讲授这门课了。要是那样，他为什么还要担心米切和那三位漂亮女生感不感兴趣呢？他叹了口气，拎起了话筒。

接下来，事情发展得非常迅速。一方面，不出他所料，让威尔奇家的电话往外面打，那是需要耐心的，但反之，他们家接电话的速度，可谓是惊人。二十五秒不到，威尔奇夫人已经说话了："我是西莉亚·威尔奇。"

他感觉自己嘴里刚咬碎一块干脆饼：刚才想心事的当口，居然忘记有威尔奇夫人这回事了。不过，凭什么要担忧呢？于是他用几乎正常的声音说道："请问，威尔奇教授在家么？"

"你是狄克逊先生，对么？我等会儿去叫我先生。在这之前，如果你不介意的话，我想请你告诉我，你对我家毯子和床单都做了些什么，就是那次你……"

他想惊叫一声。他放大的瞳孔，落在附近放在的一张当地报纸上。没有考虑的时间了，他立即将自己的嘴巴噘成一个圆形，用变过的声音说："不是啊，威尔奇夫人，您一定是误会了。我是晚报记者。我们这里没有狄克逊先生这个人，我敢向您保证。"

"噢，那我太抱歉了；你刚开始的声音，听起来真像……我真是犯傻了。"

"没关系的,威尔奇夫人,一点都没关系。"

"我这就去给您叫我先生过来。"

"嗯,其实我是想和伯特兰·威尔奇先生说几句话。"想到自己的急智,狄克逊噘着的嘴努力微笑了起来,只需要几秒钟,这场恐怖事件就将结束。

"我不清楚他是否……请等一分钟。"她放下话筒。

最好坚持住,狄克逊心想。"伯特兰在不在"这个情报,威尔奇夫人显然去探寻了,而这个情况,正是他为卡拉汉女孩所准备的。那样,他就能给她打电话,亲自去告诉她。是啊,无论花什么代价,都得坚持住。

代价之一转眼就到了:脑海中印象极深的狗叫般嗓音直接钻进了他的耳孔。"我是伯特兰·威尔奇。"这声音是如此直接,令狄克逊产生了一种伯特兰就在室内对着他叫的感觉。他甚至觉得,这话筒被施过魔法,不再是话筒,而是两片血红的、覆盖着胡须的嘴唇。

"我是晚报记者。"他猪拱嘴颤悠悠地回答道。

"您,有什么事找我?"

狄克逊稍微镇定了一些。"呃……我们想给您写一段,登在我们,我们的周日版面上,"他一边说,一边在构思,"如果您不反对的话。"

"反对?反对?我这么个微不足道的画家,对于出一点点小名,还能有什么反对的么?不过,起码我得知道,这不是篇负面报道吧?"

狄克逊努力用嘴挤出了一阵笑声,但效果听起来,也就是狄更斯小说里老大爷的那种"嚯,嚯,嚯":"没有负面报道,我可以向您保证。很自然,我们已经有一些关于您的情况了。但我们还是想知道,您最近在忙什么呢,您明白了吧?"

"当然,当然,这再自然不过了。这么同您说吧,我目前手头有两三件事情。事实上,我目前有个棒极了的裸体模特,不过,我不知道贵报的读者是否想知道这类事情?"

"噢,那他们会特别感兴趣的,威尔奇先生,我向您保证。只要我们稍微改动一下说法就可以。我觉得,称其为'一位一丝不挂的女性',读者一定不会有意见的,是不是这样,先生?我猜,您说的那是位女性吧?"

伯特兰的笑声,犹如一头领队的猎犬,在搜索结束后的嚎叫。"噢,她的确是位女性,您可以用您屁股口袋里的钱来打赌。'屁股口袋'这词用得特别准确吧。"

狄克逊也加入了这阵笑声。这真是今后讲给比斯利和阿特金森听的绝佳故事。"先生,请问您那幅画上都用了些什么特殊技法么?技法一词,我用得对吧?"他此时本该平静下来,但他又继续追问了下去。

"技法相当大胆,您知道吧。相当现代的画风,但又不是特别现代。那些纯现代的家伙,整天唠叨这些、那些细节处理,我们不需要那么细,对不对?"

"是的,我们的确不需要那样,正如先生您所说的。我猜,这是一幅油画作品吧?"

"哦，天哪，正是。我不遗余力画出来的。顺便说一声，她大概是八乘六英尺的画幅，要么是装框后这么大。真是幅顶呱呱的东西。"

"您给她想好什么特别的名字了么？"

"嗯，是的，我想称她为：业余模特。那位让我画画的女孩，开始完全是业余的，但她表现出了专业模特的水平，起码是当她被画的时候。这样，您就懂这个名字的含义了吧。至于这个解释本身，如果我是您，我不会写到报纸上去的。"

"嗯，做梦都没想过写这句。"狄克逊的嗓音居然多多少少恢复到原来的样子了。过去的几秒钟，他的嘴不自觉的紧绷着，从而暂时失去了原先噘着的 O 形。这伯特兰究竟是个哪路货色，嗯？他忆起第一次见面，此人对卡拉汉女孩巧妙暗示会一起参加本周末的活动。上帝啊，哪天要是真动手打起来，他会……

"您刚才说什么？"伯特兰问，嗓音里出现了一丝怀疑。

"我在和办公室里另一人说话，威尔奇先生，"狄克逊答道，这次嘴唇又摆回 O 形，"我都了解了，谢谢您，先生。那么，您手头另一件是什么呢？"

"哦，那是一张自画像，背景是砖头外墙。事实上，砖头面积要比威尔奇本人所占的比例要大很多。这幅作品最主要的创作动机，其实是苍白的面色、皱巴巴的衣服，与那宏伟、红色、光滑的墙壁之间所形成鲜明对比。多多少少，可以称为是一位画家的写照。"

"啊，那正是如此，先生，谢谢您。还有其他作品么？"

"还有一幅小作品,描绘的是三个工人,在一家小酒馆里凑着头看报纸,不过那幅还没有正式开工。"

"我明白了。嗯,这些内容对我们的报纸非常合适,威尔奇先生。"狄克逊说。接下来,该是一次大胆冒险的机会。"那个年轻的女士,说过什么画展的事,想请教先生您,有这回事么?"

"是的,我这个秋季,将在当地举办一场小规模的展览。不过,您说的是哪位年轻女士?"

狄克逊一下子感觉轻松起来,他保持O状口形,无声地笑了。"先生,那是位叫卡拉汉的小姐,"他说,"我想您认识她吧。"

"是的,我认识她,"伯特兰语气有点生硬起来,"不过,她怎么和这采访有关了?"

"怎么啦?我以为您一定知道这事呢,"狄克逊故作诧异,"这真是她的想法。她认识我们这里的一位同事,我猜,正是她想出了写段报道的点子,然后,大概就告诉了我同事,您明白了吗,先生。"

"真的么?哎,我倒是第一次听到。您能肯定么?"

狄克逊发出了那种非常专业的笑声。"噢,这种事情上,我们从不会搞错的,先生。我们可不是一般人,如果您懂我的意思,威尔奇先生。"

"是的,我想是的,不过,这听起来特别……"

"哦,那样的话,我得再向她核实一下情况,先生。我是说,如果您存有疑虑的话。事实上,您这位卡拉汉小姐打电话给阿特金森时……"

"阿特金森又是位什么人物？我从来没有听过这个名字。"

"哦，他呀，他是我们伦敦办事处的同事，先生。女士刚和他通过电话，先生，女士说，如果我们能找到您的话，让我们通知您给女士打过去。好像女士打不通你们家的电话，还是怎么的。大概是有个什么紧急情况，女士让您这个下午就给她打电话，五点半之前，如果您可以的话。"

"好的，那我会照办的。对了，您是叫什么来着，万一我还要……"

"比斯利，先生，"狄克逊果断地回答，"阿尔弗雷德·R. 比斯利。"

"好的，谢谢您，比斯利先生，"（对了，就该用这种语调喊我，狄克逊心里想。）"哦，顺便问一声，这段报道，会在什么时候发表？"

"啊，先生，您这可就问倒我了，我很抱歉，这种事情向来说不准，但在接下来的四周之内，一定会刊登的。我们想留给自己充足的时间去搜集素材，以防够不上版面要求，您明白么，威尔奇先生？"

"非常理解，非常理解。好了，您该问的都问完了么？"

"是的，真心感谢您，先生。"

"不，不，我得谢谢您，老伙计，"伯特兰说着，兴高采烈地回到起先那种与人打成一片的腔调，"人类社会的精英啊，报社的绅士们。"

"真感激您能这么说，先生，"狄克逊说着，对着话筒做出伊迪丝·西特韦尔在电影里常见的那副消瘦而沉思的面孔，"好了，再见，谢谢您，威尔奇先生。感激不尽。"

"再会，比斯利老伙计。"

狄克逊往后一靠，抹了抹脸上的汗水。其实要有可能，他真想全身都擦一遍，然后，点上支香烟。刚才的恐慌，令他鲁莽得惊人，不过，他也知道，情况还没糟糕到一发不可收拾的地步。目前关键在于：趁伯特兰迂回发觉之前，得立即揭穿刚才的谎言。他必须非常详细地告诉卡拉汉女孩下列故事，让她记牢：某个自称阿特金森的男子，今天一早给她打过一个电话，声称自己是位记者，同他聊了伯特兰的事情。他躲躲闪闪地说自己是《晚报》的，要到了威尔奇家的电话号码，然后就挂了。当伯特兰一接通电话，她就必须立即用这个阿特金森的故事去迎上去，告诉他，说自己觉得这故事听起来非常蹊跷，而且得说明，那位"阿特金森"的声音，听上去很像是他们在伦敦一起认识的某某，而整个事件最最可能，或是说，除此想不出什么其他可能，只是某某对他俩开了个玩笑。她还得不动声色地说清楚，那位"阿特金森"是用某个伦敦直线电话号码打给她的，而不是通过长途转接的方式。要是她完全把上面的话复述清楚，那她和狄克逊就双双安然无虞了。就算伯特兰先前已经给《晚报》打过电话寻找"比斯利"，那也不要紧了。这当中最大的危险，是她不肯加入自己安排的这场密谋。不过，他还是有充分理由相信，她会加入的：她对自己的主动帮助，本身就很感激，何况他排除万难成功打探到了消息，她对那床单、桌子事件的态度也很好,如果万不得已,还可以进一步推动她,告诉她,一旦暴露,他的处境将会极其可怜。如果伯特兰还是怀疑,这家伙也许会通过感情压力,一点一点从她那儿套出真相。不过,他为什么还会怀疑呢?他应该无法想象,为了掌握有关夏季舞会的一些信息,她竟会不遗余力,唆使一个无足轻重的小地方的人去打探。而事实上,她真的这么干了。

当前最急需做的,显而易见,就是找到她本人,并教会她记住这个故事。他得加快行动了,因为他还得去吃午饭,然后在两点钟之前赶回来监考。不过,在采取接下来一系列行动之前,他将头往后一甩,发出了一阵长号般、毫无节制的狂笑。刚才这一切都太美妙了,就算中途出了岔子也令人感觉很爽,更何况这事不会出岔子。他的脑海中对伯特兰酝酿已久的战役,已经打响,局部战术上,居然取得了刚才的辉煌胜利。不过,一个声音警告他说,这场战役,虽然已熬到了目前阶段,但对于他这个地位不牢靠者而言,依旧非常危险。此外,还警告他不要被胜利冲昏了头脑。可他又一次发起狂笑,将头脑中的警告声全然地湮没了下去。

他再一次拎起话筒,拨通了长途接线员,然后拨打了克里斯汀·卡拉汉的号码。最好还是不要将他自己和伯特兰的全部对话告诉她,他心想。过了一会儿,他身体前倾凑上话筒,说道:"卡拉汉小姐吗?太好了,我是狄克逊。现在,你听好。"

10

"说句老实话,詹姆士,那是我见过她最生气的一次,"玛格丽特说,"当然了,她还是极力克制着的,不过她的嘴抿得很紧,两眼喷火。你知道那种眼神吧。我内心也无法责怪她,在喝茶的时候,当着我和老威的面,他居然隔着桌子那么对她说话。"

"当时究竟说了些什么?"狄克逊问道,他在舞厅的角落完成了一个转身,开始领着她滑向乐队方向。

"嗯,他当时就说了一句'噢,卡罗尔,告诉你一声,克里斯汀还是决定来参加舞会了,她还带上了她舅舅。'接下来,他满脸滑稽地对她说:'舅舅配外甥女,总归看起来不成体统吧。'要么就是其他类似这样的胡言乱语,'我觉得最佳方案,就是把她换过来,做我的舞伴,如果你不介意的话'——瞧这话说的,当着我们这么多人的面,好像她有资格介意似的——'戈尔-阿夸特将会非常高兴做你的舞伴,我毫不怀疑。'就是这几句话。"

"嗯。"狄克逊说。跳舞惯有的压力,加之他的目光得一直盯着玛格丽特前后左右晃动不停的面孔,使他感到话说多了很累。除此以外,在众人"啪嗒啪嗒"的脚步声以及叽叽喳喳的说话声中,他得竖起耳朵努力辨别出音乐的节奏。"脸皮真有点厚,瞧他这事做的。"

"我这一生中，从没见过这么叫人恶心的粗鲁行径。这男人真的无可救药了，詹姆士，他在社交上，以及其他各个方面，都无可救药了。不过，要我说，当时我一下子有了个念头——你觉得，他俩之间会不会有点儿什么，嗯，那种事情，我说的是伯特兰和卡罗尔。"

"我不知道啊。你怎么会这么说呢？"

"你没有观察到什么么？"

"我想我没有，怎么啦？"

"噢，我也不知道。不过他居然邀请她来参加舞会，这真叫人感觉非常怪异，而后来她居然会发那么大的火……"

"啊，不过伯特兰一直对她俩都挺热乎的，我记得她告诉我们的时候，你也在场——这样，她很自然地觉得自己被耍了。对不起！"他对一位臀部不小心撞到他臀部的女孩，快速说了一声。他真盼望这套舞曲能够快点结束：他人很热，袜子里如同喷过黏胶和沙子似的，两个胳膊则像大战十四回合后的拳击手，一直得保持着防御姿势。他很奇怪，自己为啥要对玛格丽特隐瞒那次艺术周末见到的"拥抱"情节，如果他事先说明，她是会守口如瓶的。或许那个情况，一旦透露给她听，她震惊之余，还会有些小小的兴奋。这是他不愿意看到的。那么，他愿意看到什么？

玛格丽特一旦打开了话匣子，就变得那么兴致盎然：她的面孔微微发红，唇彩比平时画得更精致。她看起来非常享受，她自身那点小小的美感，此刻也发挥得淋漓尽致。"哎，不管怎么说,我觉得她和戈尔-阿夸特先生搭档,对她而言,那是好太多了。我得说一句,他看起来真叫做魅力四射,这年头这样的男人很少见。他特别有礼貌,不是吗?都是货真价实的。离开那个大胡子猪猡,真是转好运了。"

听到这些东拉西扯,狄克逊嗓子里咕哝了一下。不过,他还没来得及回答,舞曲居然进入尾声部分。一阵令人不安的雷鸣,又一阵猛烈的撞击过后,这套舞曲戛然而止。狄克逊长出一口气,用手帕擦干了自己的手心。"我们去喝一杯怎么样?"他说。

玛格丽特的目光,还在东张西望当中。"等一分钟,我先看看还有谁来了。"

跳舞的人群,往长长的舞池边缘走动,缓缓地散开。墙壁上装饰的,都是更古老年代的那些场景,但绘画风格却明显是现代的。就拿离狄克逊最近的这幅来说吧,因为透视或其他什么的比例不协调,导致一列矮子骑兵(斯巴达人?马其顿人?罗马人?)仿佛从天上而降,来对付那些更加高大的敌军(波斯人?伊朗人?迦太基人?)。这些敌军根本不知道头顶上方的威胁,只是盯着空空如也的不远处看着。舞厅里,每隔一段距离,就有一根某种苍白材质做成的大柱子。狄克逊脸上,露出了一丝苦楚而怀旧的笑容:这些,无不令他清晰地回忆起伦敦的大理石凯旋门,查令十字街以及考文垂路。他在那些地方时是多么地愉快。当他将目光从记忆中的这些纪念建筑上转移出来,一眼看到米切正在人群当中,和奥莎内茜小姐在大声谈笑。这位小姐是三名漂亮女生中最最漂亮的。事实上,她正是米切的女朋友。她长了一副水上吉卜赛人的脸,黝黑中透出红润,这令他感到很不自在。同样使他不安的,是她那件低胸的衣服。尽管他离开米切有十五英尺开外,狄克逊清楚地知道米切的晚礼服有多么完美,他的谈吐有多么老练,以及听者对他有多么专注。米切此刻看到了他的眼睛,立即变得严肃起来,只见他微微欠身,却透出了无比的恭敬。奥莎内茜小姐努力做了个快速的微笑,便立即转过身去,她随后一定是在哈哈大笑。

"我们去喝一杯吧,怎么样?"狄克逊再度问了问玛格丽特。

"啊,他们来了。"她这么说,就算是回答了他。

伯特兰和克里斯汀双双过来了。狄克逊不得不承认,今天的伯特兰,身着晚礼服,看起来颇有风度。要说他现在看上去像个艺术家,倒真不为过,不会招来反感。狄克逊的眼光,盯住了伯特兰,不是因为他对此人特别感兴趣,而是实在想避开克里斯汀。到目前为止,今晚她对他的态度,比单纯的冷淡还不如,简直就是无视。这让他觉得自己的感官失灵了,或许自己真的不在现场?不过,比这更糟的是,今天晚上,她看起来简直美翻了天:一袭黄色长裙,双肩裸露。这身打扮十分朴素清纯,感觉试图是要特地衬出玛格丽特那套宝石蓝绸缎礼服、蝴蝶结、皱褶以及皱褶上方那四连串珍珠,衬出对方的搭配是多么不合时宜。克里斯汀的目的,按照狄克逊的想象,就是要展现出她傲然的自然肤色和细嫩肌理。效果出来了,但也是令人痛苦的成功,让其他人看上去都像是一群粗糙的铜版画人物。在她和伯特兰走上前来的那一刻,狄克逊还是捕捉到了她的目光，尽管其中没有流露出任何对他不利的意味，他还是希望自己能钻进那许多裙子、裤子后面隐藏起来。要么，干脆就把自己的晚礼服上衣领拉高，包住自己的脑袋，落荒而逃，冲到街上去得了。他以前读过，或许是听人说过，亚里士多德还是 I.A. 理查兹曾讲过：人们见到美色，都会被吸引过去。亚里士多德还是 I.A. 理查兹，这回你们可说错了吧？

"啊，这里情况如何，伙计们？"伯特兰发问了。他用拇指和食指，捏着克里斯汀的手腕，那样子，大概是在帮她搭脉。他目光扫视了一下狄克逊。到目前为止，他对狄克逊态度还算是亲切友好的。

"啊，我们刚想去喝上一杯。"狄克逊回答。

"噢，詹姆士，你太平一点吧。谁听了你这话，都会以为你一个钟头不喝酒便会死的。"

"他恐怕真会的，"伯特兰说道，"不过，他自己不去冒那个险，还算是很明智的。你说呢，我亲爱的？我很抱歉地说，那里只有啤酒和苹果酒。如果想要来点别的，那只得上附近的什么宾馆的酒吧里去。"

"是的，你说得对。可是，朱利叶斯舅舅和哥德史密斯夫人在哪儿呢？我们总不能丢下他俩，就这么走开吧。"

大伙一致觉得，那两位大概已经在酒吧里坐着了，狄克逊则对"朱利叶斯舅舅"这个说法，暗自好笑起来。真是奇妙，有人居然是这个称谓，但还有人居然叫得出这个称谓，而当一个人以此称谓来称呼另一个人时，他狄克逊本人竟然还在场。

他缓缓走到玛格丽特身侧，立在一簇簇闲谈的人及墙边那排沉默不语的人之间时，他一眼看到阿尔弗雷德·比斯利怪可怜地站在后者的队伍里。比斯利这个人，在如何结交女性方面，真是出了名的差劲。他总爱来参加这类活动，但因为今晚每位女士都由男伴陪同前来（当然，花甲高龄的哲学女教授，或是经济系那位近两百斤的高级女讲师除外），他一定知道，自己是在白白浪费时间。彼此打了个招呼后，狄克逊似乎察觉到比斯利眼中闪出了一丝嫉妒的光芒。狄克逊暗自思忖：首先，知道自己在浪费时间这个事实，根本不足以阻挡自己浪费时间的行为（尤其是遇到威尔奇所说的那种"心灵方面的问题"）；其次，在这些问题上，比斯利和自己的境遇，差别也就是浅浅的一道小沟；第三，他自己在小沟的这边——表现为：既可以和这个女人说话，又可以参与到另一个女人参加的活动中去，但这种差别其实没有什么值得羡慕的；但是，第四，男女交往过程的质量以及从中得到的乐趣，并不代表什么，只有拥有男女交往方面的特权，才是顶顶重要的。狄克逊觉得，得出如此结论后，自己应该感觉平静和释然，但他并没有那种感觉，正如一个肚子疼的人，知道了自己病症的医学名称，对于缓解病痛毫无帮助。

他们到了酒吧，一个原本不是派这个用场的很小的地方。最近夏季舞会流行起了喝酒，很少有人相信，这指令居然是院领导下发的。理由是学校舞会改为提供廉价的非烈性酒，这样一来，城市酒吧里昂贵而又有害身心的美式马颈鸡尾酒、廉价杜松子酒,以及合成的柠檬汁,就不再具有那么大的诱惑力,从而可以避免学生们喝醉后的种种丑态和错误。更令人惊讶的是,院方这一举措,居然大获成功。这样,狄克逊他们来到这间屋子,一眼看到里面有三名学院小职员,在那些啤酒和苹果酒桶前忙得不可开交。背后那些画,简直是舞厅那些大画同一类风格的缩版:黝黑的君主,即将被一群切尔克斯侏儒踩死;中国商人的骆驼队伍,被突如其来的龙卷风吸到了空中。舞厅里那些苍白色的大柱子,到了这里,变成了大大小小盆盆罐罐里长出的棕榈树,其枝叶繁茂到几乎令人可怕。而这些植物当中,潜伏着麦克诺奇,他是三位酒吧职员名义上的监工。今晚,他上身白外套、下身橄榄绿裤子,更是令人不可思议地增加了几分监督者的威慑力。

戈尔-阿夸特和卡罗尔坐在远处的一排棕榈丛下,你一句,我一句,谈得相当投入。当戈尔-阿夸特看到其他人都朝他们走过来,他站起了身子。这个客套的动作,对于狄克逊这种人来说相当陌生。他一时愣住了,怀疑对方是想用身体,阻挡住大家近前的脚步。这人看上去还挺年轻,估摸四十多岁吧。在狄克逊原先的想象中,这种名人,又是克里斯汀的舅舅,自然都应该是很老的。他的晚礼服,也不是想象中那么的"完美无缺"。那宽大光洁的面庞下,是一具又瘦又矮的身躯,虽然还不至于说是残疾,也是狄克逊见过最不协调的比例了。此人看起来像是个醉酒的智者,努力想要重新恢复理智。他那微微噘起的嘴唇,以及一道横亘成一线,连接左右太阳穴的双眉,更增添了这种效果。就在他们这些人都坐定之前，麦克诺奇，此前一定被大大地赏过小费，此时大踏步过来，问大家需要喝些什么。狄克逊看着他这副奴颜婢膝的样子，心中非常享受。

"到目前为止，我想方设法，还没被你们副院长发现。"戈尔-阿夸特用他那种浓重的低地苏格兰口音说。

"这可是个了不起的成就啊，戈尔-阿夸特先生，"玛格丽特笑着说，"我想，此刻他的所有侦探都在四处搜寻着您。"

"现在你还这么想吗？要是他找到了我，我还能逃得掉么？"

"几乎完全不可能，先生，"伯特兰说道，"您知道这边的情况是怎么样的了吧。来了位名人，他们就像一群狗，哄抢一根丢过来的肉骨头。哎呀，就是我那个小圈子里，我也已经忍受过太多这样的事情，特别是学术界所谓的那种协会。只是因为我父亲刚好是教授，他们就以为我一定希望和副院长的夫人聊她的小孙子是如何在学校里淘气的事。不过，当然啦，这些和您的遭遇比起来，实在是太小儿科了，我说得对么？"

戈尔-阿夸特一直在认真地听着，他快速地回答了一句："某种方面来看确实是的。"然后继续喝他杯中的酒。

"不管怎样，戈尔-阿夸特先生，"玛格丽特说，"您现在是相当的安全。这种场合，院长和他的跟班们，都聚在舞厅另一头的一个房间内——他从不和这里的乌合之众混在一起。"

"那么，我与乌合之众在一起，就会相当安全，你是这个意思么，皮尔小姐？好极了，那我就和乌合之众待在一起吧。"

对于即将到来的银铃般的笑声，狄克逊虽已防范在先，可当玛格丽特真那么笑出声来时,他仍然觉得不堪忍受。这时,麦克诺奇端着戈尔-阿夸特点的酒上来了。令狄克逊又惊又喜的是,啤酒都是装在足足一品脱的大杯子里。他等戈尔-阿夸特对麦克诺奇说完那句"帮我弄些香烟来,老弟",便倾身上去问:"您是怎么搞到这么一大杯的?我整晚在这儿,看到的都是半杯半杯的。我还以为是这里的规矩呢。我要大杯,他们就是不给我。你究竟是用了什么办法?"他说这些的时候,非常恼火地看见玛格丽特看看他,又看看戈尔-阿夸特,然后再次看看他,最后无奈地微笑了一下,好像在向戈尔-阿夸特表示,尽管看起来确实不对劲,但刚才说话的这位,其实并没有精神失常。伯特兰,也在一旁边看边不怀好意地笑着。

戈尔-阿夸特好像对玛格丽特的那种微笑视而不见,他对着渐渐远去的麦克诺奇的背影,猛地竖起了他那短小又被尼古丁熏黄了的大拇指。"我那苏格兰小老乡。"他说。

所有面朝狄克逊的,以及他左面的人——戈尔-阿夸特本人、伯特兰、玛格丽特,听到这句,都哈哈大笑起来,于是狄克逊也笑了。他朝右看见克里斯汀,看见她双肘撑着桌子,非常克制地微笑着,再过去,即戈尔-阿夸特的左手边,卡罗尔用她那冷冷的目光,盯着伯特兰看。在这阵笑声平息之前,狄克逊观察到伯特兰开始意识到那两道目光,选择朝别的方向看去。这个集体里出现的小小紧张气氛,令狄克逊感到有点不安。接下来,他又发现,戈尔-阿夸特黑眉毛下面的一双眼睛,正盯着他看。于是,狄克逊将眼镜,迅速架到鼻梁合适的位置,斗胆说了声:"嗯,这样大杯大杯地干,真是令人意外的开心。"

"你走运了,狄克逊。"戈尔-阿夸特突然接了这句,他此时正在分发着香烟。

狄克逊感到自己有点害臊,下决心暂时不再说话。不过,他还是洋洋得意,戈尔-阿夸特居然记住了他的名字。随着花式驴叫般的小号声响起,舞厅里音乐又开始了。人们陆续走出酒吧。伯特兰挤到戈尔-阿夸特的身侧,小声对他说起话来,几乎与此同时,克里斯汀也对卡罗尔说了起来。玛格丽特对狄克逊说:"詹姆士,你能带我上这儿来,真是太好了。"

"你玩得开心我也很高兴。"

"可你听上去并不太高兴。"

"噢,我真的高兴,不骗你。"

"不过我相信,比起在舞池跳舞,刚才这段时间,你真的很开心。"

"噢,两段我都开心,我是真心话。你把杯子里的喝完,我们一会儿就回舞池去。我会跳快步的。"

她热切地看着他,并将一只手搁在他的臂弯里。"亲爱的詹姆士,我俩这么出去,你觉得合适么?"她问道。

"那有什么不合适的?"他吃惊地回答。

"因为你对我太好了,我也越来越喜欢你了。"她这话的声调,激情中蕴含着从容,就像电影里的大明星简明扼要地袒露出强烈的情感。而这正是她表白时惯有的特色。

在一阵惶恐中,狄克逊努力整理出了思路,如果她说的是真话，那他俩真应该减少见面机会。于是，他回了句既诚恳又合适的话："你可不能这么说啊。"

她轻快地笑出了声来。"可怜的詹姆士，"她说，"帮我占着位子，好么，亲爱的？我一会儿就回来。"她出去了。

可怜的詹姆士？可怜的詹姆士？这句其实非常中肯的论断，别人谁都可以说，而她却没资格这么讲。接着，一种罪恶感令他伸手拿起酒杯；这种罪恶感不仅仅来源于刚才他自己的那种想法，更是来源于她那句无心的讽刺"你对我太好了"。他思考，自己是否真的能够做到对任何人"好"，更不要说"太好"了。无论玛格丽特此前从他这里得到过什么还算是凑合的礼遇，那都是因为恐惧暂时战胜了厌烦，以及/或是说同情暂时战胜了无聊。他出于那样动机的一些行为，在她眼中居然算得上"太好"了，说明她本人过分敏感，但也说明她一个人实在太困惑，太孤单了。可怜的老朋友玛格丽特啊，他想着，不禁打了个寒颤。他必须做得更努力些。但如果长久地"好下去"，或是加倍地"好下去"，对她的后果会是怎样？对他自己又会有哪些后果？为了驱散这些猜测的念头，他开始聆听他左侧的交谈内容。

"我完全尊重他的意见。"伯特兰在说着，他嗓音中的狗叫声已经被塞回喉咙里，大概有人刚刚批评过他那个特点，"我一直说，他是真正的老派专业美术评论家，他说得恰如其分，果真是当今业界少见的人物。嗯，我俩总在同一个艺术展上不期而遇，有趣吧，而且经常是在同一幅画作前。"说到这儿，他开始笑出声来，并耸了耸肩，"有一次，他对我说：'让我看看你的作品。大家告诉我说，你画得不错。'于是，我整理出一些小型作品，带到了他家——那真是座漂亮的房子，真的漂亮。当然啦，你是一定知道的。见到那房子的人，都会感觉回到了上个世纪——不知道再过多久，那帮推销避孕套的工党，就会来接管霸占——我不得不说，我作品中的一两幅色粉画，真令他不由自主地……"

"吐了出来。"狄克逊脑子里帮他接了一句。紧接着，恐惧掌控了他的思维，因为他想到，那个"说得恰如其分"的人，非但没将伯特兰的作品臭骂一通，再用靴子踏上几脚，反而不由自主地被其中的一两幅画所吸引？不，伯特兰不可能是个好画家：他，狄克逊，决不允许那样。可眼前，这个叫戈尔-阿什特的家伙，看起来并不傻，却在听这个狂热分子自吹自擂，非但没抗议，反倒表情专注。是啊，狄克逊看出来了，那是相当的专注。只见戈尔-阿夸特将他那长着黝黑头发的大脑袋，朝伯特兰的方向倾过去，脸半侧着，眼睛朝地，带着几分思想集中时的皱眉，好像不大听得清楚，却又生怕漏过任何一个单词。那些单词，每一个都让狄克逊受不了——恰巧伯特兰此刻用了个"对位音值"。于是，狄克逊将注意力转到自己的右侧，那里好长一段时间，都是寂静无声的。

当他转身时，克里斯汀刚好也转向他。"喂，你也来加入我们的聊天，好么？"她压低声音说，"我没法让她说上一句话。"

他隔着克里斯汀，朝卡罗尔看去，对方的目光与他的相碰，但没流露出明显的亲切感。可就在他想要酝酿如何开始说话之前，玛格丽特回来了。

"什么，还在喝啊？"她欢快地冲着所有人说道，"我还以为你们现在都下舞池了呢。听好，戈尔-阿夸特先生，我不允许您就这么躲在这里愁着眉头。管他正院长、副院长，该您翩翩起舞了，来吧。"

戈尔-阿夸特彬彬有礼地微笑着，起身对大家打了几句招呼，就这么被领出了酒吧。伯特兰一眼望过去，看着卡罗尔。"咱们也别浪费了这么好的乐队伴奏，我亲爱的，"他说，"我毕竟还付过二十五先令给他们呢。"

"对，你是付过钱的，我亲爱的。"卡罗尔回答，着重强调了最后那个称谓。一时间，狄克逊还担心她那是拒绝，从而让眼下这个怪怪的局面，推向一场危机。不过，一会儿工夫，她便起了身，步入舞厅。

"狄克逊，替我照顾一下克里斯汀，"伯特兰又露出狗叫声，"别让她落单，她很脆弱。咱俩小别一会儿哦，我的甜心。"他拖长声音对着克里斯汀说："我很快回来。如果这男人对你粗鲁，你马上吹哨子哦。"

"来段舞怎么样？"狄克逊对克里斯汀说，"我跳得不太好，我同你说过。不过，我倒不介意冒险去试试，只要你不介意。"

她微笑着说："你不介意，我就不介意。"

11

同身边的克里斯汀双双走出酒吧时,狄克逊感觉自己简直就是位高级特工,一位大海盗,一位芝加哥黑帮老大,一位西班牙小贵族,一位石油老板,一位流氓大亨。他小心翼翼地控制着面部肌肉,不让它们为所欲为,呈现出因骄傲和激动而形成的那种傻瓜般的笑容。在舞池边缘,当她转身面对他时,令他难以置信,她真准备好接受来自他对自己身体的触碰,而身边的那些男人,真的不会一拥而上,对他进行阻止。不过,一会工夫,这两位就已经进入了那种传统半拥抱式的姿态,果真一前一后地动作了起来,虽不算很熟练,但无疑是在跳舞。狄克逊的目光,静静地越过她,看着前方,生怕自己稍一走神,就忘了自己此刻的职责,导致她撞到别人。因为此刻,舞池里比一小时前拥挤了许多。在一对对舞者中,他认出了音乐教授巴克利,以及同他一起跳舞的教授夫人。这夫人看起来永远像匹马,而教授只有在偶尔突然发笑时像马。例如,他此刻的笑态,刚好映入了狄克逊的眼帘。

"哥德史密斯夫人看上去这是怎么啦,你知道么?"克里斯汀问。

她的这声打听,令狄克逊大吃一惊。"她看起来倒真是气呼呼的,你觉得呢?"他尝试着这么回了一句。

"是不是她一直指望着伯特兰今晚带她来,而不是带我?"

是不是她发觉了替换舞伴的事啦?不会吧,但也不是绝对没有可能。"我不知道。"他含混不清地回答。

"我觉得你是知道的,"她听上去相当生气了,"我希望你能告诉我。"

"我什么也不知道,很抱歉。另外,不管怎么样,这事和我一点关系都没有。"

"如果这是你的态度,那这话题就说不下去了。"

刚才短短几分钟,狄克逊感觉自己再次脸红。很显然,无论是他俩初次见面,她帮助伯特兰给他下绊子,还是后来责怪他酒喝多了,还是今晚开头对他视而不见,这些,都是她最典型的态度。她一本正经的态度才是真正的她,而不是放松时候的她。她对他处理床单时的配合,那只是借以获得某些有趣的谈资,供她那些伦敦的朋友取乐罢了,而她在电话里的亲切语调,也只是为了从他那里得到想要的情报而已。毫无疑问,她已被伯特兰—卡罗尔之间的烂事,搅得心神不宁,但那种找个无辜旁观者来当枪使的女性惯用手法,却是他早已学会辨别,并且深恶痛绝的行径。

他们就这么无声跳了一段时间。此前,她说自己跳得非常一般,看来确实不是谦虚,但狄克逊始终四平八稳地引导着舞步,俩人倒也配合得比较默契。其他一对对人,在他们身边来往穿梭。一旦有空间,那些人就会彼此身体贴紧,来个大旋转什么的,算准时间,以刚好不撞到他们身上为限。看起来,所有人都在聊天。后来，近处传来类似克里斯汀音色的一声，其实那只是别的女人说了句话，但其音色迷惑了狄克逊。"你刚才说什么来着？"他问。

"没说。"

此刻，他应该说点什么了，于是他说出了整个晚上，他蠢蠢欲动想说的话："我一直没有机会谢谢你。打电话那件事情，你帮我配合得那么好。"

"什么电话的事情？"

"你知道的，就是我假装记者找伯特兰采访的事。"

"噢，那个啊。如果你不介意，我再也不想提那事了。"

话已经说到这个份上，决不能让她敷衍了事回避掉。"如果我真的介意呢？"

"你什么意思？"

"你大概忘了，要不是我，不是我那次小小的伪装，你恐怕今晚根本不会在这里露面吧。"

"嗯，那也没什么大不了的，对吧？"

一曲终了，但俩人谁也不愿意离开舞池。在一阵掌声中，他说："对，或许并没什么大不了的，但你当时好像很想来参加的，你不记得了么？"

"听好，你可以闭嘴了。"

"好的，但你千万别想在我面前高高在上装公主。你犯不着那么做。"

她笨拙地耸了耸肩，然后垂下了她的双眼。"对不起，我真蠢。我本来并不想那样。"

她说话时，一阵极其轻微的钢琴引子，揭开了这套舞曲最后一个乐章。"那，好吧，"狄克逊说，"跳舞？"

"嗯，当然啦。"

他们又开始挪动起了脚步。"我觉得咱俩一下子就抓住了这舞曲的旋律。"过了一小会儿，他开始说道。

"我希望刚才我真没那么说过。我是个傻瓜。我表现得真像个十足的傻瓜。"

现在，他看到放弃做作表情后的她，嘴唇其实很丰满，像她舅舅的那样朝外噘着。"没事啊，真的，一点事都没有了。"他说。

"不，不是一点事都没有，那简直是好笑极了。我一直觉得，整个《晚报》事件，绝对算得上一个极品笑话。"

"哦，得了，你也没必要来这么个一百八十度大转弯吧。"

"可是，你知道么，我本来不想和你谈论那事，因为我当时觉得，背着伯特兰嘲笑他是不对的。我很抱歉，我第二次电话里，声音一定挺不好听的吧，那也是因为当时不那么对你说，我就无法让自己安心，会觉得自己在背后通过阴谋手段秘密调查了伯特兰。就是这个原因，我统统告诉你了。"

整个事情，听起来像是小儿科，但她这样说出来，总比她气势汹汹要好多了。不过，令这些女人无比烦恼的问题，其实是她们在自寻烦恼。男人们也会陷入烦恼中，很多事都是不容易脱身的。但他们的烦恼，总是出于试图满足一些真实而简单的需求。他还在想着自己该怎么作答，只听见一声巨大的、含

混的声音传来,类似某个妖怪的失语症开始发作了。此刻声音通过麦克风传唱出来,那声调听起来颇似塞西尔·哥德史密斯:

> 我会俏辆出租车重你去,宝贝,
>
> 你得看好时间,那是趴、趴、趴点盼,
>
> 啊,宝贝,可撇太晚了,
>
> 乐队奏痒、痒、痒时,我就得赶套辣儿去。

眼看一对矮个红脸男人和高个苍白女人组合,朝他们过来了,狄克逊慌忙将克里斯汀拉开,但此后,就再没能摸准过节拍。"重新来过。"他咕哝了一句,不过他们似乎再也跳不出此前的那种协调了。

"瞧你,这么远远站着,永远跳不好舞,"克里斯汀说,"我离你不够近,无法感觉你的行动。你得好好地搂着我呀。"

狄克逊灵巧地往前一挪,这样就彼此面对面站着了。他再次握起她那温暖的右手,带着她向前驰去。这次,情况大为好转,不过狄克逊感觉有点喘不过气来,他觉得自己不应该这样的。她的身躯浑圆,算是很有肉感,贴着他的身体。俩人朝着乐队的相反方向跳去,在乐曲声中,狄克逊依稀听到一阵狗叫般的笑。伯特兰将他那大脑袋往后一甩,刚好从几英尺前的一个空隙里消失。尽管狄克逊看不到卡罗尔的脸,但这笑声似乎说明她起码已经没那么生气了。

伯特兰究竟是在搞什么鬼花样?这个问题,和他为什么要留那把大胡子那个问题一样，值得立即着手去研究。他是想要同时拥有两个情人？还是要抛弃一位，更好地占有另一位？如果是后一种情况，他是想占有谁？又是想甩掉并安抚谁？要是他心里本来就想陪其中的某位，那他还有必要对她进行安抚么？应该不会，那样看来，的确是卡罗尔占了上风，因为这样，才能解释她今晚在这里出现的理由。克里斯汀一定只是被看做是戈尔-阿夸特的外甥女而已，但她又必须留在伯特兰的手边，直到与戈尔-阿夸特的交易安全地完成为止。狄克逊发现自己脑袋里开始轻轻唱起了歌来，因为他意识到，自己对伯特兰的第三轮攻势即将开始，虽然如此，他还不明确这场大战，究竟会以何种方式爆发。

"你最近和威尔奇教授相处得怎么样？"克里斯汀突然问道。

狄克逊身子一下子僵硬住了。"噢，还不算太糟。"他机械式地回应。

"他没有问起你那个电话的事情么？"

他无法遏抑地发出了号叫，只希望音乐可以盖掉他那一声。"你是说，伯特兰还是觉察到那个打电话的人是我？"

"发现打电话的是你？你这是什么意思？"

"就是我上回假装了一次记者啊。"

"不，我不是说那件事。我是说你寓所里那个人帮你打过的一个电话，上个星期日。"

据说农场里被砍下头的母鸡，依然可以在院子里乱跑一阵，同样，狄克逊此时的脚步依旧完成着那些规定的舞蹈步伐。"他知道是我安排了阿特金森来通报我,说我父母来看我了?"

"哦,他就是阿特金森么?看起来,自从我们认识之后,这人一直打电话来,从没消停过啊。是的,威尔奇先生知道,是你让那人给你打电话,假装说你父母找你。"

"谁告诉他的?谁告诉他的?"

"麻烦你不要用指甲掐我的背好不好……是那个吹双簧管的矮个子——你的确告诉过我他的名字……"

"是的,我告诉过你。他的名字叫约翰斯。约翰斯。"

"正是他。我在那里的全部时间里,只记得他说过一句话,就是那句。哦,还有一句,他说你大概前一天晚上去酒吧了,是这句。看上去,他好像盯上你了。"

"是啊,他盯上我了,不是么?请告诉我,他上次告密,说我找人打电话的时候,威尔奇夫人在旁边么?"

"没有,我敢肯定她不在场。就是我们三人午饭后在闲聊。"

"那就好!"很有理由相信,威尔奇没有在意约翰斯告诉他的话,因为估计约翰斯只对他讲过一次;而威尔奇夫人则会一直不停地对威尔奇重复某事,直到他听进去了为止。不过,或许约翰斯单独和她说过,只是克里斯汀没有听到而已。这个情况,此刻展开全新的视角,突然启发了他:"约翰斯当时说过,他是怎么知道这事的么?我从来没有告诉过他,这你想也想得出。"

"他说,你设计骗局时,他就在场。"

"好啊,这谎扯得太厉害了吧?"他说着,满脸肌肉扭曲,

"好像我在这个小王八蛋面前会说什么话似的……对不起,情况不是这样的,他当时在门外偷听。一定是那样。我记得我当时听到过什么响动。"

"这简直是卑鄙无耻,"她突然极度气愤地说,"你对他做过什么么?"

"我就用铅笔在他杂志封面上涂改过一张什么人的照片。"

这句话,本身其实很诡秘难懂,其中后半句,更是几乎被一阵喧闹声所淹没。那阵喧闹,意味着这支舞曲即将终了。狄克逊解释完,克里斯汀一边走到他的身侧,一边转过身来看着他,抿着嘴笑个不停。他回以一脸苦笑,她则开始大笑起来,舌头夹在上下两排不规则的牙齿中间。狄克逊突然感到,一种欲望如同洪水,迅速占据了他的全身,随之而来的是无尽的虚弱,那滋味就像是被一颗子弹打中了自己的要害。他的面部肌肉不由自主地松弛了下来。她看到了他的眼睛,也止住了笑容。

"谢谢你陪我跳舞。"他用正常语调说道。

"我非常愉快。"她回答,然后抿紧了嘴唇。狄克逊意识到,对于约翰斯最新的告密行径,他其实并不在乎,起码现在不在乎了。那一定是因为他跳舞的这段时光,实在是美好到了极点。

再次回到酒吧,他俩发现戈尔-阿夸特已经在老位置上坐好,而伯特兰早就开始和他攀谈起来,似乎他俩的交流从未中断过。玛格丽特竭力表现得更加殷勤而专注——戈尔-阿夸特的一句反诘,令她哈哈大笑。然后她停下来,漫不经心地看了一眼狄克逊，眼神似乎在说：这人是谁啊？更多的酒上来了，奇怪的是，这次都是高浓度杜松子酒。那些自然都是麦克诺奇拿来的。可笑的是，今晚他的一项本职工作，却正是防止有人私带烈性酒进来喝。狄克逊嘴里喊着"年老体衰吃不消啰"，便坐到一把椅子上喝酒抽烟起来。感觉真热，他的双腿也真疼，这一切还要持续多久啊？过了一会儿，他站起身，想对克里斯汀说说话。可她已坐到了伯特兰旁边，尽管不被理睬，却明显全神贯注在听他跟她舅舅说话。她舅舅一如狄克逊先前看到的那样，眼睛盯着地面看。玛格丽特又开始笑了，朝戈尔-阿夸特又挪近了一些，致使二人的双肩触碰到了一起。哦，好极了，狄克逊心想，每个人在想开心、能开心的时候，就尽量地开心吧。可是，这会儿，卡罗尔上哪儿去了？

正巧这时，她再次出现了，带着一种故意的无所谓，朝他们走来，这令狄克逊不由得疑心她是不是带了瓶什么东西离开，瓶子里的东西肯定已消耗不少，此刻很可能被藏在女更衣室内。她脸上的表情，令某人（恐怕也包括所有人）心生不详之感。她来到大家当中，狄克逊看到戈尔-阿夸特抬眼看着她，似乎想要迅速做出一种面部表情，估计最接近的意思就是："你们看看，这可叫我现在怎么办？"接着，在场的男人当中，唯独他站起身来。

卡罗尔转向狄克逊。"来吧，吉姆，"她的声音相当响亮，"我想让你陪我跳支舞。我看这里是不会有人反对的。"

12

"这究竟是怎么回事,卡罗尔?"

"那正是我想知道的。"

"你这话什么意思?"

"你知道我的意思,吉姆,除非你先前一直闭着眼睛。你没有闭眼对吧?不,总是把我推来推去,我真觉得恶心,我受够了。我不妨告诉你吧,因为我知道你的为人。我真的知道你的为人,对不对?事实上,我总得说给什么人听,所以我选择了你。你不会介意吧?"

狄克逊其实介意的是,才休息了这么一会儿,又得去跳舞,但他并不介意听卡罗尔想说的话,起码那些话应该挺有趣的。"你尽管说吧。"他鼓励道,一边扭头,看看周边还有谁离他们很近。舞池里此时已人满为患,到处都是一对对咯咯笑着、蹒跚跳着的男女。这些人每隔几秒,就会全朝一个方向一脚高、一脚低地挪动,挤挤碰碰,似乎警察挥舞着警棍,就要朝他们冲过来似的。喧闹声震耳欲聋,每当噪声达到峰值,狄克逊就感觉虚汗从胸口渗出,汗水仿佛被什么无形的机器榨出了体外。在和视线水平的地方,那些绘画上的法老和恺撒,看起来也扭成了一团,东倒西歪。

"他觉得只要弯弯那该死的手指,我就会朝他飞奔过去,"

卡罗尔大叫着宣告,"啊,他看错了人!"

狄克逊想告诉卡罗尔,让她不要装模作样,以为大家都不知道其实她并没有喝得那么醉。可话到嘴边,他忍住了,因为他觉得,她需要用某种面具来掩饰一下。此外,经验也告诉他,这种装醉,其实比真醉更加有效。所以,他只说了三个字:"伯特兰?"

"就是那家伙,那个画家,你知道的。那个伟大的画家。当然了,他有自知之明,知道自己其实并不伟大,所以才会那样表现的。伟大的画家总是有很多女人,这样一来,不管他作品水平如何,假如他有很多女人的话,他就算得上是伟大的画家了。你熟悉这样的论调吧。毫无疑问,你也一定熟悉这种谬论,叫什么'待分配的'。哎,你可以猜猜,卷进这事的女人有些谁?告诉你吧,就是我和那位你看上眼了的女孩。"

狄克逊假惺惺地吓了一跳:这指控没啥根据啊,与此同时,他知道从某种见不得人的角度来看,这话说得确实在理。"你这究竟是在说什么啊?"

"不要这样浪费时间了,吉姆。你打算怎么应付这事,你倒是说说?"

"什么事啊?"

她用指甲用力抠了他手。"不要装了。对克里斯汀·卡拉汉,你打算怎么办?"

"当然是什么也不做呗。我能做啥?"

"如果你真不知道做什么,那我也没法教你了,这就像电影里的那个女明星对主教说的那样。你是担心你那位亲爱的玛格丽特会怎么想么?"

"嗨,你给我打住,卡罗尔。是你说要告诉我什么事来着,而不是在这儿盘问我。"

"我就知道是这么回事。别急,这些事都有牵连,都有牵连的。不要慌,你等亲爱的玛格丽特去自食其果吧。我以前见过这样的人,老伙计,你得相信我,这是唯一的方法,唯一可做的事情。你给她扔一根救生绳,她会反过来把你拉下水。你得听我这句。"她点了点头,眼睛半张半闭。

"你想告诉我什么,卡罗尔?如果真有什么事的话。"

"哦,我要告诉你的,可多了去了。你知道,他原先说好,是带我来这个跳舞场子的?"

"是的,我听说过这个情况。"

"又是亲爱的玛格丽特,我毫不怀疑。好吧,然后他就甩了我,这样就可以带上他的新伴侣以及那女人的舅舅,居然还把我和那位舅舅配了个对。我倒一点也不在乎这事,我觉得老朱利叶斯和我挺谈得来。起码我们正开始谈得来的时候,亲爱的玛格丽特觉得,对于老朱利叶斯来说,她自己比我更能引发出美好的共鸣。这只是我借用一句她的话而已,你明白么?不是我的话。"

"是的,我完全明白,谢谢。"

此时,他俩的舞步急转,随着人群朝着同一个方向斜下身去,只听见她说:"吉姆,别跟我来这套文质彬彬的对话了,好不好。我们不能去坐下来喝一点什么么?这里对我来说,简直就像是个大卖场。"

"好吧。"

他俩努力走到迦太基壁画附近,那里贴着墙刚好有两把空椅子。俩人一坐下,卡罗尔就轻松活跃地朝狄克逊倾身过来,导致俩人的膝盖碰到了一起。她的脸在阴影里,看起来却有一种浪漫的朝气。"我想,你大概猜到我同我们那位画家朋友睡过了,对不对?"

"不,我没想过。"他开始觉得害怕了。

"那就好,我不想让这事搞得路人皆知。"

"我绝不会告诉任何人。"

"喜欢你这种态度。尤其不能告诉亲爱的玛格丽特,嗯?"

"当然不能。"

"好的。这叫你大吃一惊了,是吧?"

"是的,确实。"

"你感到有点震撼,对吗?"

"嗯,没有,不能算是。不是通常意义上的那种震撼。只是觉得,他这个人有点怪怪的,你怎么会……和他来那个。"

"说他怪,那倒不至于。他做事果断,确实算是一个优点,你知道吗?他也有他非常独特的魅力。"

"哦,是么?"狄克逊的嘴唇紧绷了起来。

"此外,哎,老塞西尔那些方面也不怎么行了,你想也想得出来。那种事,我们俩人几乎已经彻底熄火了。问题在于,我还是挺喜欢那事的。"

"这么说,伯特兰也喜欢,对吗?"

"那是当然,这事已经搞了好长一段时间了。我俩都有点厌倦了。伯特兰总是在伦敦和女人们上床,尤其是那个叫露思莫尔的女孩,而他标榜自己是伟大画家的那套,我早就听得要吐了。接下来,上次他回到这里,这死灰又复燃了起来。我想,估计克里斯汀要么还达不到他的需求,要么,可能还没有和他发展得那么快吧。"

"噢,你不会是说,他俩也那个……"

"难说。总体感觉上,我觉得还没有吧。她看起来不是那种类型的,真的。最起码,她说话和举动,都不像和他有过那个。有没有过,取决于她那副一本正经的模样,究竟有几分是装出来的。不过,问题在于,他拉我来参加舞会,本来一切都准备好了,还说好会有其他的'好节目',后来,他却当着他妈的面,甚至不顾亲爱的玛格丽特在场,说不带我去了。那是让我最气愤的。接着就是今晚,他居然当着克里斯汀那样的小女孩的面,开始想跟我和好。真让我觉得恶心。后来,他带我下舞池跳舞,把我当成哥们似的,说我知道克里斯汀这样的小女孩是怎么回事,又说他一直信任我,知道我不会让这样的小事,干涉到两个(听好)'成年人之间的'(听好)'友谊'里面去——他这么说,企图将此事一笑了之。噢,我知道自己不应该用这种态度来对待,可是……向你说句老实话,吉姆,这整个事情,令我站不起身来。我真是受够了。我甚至已经不想再把他脑浆给砸出来了。"

她说话的时候,狄克逊一直在观察她的脸。她的嘴唇的动作坚决而美丽，她的声音，此刻去除了那种合成的模糊音后，恢复了原先的清澈。这些，都使她的存在有一种实实在在、气场很强的感觉，令他印象深刻。他感到了她那女性的力量，而不是性魅力。也许，正是她的已婚状态，遏制住了他的非分之想。因为即使是他俩之间的友谊，也需要持续的关切，需要彼此思想和情感方面的操守来滋养——而这两种操守，他不确定自己是否拥有。他迟疑了短短一瞬，赶忙回应："你是怎么将这些事都瞒住塞西尔的？"

"你不会想到吧？我将这些事统统向他和盘托出了。我从来没想过背着他做这些。"

狄克逊再次沉默无声了，他在沉思。这已经不是第一次了，他觉得自己对于其他人和他们的生活，实在是一无所知。此时，卡罗尔的面庞移出了阴暗区域。尽管很快能察觉出别人表情上的变化，通常他对人家脸上的那些实际纹路，观察得并不仔细。但这次，他清晰地看到了她嘴唇的轮廓线微微有些模糊不清了，而双颊上则各有一道很深的皱纹。当她再次开口时，他又观察到了其他一些情况：她的上排牙齿，已不再洁白整齐，犬齿再过去的地方，有个黑乎乎的空缺。他又觉得自己不舒服了。

"如今唯一需要解决的问题，就是你该对克里斯汀怎么办，吉姆。"

"我告诉过你：什么都做不了。"

"把亲爱的玛格丽特暂时忘记掉，就试这么一次。"

"和她没有任何关系。只是我……嗯，我不想在克里斯汀身上做任何尝试，就这么简单。"

"我听你说过一次了，理由编得不错。我总是觉得这话可笑。"

"不，真的，卡罗尔。我宁愿见到她一两次，而不对她采取任何行动——我又能做什么呢，你倒是说说？她不是我这个阶层的菜，你不觉得么？就算我尝试去做点啥，到时候一定也只能落得一鼻子灰。我们俩都有了别人……"

"你说得好像你已经爱上她了。"

"你这么觉得么？"他几乎充满渴望地问道，情不自禁地将她刚才的话当成鼓励——这么好的鼓励，他很久都没有听到过了。

"正是。你的态度符合爱情的两大标准：第一，你想和她上床但又做不到；第二，你对她还很不了解。无知加上无奈，吉姆。你完全符合这个公式，而且，你也迫不及待想让自己更符合这公式。古往今来，谁也逃不掉这种无望的激情，对不对？这就是塞西尔在我和他断了亲密关系之前，他常说的：两方面都符合，就板上钉钉了。"

"听上去像青春期的孩子在说话，不是么？如果你不介意我这么评论。"

"是啊，不就是么？你有香烟么，吉姆？……谢谢。是的，我还只有十五岁时，就确信情况如此，只是当时没有人敢那么承认罢了。"

"看啥，你现在自己都承认了。"

"是的，我现在完全承认了。我现在面子也不要了，就不妨告诉你吧。二十多岁发育成熟期结束后，我开始回过头来用那种方式解释很多事情，结果感到非常轻松。同时，我还因此证明，自己在很多事情上并没有做错。事实上，如今我非常喜欢运用上面这个公式。"

"是么？"

"那是当然，吉姆。你以后会发现，婚姻是通往真理的一条捷径。不，还不完全是这么回事。应该说是再次返回到真理的一条道路。你还会有另一个发现，那就是我们容易产生错觉的年龄阶段，并不像成年人告诉我们的那样是青春期。而是在紧接着的那段时间，大致比如说，二十五岁左右吧，那段时间，可以说是一种伪成熟期。那时的你，第一次彻底被卷入各种事情当中，导致失去了理智。对了，这正是你现在的年纪，吉姆。这时期的你，第一次意识到性爱对于除了你之外的其他人来说，也是件很重要的事情。这一发现，会不由自主地把你搞得暂时手足无措起来。"

"卡罗尔……假设你还没有结婚的话……"

"我当时毫无选择，真的。"

"真的么？为什么毫无选择？"

"老天啊，你刚才没听见我说么？我当时恋爱了。我们现在回酒吧去，好么？这里太吵了。"她打从开始说话以来，声音第一次有了些许颤抖。

"卡罗尔，我真的很抱歉。我不该说那句的。"

"别这样，吉姆，不要犯傻，没有什么值得去道歉的。你那是句非常自然的话。但不要忘了，你自己还有份道义上的责任要去选择：将那个女孩从伯特兰身边拉走吧，他背地里偷情，她今后的日子不会开心的。这不是她这类人承受得了的。请你务必记住。"

当他俩起身后，狄克逊发现，自己刚才已全然忘记了跳舞和乐队。现在，他才全部感觉到了，而且特别清晰。一段乐曲正在演奏着，没有任何音乐方面的特色，无论是音量、节拍、和弦、表达还是音色上，都是那么平淡如白开水。那一簇簇舞蹈中的人们，或缓或疾，跟着这支曲子，旋转、俯冲、千姿百态。耳边那个失语症的咕哝妖怪，更加尽情地在发作：

"你拔我潘来传去，你跳特吧啦啦，那就是吧啦啦……"

他们再次回到酒吧。狄克逊觉得自己这样进进出出好像已经好几个星期了。眼前，他们那群人还在，或是说，再次在他面前坐着。这景象，让他真想一头栽到地板上呼呼大睡。伯特兰在海阔天空；戈尔-阿夸特在洗耳恭听；玛格丽特在哈哈大笑，而此时，她的手已经挪到了阿夸特离她最近的那个肩膀上去了；克里斯汀大概也在听着谁说话，只是现在，她的双手正托着自己的脸蛋。比斯利站在吧台前面，郁郁寡欢，盛满半品脱的酒杯，吃力地捧到嘴边。狄克逊向他走去，想要打破此前的常规，但卡罗尔回头看到他，也加入了进来。三人彼此再次打了招呼。

"你这是做什么，阿尔弗雷德，"狄克逊问道，"酗酒啊？"

比斯利点了点头，嘴里根本没有停下来。接着，他终于放下了酒杯，用衣袖擦了擦嘴巴，做了个鬼脸，用不文雅的单词，批评了这酒的质量，说："我今晚在那边一无所获，所以我就进来，到这边来了。"

"你在这边运气好些，是不是，阿尔弗雷德？"卡罗尔问。

"第十杯了，刚刚喝完。"比斯利说。

"头破血流，但绝不低头，呃？好样的。嗯，吉姆，我俩这里就来对了——你同意么？我俩都是没人理的货。但那又怎么样？你在看什么呢？"令狄克逊稍微反感的是，她那种假醉的状态，又在声音和举止里展现出来了。

比斯利往前凑近。"来呀，吉姆，你是要啤酒，还是啤酒？"

"我们在这，我们不走，除非他们把我们抬起来扔出去。"卡罗尔用那种假装出来的倔强口气说。

"好的，我来一杯，谢谢，但我不能一直待在这儿。"狄克逊说。

"因为你得回去看看你那位亲爱的玛格丽特情况怎么样了，我说的没错吧？"

"嗯，是的，我……"

"我记得我告诉过你，让亲爱的玛格丽特自食其果。你就不能光用眼睛看看她么？她现在比什么时候都笑得欢呢，谢谢你，狄克逊先生，谢谢你，哥德史密斯夫人。我得说，也谢谢你啊。现在正是你的机会，吉姆。还记得你道义上的责任么？谢谢你，阿尔弗雷德。来，这杯敬你，我的老伙计。"

"你说什么道义上的责任啊，卡罗尔？"

"吉姆他懂的，对吧，吉姆？"

狄克逊抬头，看着角落里的那小群人。玛格丽特已经摘下了她的眼镜，这是她豁出去了的一种表现。克里斯汀，背朝着狄克逊，坐着一动不动，仿佛是具木乃伊。伯特兰一边滔滔不绝，一边抽着支黑雪茄。他为什么要那么做呢？突然，恐惧像一阵潮水，湮没了狄克逊全身。片刻之后，他意识到，自己已经酝酿好了一个方案，而且即将去实施。这巨大的方案，让他不由得微微喘了几口气，然后，他喝干杯中酒，颤抖着说："那就这么办了。暂时说声再见了。"

他走过去，坐在克里斯汀身边的一张空椅子上，她转身朝他微微一笑，那是一种略带苦涩的笑容，他自己都感觉到了。"哦，你好，"她说，"我还以为你一定已经回家去了。"

"还没有。你看起来好像是个没人要的孤儿。"

"嗯，伯特兰一旦说起这些来，总是这个样子。不过，我的意思是，他来这儿的目的，最主要不就是见我舅舅么？"

"我看得出来。"恰好此刻，伯特兰从他座位上起身，没有朝克里斯汀的方向看一眼，便径直向站在比斯利身边的卡罗尔走去，依稀可以听到一声狗叫般的问候。狄克逊瞥了一眼克里斯汀，然后津津有味地享受着眼前的难得景象——某人的脸居然慢慢变红了。他迅速说了句："注意，你听好，克里斯汀。我现在出去叫辆出租车。大概过一刻钟应该能回来。你到时候就出来，我带你回威尔奇家去。一路上绝对没有任何花招，我可以向你保证。直接开车去威尔奇家。"

她随即表现出类似气愤的样子："为什么？我为什么要那么做？"

"因为你受够了,而且换谁也会这样,就是这个原因。""不是这个问题。你这是个荒唐的主意,绝对是疯了。""你出来么?我总归是要去叫出租车的。""不要那么问我了,我不想被你这么问。""但我正在问你,你到底怎么样?我给你二十分钟考虑的时间。"他直直地看着她的眼睛,并将一只手放到她的肘上。对这样的一个女孩如此说话,他一定是失去理智了。"请跟我来。"他说。

她将自己的手臂挣脱开来。"噢,不要这样。"她说着,仿佛他正在告诉她,明天一早要带她去看牙医一样。

"我会等你的,"他轻声而热切地说,"在门廊那儿,二十分钟,别忘了。"

他转身,沿着一条可以看到一部分舞池和乐队的路离开。她不会来的,那是当然,但不管怎么样,他已经做出了姿态。换而言之,他刚才想出了一个比平时更厉害的自我伤害法,而且是在大庭广众之下的自我伤害。他略略停住脚步,朝乐队挥手道别,没有得到任何回应,便出去找电话机了。

13

狄克逊在门廊点了支香烟,那支烟,按他的计划,原本应该是留在后天早饭后点燃的。他叫的出租车随时都会来。如果他抽完这支烟后,克里斯汀还没出现,那他就让出租司机直接带他回寓所算了。这样,不管发生什么情况,他都会很快坐到车里。那就好,因为此刻的他,几乎动也不能动了。还有十分钟,他努力不去想这件事情。

黑夜的街头,其实黑得并不均匀。附近主干道上方的日光灯高高悬着,发出苍白的亮光;沿着人行道停放的车辆,其侧灯依旧明晃晃的;身后建筑的窗户里,灯火通明;一辆火车缓缓驶来,刚开出车站,正在稳稳地爬坡。狄克逊觉得没那么燥热了,他听到乐队正在演奏一首他熟悉并喜爱的音乐。他产生了一种想法,觉得这首曲子,很配眼前的情景,并且会在他的大脑深处永远留下烙印;他感觉到了那种浪漫的激动。不过,浪漫的感觉,原本与他毫无关系吧?对了,他现在究竟在这里干什么?这一切最后又将何去何从?不管结局如何,这件事情肯定已经让他偏离八个月来努力追求的生活轨道了。想到这儿,他觉得自己的激动,并不是无缘无故的,胸中便一下子充满了信心和希望。一切积极的改变都是好事,直直地站在原地,等着脚下生根,那都是坏事。他记得有人曾给他看过一首诗歌，其结尾是："认命于匮乏，这死亡的阴影。"说得真对啊。不是"经历着匮乏"。因为那是每个人都会遇到的。如果周遭环境里，全是自己不喜欢的人和事，一个行之有效的方法，就是不断地去发掘这些人和事新的讨厌点。为什么希腊神话里的普罗米修斯永远无法逃脱那只老鹰，正是因为他喜欢被这样无尽地折磨，而并不是老鹰喜欢一直来啄他。

狄克逊猛地将自己的脑袋急速晃动起来。他保持着头不歪的姿势，将下巴扯到一侧偏离正中的极限位置。他的香烟刚好抽完，这样一算，大约已经过去二十五分钟了，他非但没有等到克里斯汀，甚至出租车的影子也没见到。就在这时，一辆车从主干道上转角驶来，停在他附近。而他此刻站在一条小街的转角处。这是一辆出租车，只听见驾驶位上传来一声："巴克？"

"你什么意思，巴克尔？"

"是巴克尔叫的出租车。"

"什么？"

"是有一位巴克尔叫过出租车吗？"

"巴克尔？哦，你一定是指巴克利，对吧？"

"啊，对了：巴克利。"

"太好了。我们就快准备好了。你先退进小街的转角后面，好么？我过两分钟就回来。我可能还会带上一位朋友一起走。不要让别人上了你的车，记住。我就回来。"

"没问题。巴克利先生。"

狄克逊快速赶回门廊，抬头看着灯火通明的楼梯，想要克服掉紧张感，回去找克里斯汀再试一次。走廊转弯处，挡住了部分视线，导致他只能看见最前面的一点点距离。巴克利教授此刻刚好绕过那处转弯，猛地出现在这最前面的几步路上，扭动着身体穿着他的大衣，身后还跟着他的夫人。狄克逊有种感觉，这人的名字刚刚好像被谁提起过。然后，他扫了一眼那小街，原先停在路中间的出租车，正开始小心翼翼地转弯往后倒回去，隐身于教学楼的后面。巴克利走到跟前时，车子还剩最后几步的距离。

狄克逊堵住了他的去路。"噢，晚上好，巴克利教授。"他用一种沉稳的语气说道，好像是在给一名实验对象催眠。

"你好，狄克逊。你有没有看到一辆出租车在等我么？"

"晚上好，巴克利夫人……没有，我没有看见啊，教授。"

"哦，是么？"他轻松愉快地说，"那好，我们只能等等了。"正当他说话时，走廊里传来一阵嘹亮的铜管乐和声，几乎完全湮没了岔路上汽车的手刹声。"刚才我听到的是一辆汽车么？"他问话时抬起了脑袋，活像一头吃草时受惊的老马。

狄克逊装出一副侧耳聆听的样子。"我什么也没听见啊。"他很遗憾地说。

"那一定是我听错了。"

"不管怎么说，西蒙，我想，我们还是应该往前走一点，因为车子可能在狄克逊先生出来之前就先来了。"

"是的，亲爱的，确实有这个可能。"

"那是不可能的，巴克利夫人。我站在外面差不多有半个小时了,我可以相当自信地保证,从来就没有什么出租车来过!"

"咦,那就太奇怪了,"她说话时,如同得了鼻炎的马,下巴乱动,"我先生起码半个小时以前就叫了辆出租车,康铁公司的出租车,向来都是非常准时的。"

"半小时。哦,嗯,他不可能比我早到这里。"狄克逊说着,仿佛在做计算一样,"康铁出租车队的车库,在城市的另一端,在公共汽车站的后面。"

"你也在等出租车么,狄克逊先生?"巴克利夫人问。

"不,我……我只是出来透透新鲜的空气。"

"你这么长时间,估计好几个肺都换过气了。"教授说的时候在微笑。

他和蔼可亲的态度令狄克逊感到非常羞愧,羞愧自己偷占了他的出租车,但现在已经没有回头路了。"是的,我确实感觉如此。"他说,然后假装漫不经心地补充了一句:"其实呢,我也在等一个朋友。"

"噢,真的么?我们还是往前走走吧,西蒙,站在这里觉得越来越冷了。"

"好,亲爱的,我们走走吧。"

"我陪你们一起溜达溜达。"狄克逊说。他很恨离开自己现在的位置,但赖着不动,看起来会更糟。他该如何才能阻止巴克利夫妇发现他们的那辆出租车呢?

当三人离那个关键的转角处仅有十几步远时,一辆车从那拐角后面突然窜出。狄克逊立即知道这不是他那辆,因为所有康铁出租车在挡风玻璃雨刷子上方,都有块小小的亮灯标记,眼前这辆并没有。不过,这给了他施展障眼法的大好机会。当他们刚好走到那拐角,狄克逊一脚踏进车道里,挥手疾呼:"出租车,出租车!"

"出租你个头啊。"后座上有人厉声喝道。

"啊,滚远点,蠢货。"司机咆哮着从他身边疾驰而过。

他回到巴克利夫妇身边,那两位此时刚好在看他,背都对着那个转角。"不行,我很遗憾。"他嘴里说。但其实,这对他来说再好不过了,这个小插曲之后,他们顺理成章地走回门廊:倘若下次再这么出来一趟,又将遇到什么情况呢?那个拐角总不会一直有私人轿车不停地转过来吧。他热切盼望,自己预定的那辆出租车,真的不要在这时露头——那样他将不得不自己上车先走,留下巴克利夫妇去寻找那辆已被他抢占下来的车。或者,他也可以劝他俩先乘他的车走,那也可以吧?

他们这么站在门廊估摸一两分钟,既没人进来,也没人出去。看来,再次走到那个拐角是在所难免了。狄克逊几近绝望地看着大厅出门的过道。那个拐弯后面,几乎同时出来两个人。第一位不是克里斯汀,而是个醉汉,他发了疯似的不停地用打火机"咔哒咔哒"地点火。旁边的第二位,不是别人,正是她。

她出来的姿态非常平常,平常到差点把狄克逊吓了一跳。他不知道自己期待中的她,应该是什么模样,但绝对不是此刻她脸上那种对他非常亲切的表情,那种坚定朝他走来的脚步,以及她的鞋跟踏在地毯布、踏在木地板、踏在大理石上发出的各种轻快自然的声响。她扫了一眼停放成一排的车辆，突然问道："你想办法找到啦？"

狄克逊知道巴克利夫妇，起码是巴克利夫人，不管如何，此时一定在听着。他犹豫了一秒钟后，说了声"嗯"，然后拍拍自己的口袋，"我放到这里了。"

他想要带她一起步行离开，可是她偏站在门口不动，走廊里投射出来的灯光从她背后照来，因而她的脸藏在阴影里。"我说的是出租车。"

"出租车？还需要出租车么？就三四百步路啊？"他突然颤悠悠地笑出了声，"我会带你回你妈妈那里，路上的时间比打个电话还要短。晚安，教授；晚安，巴克利夫人。嗯，我们不需要走太远，那真是个好事，外面还挺冷的。你替我都向别人打招呼、说再会了么？"他们此时已经走到相当远的地方，他终于能够补充了一句："好，太好了，配合默契。"附近一辆车开始发动了。他同时听到自己身后，巴克利夫人对丈夫正说着些什么。

"这究竟是怎么回事啊？"克里斯汀掩饰不住自己的好奇而发问，"你这到底是在干什么？"

"我们偷偷抢了他俩的出租车，这是目前发生的事情中的一件。它就停在这个拐角后面。"

那辆出租车好像能听到在说它，再也没耐心等下去了，居然就在这时，从小街里开了出来，转弯朝主干道开去。狄克逊在后面拼命追赶，高呼："出租车！出租车！"

车子停了下来，他赶到驾驶座的窗边。短暂交谈后，出租车继续前行,消失在大路远方。狄克逊奔回克里斯汀身旁,这时,巴克利夫妇也赶来了。"对不起,我没法把他拦下来让你们乘坐,"他对他俩说,"他急着要在五分钟之内赶到车站接人。真不巧啊。"

"啊呀,太谢谢你了,狄克逊,你已经尽全力了。"巴克利说。

"是啊,我们一样对你感激不尽。"他的夫人说。

他挽着克里斯汀的手臂,和她一起拐走进小街,冲那一对喊了声"晚安"。接着,他俩开始穿行。

"我们就这么放过那辆出租车么?那就是我们订的,对吧?"

"我们是在他们后面订的。车并没走,我告诉司机,让他拐角转弯,停在主干道上一百米的地方等我们。我们从这小街穿出去,两分钟就到了。"

"如果他刚才没有直接开出来,你该怎么办呢?我们总不能在那俩人的眼皮底下乘车走人吧。"

"我早就想好,无论如何我们都得这么类似地来一出。我们必须让他俩造成这么个印象,那就是我们和出租车是各走各的。所以我迅速采取了正确的行动。"

"确实,你很迅速。"

话音刚落,他们就来到了出租车前。这车停在一家亮着灯的时装店门口。狄克逊为克里斯汀打开了后车门,接着对司机说:"我们的朋友不来了。我们得自己先走了,你准备好了么?"

"随时可以,先生。就到玉米交易所那里么?"

"不,比玉米交易所要远。"他报出了威尔奇家居住的小镇的名字。

"哦,我们去不了那么远,对不起了,先生。"

"没关系啊,我认识去那里的路。"

"路我也认识,但他们让我就在玉米交易所车库下车。"

"他们真这么说啦?啊呀,那他们跟你说错了。我们不是去玉米交易所。"

"汽油不够了。"

"学院路过去巴特森加油站一直开到夜里十二点才打烊,"他看了一眼仪表板,"还有十分钟,油钱我们出。"

"公司说,除了公司的车库,不准我们在其他地方加油。"

"今晚我们就加定了。我会给你们公司写信解释一下情况的。他们自己失误了,跟你说什么我们只去玉米交易所。好了,我们开车吧。不然你会发现自己开了八英里,结果没汽油回去了。"

他进去坐到克里斯汀身旁,车子开了起来。

14

"真是太顺利了，"克里斯汀说，"你对这种事情，越干越在行啊，不是么？起先是那张桌子，接下来是《晚报》记者打电话，然后是今晚这出戏。"

"我以前不是这样的人。对了，我希望你对我叫这辆出租车的手法不要太介意哦。"

"我不是也配合参与了么？"

"是啊，我知道，但我应该提前想到，这种手法可能会让你觉得不厚道。"

"是的，用常规眼光看起来确实不太好。但这辆出租车对我们来说，意义比对他俩更重大，不是么？"

"你能这么看，我就放心了。"他沉思了一会儿她刚才那个措辞"重大"，意识到对于她如此轻易默认他抢巴克利出租车的做法，自己当时并不太欣赏。直到现在他都觉得，刚才真有点无耻了。至于抢出租车的必要性，她的理由应该没有他这么迫切吧。像他认识的那几位漂亮女人，以及很多他只是在书上了解的美女，她们总觉得一个男人行骗，另一个男人受骗，没有什么正确、错误之分，只要她们自己得着方便就好。她本应该介意，拒绝跟他走，并坚持回去，将出租车归还给巴克利夫妇，然后对他这种滑头的行为嗤之以鼻，独自重返舞池的。是啊，她如果那样做，反倒更会得到他的欣赏，不是么？那样，最后赢得她的芳心，才真算冠军，小伙子啊！黑暗中，他用手迅速捂住嘴，不让自己笑出声来。他努力转移思路，突然感到恐惧，这车一路开到威尔奇家的这么长时间之内，他得不停地找话题。此时，唯一让他明白无疑的是这场诱拐行动，对伯特兰将会是沉重的一击，但如果以这话题开场，那将会非常不妥。为什么她会同意以这种决然的方式，甩下自己的男友？答案可能会有好几种。也许，他可以从这里入手。"你出来没遇到多大困难吧？"他问。

"哦，是的。好像没有任何人介意。"

"那你对他们怎么说的？"

"我就把事情同朱利叶斯舅舅说了——他对我的事情从不介意——后来我又去告诉伯特兰，说我要走了。"

"他是怎么反应的？"

"他说：'噢，不要急，我过一分钟就和你一起走。'接下来他继续和哥德史密斯夫人以及我舅舅说话。于是，我就走了出来。"

"我明白了。听上去你这事做得又简单又迅速。"

"噢，那是。"

"嗯，我很高兴你最后决定还是出来同我一起走。"

"嗯。就这么离开他们所有人自己出来，开头我觉得挺内疚的。但现在没什么感觉了。"

"嗯。那最后是什么促使你下了决心呢？"

她沉默了一会儿,说:"在那里我并不是特别开心,你知道的。我也渐渐觉得很累。伯特兰看起来一时半会儿还走不了,于是我想,还是跟你走吧。"

她说这些话的时候,神情、语气将那种家庭教师,尤其是语文朗读课老师的那种范儿,发挥得淋漓尽致。狄克逊只得刻板地重复道:"我明白了。"在街灯的光照下,他看到了她的坐姿,果不出所料,她坐在座椅的边缘部分。哎,真是惟妙惟肖。

突然间,她又切换到她另一种神态中来,就是上回打电话时她给他的那种感觉:"不,我不打算努力去假想那一切都没发生过。今晚只是其中的一部分而已。我想,我再多告诉你一些,又有什么关系呢?我离开那里,是因为我对那里的一切彻底受够了。"

"这话说得实在太笼统。究竟是什么最让你感到受不了?"

"所有一切。我完全受够了。我不知道我为什么不能告诉你呢。我最近一段时间里,感觉非常抑郁,今晚所有的事情让我彻底吃不消了。"

"克里斯汀,像你这样的女孩子,应该没有任何理由感到抑郁。"狄克逊语气暖暖地说,接下来,他立即倒向车窗,手肘硬生生地撞到了车门上。原来,汽车突然避开了前面一排加油泵。这些油泵后面,是座没亮灯的建筑,上面用油漆刷着字,依稀看到:"租车——贝特森——维修"。狄克逊下了车,跑到一个大木门前,对着门一阵乱敲,还叫喊个不停,心想:这里面是否有人?多久才能出来?他等待的空当,心中预想:

加油站工人一旦不情愿出来服务，自己应该如何对付，并把一段又一段蕴含侮辱和威胁的常用短语在脑海里迅速过了一遍。一分钟后，他开始用力撞门，那位出租司机也慢吞吞地走了上来。他的出现，本身就是一种自以为是的悲观评价。狄克逊内心想好了如何做出最合适的面部表情，其中包括嘴唇和舌头的罕见姿态，以及各类手势的配合。正在这时，里面的一盏灯突然亮了，门很快开了。一个男人出来，说自己可以也愿意给他们加油。接下来的几分钟，狄克逊不再考虑眼前这个男人，而是将思考的方向，再次转到克里斯汀身上。他内心感到了敬畏：克里斯汀看上去非但没有明显讨厌，居然还如此信任他。她是个多么美好的人啊，他能和她一起在这里，简直是太幸运了。舞会上，他对卡罗尔所做的承认，其实蕴含了他对克里斯汀爱的倾诉，当时看起来简直是天方夜谭，现在却是无比自然和正当。接下来的半个小时左右，是他能为这份感情做些什么的唯一机会了。狄克逊的人生中，第一次下定决心碰碰自己的运气。过去，运气曾向他招过手，但他从不敢相信，非要确保最初的甜头不会丧失才行，最终总是错失良机。如今再也不能那样了！

狄克逊将钱付给加油工之后，出租车继续前行。"你没有任何理由感到抑郁，我刚才同你讲了。"他说。

"我真想不出你是怎么知道的。"她说这话的时候，再度严肃起来。

"不，我当然不可能知道，但我觉得，总体来说你的日子不可能过得太糟。"他说话时的那份轻松感觉，连他自己都吓了一跳。他看得出，她需要时间和鼓励，来恢复到原先那种更为开放的状态。他自己的这种洞察力，如同此时他所感受到的一切，都是那么新鲜而陌生。"我会把你归到几乎在所有事情上都很顺利的人群当中。"

"我本不想让你觉得我是个任劳任怨的伟大角色。你说得对，确实如你所说，我的确日子过得很愉快，在各种事情上也都很顺利。可你知道么，我发现有些事情上，我总是不顺心。我自己都被弄得晕头转向了，你知道么？"

狄克逊都想笑出来了。他无法想象这个年纪的女孩，还有谁能有她这样的眼力。于是他照实说了。

"没有，我说的绝对是事实，"她坚持着，"我还没有机会发现出路在哪里呢。"

"请不要介意我这么说，但我本以为，愿意给你指点迷津的人真是数不胜数啊。"

"我知道。我全明白你的意思，但他们就是不肯尝试。他们都以为我早就什么都知道，你懂了吧。"这时，她的神态又活跃了起来。

"噢，他们这样想啊，是么？为什么会这样，他们肯告诉你么？"

"我觉得应该就是因为我看起来特别庄重沉稳吧。我看上去言谈举止完全恰当，好像我什么都懂。曾有两三个人对我这么说过，所以一定是这个原因。但那只是我看上去的样子。"

"要我说吧，你的样子确实很老成，如果我没用错词汇的话。甚至给人一点点'演戏'的感觉。可是这……"

"那你倒说说我有多大岁数?"

狄克逊觉得这时偶尔说句实话,应该是妥当的。"大概二十四岁吧,我是这么认为的。"

"看看,你猜错了吧,"她洋洋自得地说道,"果然不出我所料。我下个月才二十岁。十八号。"

"我当然不是说你的脸看上去没有那么年轻,我只是……"

"嗯,我知道你的意思。你说的是我看上去的年纪,对不对?是我给人感觉的年纪,对吧?"

"是的,我想就是这个意思吧。但这不是唯一的因素,不是么?"

"不好意思,什么叫不是唯一的因素?"

"我的意思是说,你的外表,并不是使你显得比实际年龄大、看起来更有经验的唯一因素。还有你的举止和言谈,很多时候都造成了那种印象。你自己没觉得么?"

"怎么说呢,自己是很难知道的,不是么?"

"肯定很难,当然啦。就是……你看起来……总喜欢高高在上,我想准确表达那个意思,还真不太容易。但你总有个习惯,不时地会表现出来,那就是你说话和姿态,看起来像个家庭女教师。当然,我并不太了解她们,这我也得承认。"

"哦,我真有那样么?"

虽然她这句问话恰好诠释了他刚才讲的意思,但狄克逊觉得再说点什么也没关系,便说:"喏,你现在那副样子又出来了。当你不知道做什么，或是说什么的时候，你就变得一本正经。这种姿态和你的脸完全吻合。或许就是这个原因，给了你最初的灵感，从而变出这种一本正经的模样，我说的是你的脸。总体效果上给人的感觉就是严肃和自信。你确实不想变得严肃，但你确实是想更有自信。是的……你吉姆大叔刚才多嘴了。我们也跑题了。这些怎么和抑郁搭上边了呢？我还是没有看出，有什么值得你抑郁的。"

见她犹豫不决，狄克逊微微出汗了，后悔自己先前爆发出的那股老戏骨般的自信，但就在这时，她突然又滔滔不绝地开始了："这都是和男人有关，你明白么？我以前和男人一点关系也没有，直到去年，我在伦敦找到了一份工作……喂，你不介意一直都在谈我自己吧？这听起来真有点以自我为中心了。你不会觉得……"

"你完全多虑了。我很想听这些。"

"那……好吧。是这样的……我在那个书店工作不久，就来了个男人总和我说话，还要邀请我去参加聚会。于是我去了，为什么不呢，聚会上也有很多搞艺术的人，其中还有一两位是英国广播公司的。你知道这种场合吧？"

"我可以想象得出来。"

"于是……从那时起，一切都开始了。我不停地被男人们邀请，我也很自然地接受，那种感觉非常非常地有意思。我至今都觉得很有趣。但他们总是不停地……想要勾引我。而我总是不想被他们所勾引，你明白么？一旦他们确信我无法上钩，他们就都走了。嗯，我也不太介意，因为总会又有男人接踵而来……"

"我绝对相信。你继续说。"

"我很怕你听到这些会反感……"

"继续。"

"好吧，如果你确定的话……不管怎么说，又过了几个月，我遇到了伯特兰，那是在三月份。他看起来和其他人不一样，主要是因为他并没有开头就想让我做他的情人。他有时候真的很好，你知道么？当然，我想你大概想不出来……过了一阵，我开始觉得很喜欢他了，但与此同时——这是很滑稽的事情——我一方面觉得自己越来越喜欢他，可另一方面又觉得自己有点受够他了。他真是个奇怪的混合体，你能明白我的意思么？"

狄克逊在心里默默告诉自己，伯特兰究竟是哪两种东西的混合体，但嘴上却说："是哪种方面呢？"

"他可以一分钟前特别善解人意、亲切和蔼，但下一分钟又会变得不可理喻、毫不成熟。我觉得我永远不会明白，自己和他究竟处于何种关系状态，也不知道他到底想要什么。有时，我会觉得他这个样子，完全受了他绘画进展的影响。但毕竟，出于这样、那样的事情，我们开始吵架了。我最不能容忍的就是争吵，尤其是他总爱在争吵中，把责任都推到我头上。"

"什么意思呢？"

"你知道么？一旦他可以把责任推到我头上，他就会先开始挑起一场争吵；要是他抓不到我的把柄，就会逼着我开始争吵，因为是我先挑起来的，他就把责任又扣到了我的头上。今晚的事他保准会这样，他同样会把责任加到我身上，那是肯定的。但这事真是他错了，是他犯了错。和哥德史密斯的这些事——没关系，我不会再追问你了——但我知道这背后肯定有事情，可他就是不肯告诉我。我想应该也没啥特别大不了的，他就是有点兴奋得过了头，当时……但他就是不肯告诉我发生了什么情况。他会假装什么事都没有，他还会问我，是否真的觉得他会在我背后搞什么东西，被他这么一问，我就不得不说，没有。不然的话……"

"这和我没有半毛钱关系，克里斯汀，但我觉得，咱们这位伯特兰朋友，处心积虑是想让你主动和他友好地分手。"

"不，我不能这么做，除非……我不能那么做，我已经陷进去太深，不能自拔了。我得在这条道上坚持走下去。既然谈上了，总得不忘初衷吧。"

不想去猜测"这条道"是什么，究竟走到了什么阶段，狄克逊迅速发问："你和他考虑过你们的未来么？"

"这个嘛，我倒还没有，但我觉得他可能想过的。我有种感觉，他是想让我和他结婚，尽管他从没有向我提过。"

"你自己觉得怎么样呢？"

"我还没决定好。"

看起来，就只能先说到这儿了。狄克逊的脑海里滑过一个念头，那就是除了她的声音之外，没有任何证据表明她就在自己的身边。当他朝右边转身，只能看到最黑最隐秘的一个身影，她纹丝不动。衣服和车椅套，都没有发出任何声响。她似乎也没有用任何香水，起码他闻不出来。他感觉到她是如此的遥远，远到令自己想去碰她的感觉也消失了。在狄克逊眼里，出租车司机则更为真实，因为他的双肩和戴着帽子的脑袋，在车内灯光照耀下，形成了一个背部轮廓，他的一举一动掌控着车轮行进的方向。当狄克逊从侧窗看出去，他的情绪一下子调动了起来，因为他看到了幽暗的乡村景象在身边飞驰而过。这次乘车经历，和以往截然不同，是他非常渴望的，而不是避之不及的。他得到了他想要的，今后无论出现什么尴尬的后果，他都做好了坦然应对的准备。他想起一句阿拉伯谚语，正是鼓励人们这么去做。只是这句"拿走你想要的，同时支付代价"，他觉得还不够完整，应该再补上半句："这总比被迫接受你不想要的，然而也得支付代价要强得多。"这再一次支持了他自己的理论——好事总比坏事要好得多。此刻能独占克里斯汀，这真是一件天大的好事，好到他的感觉，如同一个狂吃大餐者的肠胃，被塞得满满的。她的声音是多么美妙啊，为了听更多，他又问了："伯特兰的那些画，都是什么样的？"

"噢，他到现在一幅也没给我看过。他说他不想让我觉得他是位画家，在此之前，他得先觉得自己是位画家才行。不过，大家都告诉我，他的画真的很棒。当然，那些人都是他的朋友，我觉得。"

不管这段对伯特兰画的评价散发着多么荒诞不经的光晕，狄克逊觉得，这观点还是值得他表现出适度的尊重，起码得做出一点点吃惊的反应来。先摆出自己是画家的证明,一面奉承朋友、一面虚心请教并听取朋友对画作的意见,以表明自己的修养,特别是让大家了解到,自己的内在,远比外在看起来还要优秀——这种做法,想想都令人觉得享受!狄克逊时常也希望,自己能写首诗什么的,证明自己拥有了卓越的人格魅力。

克里斯汀继续说:"我得承认,遇到有雄心大志的男人还真是很荣幸的。我不是指想跟电影女明星约会的那种雄心大志。这可能听上去有点好笑,但我看中伯特兰的原因,是因为他在自己的生活里安排了一些东西,一些不仅仅是物质或是自私自利的东西。这样,从这个角度来看,他的画作究竟是什么样子,其实已经无关紧要了。就算他画出来的东西,除了他本人,天下人都不喜欢,那也没关系。"

"可是,如果一个人耗费毕生精力做了一件只使他个人开心的事,那不还是属于自私自利么?"

"怎么说呢,某种意义上,每个人都是自私自利的,不是么?但你还是得承认,那也有不同程度的区别。"

"我觉得我应该承认。但他这样的雄心大志,不是把你给撂一边了么?"

"什么?"

"你没有发现,当你想要他陪你出去的时候,他却忙着画画或其他什么事情?"

"有时会的,但我努力做到不去介意。"

"为什么呢?"

"当然了,我做梦也不会想要让他看出来。这不是个容易处理的情况。跟画家谈恋爱,比起跟个普通人谈恋爱,完全是两码事。"

狄克逊刚才还觉得自己开始对克里斯汀有感觉了,这最后一句注定让他感到了不痛快。除此以外,他居然还觉得,这话客观到令人难受。就算是他在电影院里听到银幕上的这句台词,他也会和现在一样,在暗影里摆出一副吃了酸柠檬似的苦脸。可转念一想,在她那相当成熟优雅外表之下的某处,他居然发现了青春期特有的那种俗气的言语漏洞,这叫他顿感轻松愉快起来。"我不是很明白。"他不得不敷衍了一句。

"嗯,大概是我表达得不够清楚吧。但我应该能想得出,作为一名画家,艺术创作得占去他相当多的一部分,特别是在情绪、情感等方面,导致他留给别人的所剩无几了。我的意思是说,如果他要成为一名很好的画家。我觉得他好像有一些特殊的需求,你明白么?需要别人在有能力时都得去满足他,而且不能问太多的问题。"

狄克逊知道自己再说下去,那些话就难听了。且不论他自己对这事的看法早已定型,就光拿他与玛格丽特的交往经验来说,那已经充分地证明,所谓某人在某时有某种特定的需求,那都是胡扯,除非他们想让自己的屁股被狠狠地踢上几脚,那还差不多。接下来,他意识到,克里斯汀一定,或许是不自觉地,是在引用她男朋友本人或她男朋友借给她看的什么烂书上的某些句子。她男朋友一心想把自己归纳到小朋友、神经病、残疾人队伍之中，提出这个需求那个需求。这样的人，根本不值得去攻击。狄克逊皱了皱眉。一分钟前，她的言行举止还那么"讲道理"，令人难以将她与威尔奇家艺术周末伙同伯特兰一起给他下绊子的那位女孩相联系。女人们总是从她们的男性朋友身上汲取五颜六色的影响，甚至遇到那些暂时同她们打交道的男人也不幸免。如果这个特定的男人是坏男人，情况就糟了。但如果特定的男人是个好男人，情况就会很好。合适的男人，应该可以制止，起码也能提醒她，不要整天故作高雅，满口都是艺术类的胡话。他觉得自己就是那个合适的男人么？哈哈哈，要真能那样，梦里都要笑醒了！

"吉姆。"克里斯汀说。

狄克逊听到这声叫唤，头皮一阵发麻，这是她第一次这么亲切地称呼自己。"嗯？"他谨慎地回应，屁股在坐垫上轻微扭动了一下。

"今晚你对我真够朋友，听我一直在挈挈叨叨地说我自己的事。而且你的头脑好像一直都在正确的路子上。如果我想向你请教一件事，你会介意么？"

"哪里的话，我怎么会介意呢？"

"不过，你一定意识到，我向你请教，只是因为我想听你的看法，而不是因为别的什么原因。"她停顿了一下，又补充了一句："你听明白了么？"

"是的，当然明白。"

"嗯，是这样的。我们俩人，你都见过了，你觉得我同伯特兰结婚会是件好事么？"

狄克逊心中微微升起一阵莫名的不爽。"这难道不是取决于你自己么？"

"当然是取决我自己了。嫁不嫁给他，完全是我说了算。可我想知道你的想法。我不是让你替我做决定。现在，你怎么想？"

现在正是这场战役轮到狄克逊对伯特兰精准扫射的时候，可他发觉自己不大情愿开火了。给他的敌手一阵有理有据的谴责，再加上一小段卡罗尔最近同他说过的话，几乎可以确保自己在这个阶段，取得绝对的胜利，最起码，也可以给对方以沉重打击。但他就是觉得不想那么去做，于是，他只是缓缓说了句："我觉得，我对你们俩人都不够了解。"

"哼，好去死了，你这家伙——"这句她是从朱利叶斯舅舅那里学来的么？狄克逊在思索，"又不是让你写博士论文！"然后，她似乎又开始模仿卡罗尔，拧了他的胳膊。因用力太猛，使他叫出了声。随后，她一字一顿地问："你怎么想？"

"哎，这事……我必须说出我想说的话，你明白吗。"

"是的，是的，当然是的，这就是我问你的话，不是么？快快回答我。"

"哎，好吧，我想说的是，不好。"

"我明白了。为什么不好？"

"因为我喜欢你，而我不喜欢他。"

"就这点原因？"

"这就足够了。这意味着，你们俩人各自身处人类不同的两个伟大阶级,我喜欢的阶级和我不喜欢的阶级。"

"这理由,我听起来好牵强啊。"

"好吧,如果你想要理由,记住,这就我的理由,但这并不意味着它也会成为你的理由。伯特兰这个人很没劲,和他爹一样。唯一让他觉得来劲的,只有他自己。你要是对他谈任何问题,他会完全无视你这方的看法,别的他什么都不会,明白了吧?不仅仅是他老大、你老二的问题,他娘的,他要完全独霸局面。我的上帝啊,你刚才说的,他先挑事,然后在给你找茬,这说明你对他的路数还是了解的。我不明白,这些,你为什么还要让别人再说一遍给你听呢?"

她这回暂时闭嘴了,接着却用那种火药味十足的语调又说上了:"就算你说的这些都是事实,那也不见得我就不能嫁给他。"

"是的,我知道女人们都铁定了心嫁给她们并不太喜欢的男人。但我刚才说的,是你为什么不应该嫁给他,而不是你是否愿意或者是否打算嫁给他。我想,一旦某些注定会磨灭的东西最终磨灭后,你的日子就生不如死了。你是不会信任那家伙的,如果你好好……我的意思是,他总是爱争吵,而你说过,你最不喜欢争吵。你现在爱他么?"

"我对你说的那个字,没多大的兴趣。"她说话的口气,像是在反驳一个满口荤话的生意人。

"为什么没有兴趣?"

"因为我不知道那个字的意思。"

他暗地叫了一声。"噢,别那么说。快别那么说。这个字在交谈和文学中，你肯定会经常碰到的。你不是想告诉我，你每次碰到这个字，都跑去查字典吧？你当然不会那样做了——我猜，你是说，这字太私密——不好意思，我得纠正一下我刚才的形容词，太主观了。"

"嗯，就是嘛！"

"是啊，没错。被你这么一说，好像就只有这个字是主观的一样。如果你可以告诉我，你是不是喜欢吃青梅果，你就可以告诉我你是不是爱上了伯特兰了。当然，如果你愿意说的话。"

"你还是把这事想得太简单了。我确信可以告诉你的，就是前一阵子，我真的爱上了伯特兰，但现在，我却没有那么确信了。而对于青梅果，我并没有这种起起伏伏的感情变化，这就是区别。"

"确实和青梅果不一样，我同意。但大黄菜呢，嗯？自从我妈不再逼我吃之后，每次遇到这五味俱全的玩意，我的感情都是在爱和恨之间摇摆。"

"你说得特别好，吉姆。爱的困惑，就是让你进入这种状态，使你再也不能冷静面对自己的感情。"

"如果能冷静面对，那将会非常好，对么？"

"噢，那当然啦。"

他又暗暗叫了一声，这次音高，超出中央 C 很远。"虽说你人很好，但你未来的路还长着呢，如果你不介意我这么说的话。所以，无论如何，如果你觉得有必要，那就一定要冷静看待你自己的感情。但这，与你判断自己是否（主啊！）爱上了对方，并无关系。判断自己是否爱上了对方，并不比判断自己是否喜欢吃青梅果要困难。真正困难的，是到了某个时候，也就是到了需要听这套冷静的说教时，你得决定，自己虽然恋爱了，但今后怎么办，是不是要坚持与你爱的人走到底，并嫁给他，还是怎么样？"

"天哪，这就是我刚才说的意思，只不过你换了一些词汇。"

"词汇就能改变事情。不管怎么说，整个过程是不同的。人们总是满心火热，纠结于自己是否爱上了别人，想来想去，转不出来。结果，她们最后的决定全都烂透了。这种事，每天都在重复。她们应该意识到，爱与不爱，其实简单极了。困难的不是爱与不爱，而是爱上了之后，该怎么办？两种方法的区别在于，不能一听到这个字，就赶紧将它从脑海中赶走，而是应当开动脑子，尽量顺着爱这个词，好好想下去。这些人啊，要是不再沉湎于自问自答式的魔咒，不再追问自己：是否爱上啦，爱是什么呀，以及其他种种的问题，她们就真的长进了。你决不会问自己：大黄菜是什么，也不会问自己是否真的喜欢，或是不喜欢大黄菜，对吧？"

狄克逊觉得，这是他很多年以来，在课堂之外，讲得最长的一段说教。就算包括上课在内，这也完全是他最最流利的一堂演说。他是怎么做到的啊？喝酒了？没有啊：他此刻清醒得令人恐怖。是性兴奋了？完全没有！那种感觉上来后，他总是立即沉默不语，而且屡试不爽的感觉低人一等。那他究竟是怎么做到的呢？这是个秘密，但此刻的他，觉得自己是如此的心满意足,竟懒得去揭开谜底。他闲适地看着他俩的前方,那布带子般延绵的公路,在车轮下面,摇摇晃晃地不断卷抽回去。那些栅栏,被车前的大灯照得煞白,从他们身旁不断撤退,忽高忽低。车内孤立的空间,令人备感舒适自在。

克里斯汀的身体动了一下。这次旅途中,狄克逊第一次注意到她动弹,于是不由自主地朝她那方向看了一眼。他看到她身体冲着前方,眼睛望着窗外。她口齿不清地说了句:"这情况也同样适用于不喜欢青梅果的情况,这是毫无疑问的。"

"呃?哦,我觉得是的。"

他听到了她的哈欠。"我们现在到哪儿了,你知道么?"

"噢,刚过一半了,我觉得哦。"

"我感到困极了。我真不行了,我不想困成这样。"

"来支烟吧,立马让你提神醒脑。"

"不,谢谢你了。喂,我打几分钟盹,你不会介意吧?那样我会感觉稍微舒服一些,我知道的。"

"那还用说嘛,你好好睡吧。"

当她蜷缩在她那边一角的时候,狄克逊不由得与自己的失落感斗争起来:她居然用这个小技巧,不再陪他了。他还以为自己渐入佳境了呢。哎,想想,还是以前那种少说为妙的策略对头啊。正在这时,她突然将头枕到了他的肩上,于是,他所有的感官都警惕了起来。"你不介意我这样吧?"她问,"这车座的靠椅垫,硬得跟铁做的一样。"

"你尽管靠着好了。"他在思考的前一秒,已经逼自己先行动起来了。他将手臂插进她的肩背后。她则前前后后地扭着头，试图找到最舒服的位置。然后她不动了，并立即进入了梦乡。

狄克逊的心，微微撞击起来。现在，他完完全全有证据，证明她就在这里。他可以觉察到她的呼吸，她的太阳穴顶着他的下巴，她温热的肩头在他手掌的下面，她的秀发，闻起来正是仔仔细细打理过的那种秀发的味道，他可以感觉她身躯真实存在着。但这一切，很可惜，都不足以抵消她的思想此刻不再陪伴自己的那种惆怅。他突然想到，也许她这么做，仅仅是借此撩拨他的欲望，而这种撩拨本身毫无意义，只是从某种方面满足了她的虚荣心罢了。随后，他拒绝了刚才这种熟悉而又可悲的观念。他对自己说：她人品很好，绝不会这样的，她只是太累了，仅此而已。出租车正绕过一个弯道，他用脚稳定，保持住自己和她的这种姿势。他自己是别想睡着了，但他可以保证她一直这么安稳地不被吵醒。

他小心翼翼做了几个别扭的动作，取出火柴和香烟，依次点燃这两件东西。他比任何时候都觉得安心。他就在这里，足以堪当这一角色，如同演戏一样：某个角色你演得越久，下次还让你出演的概率就越大。要想下次一直能做你想做的事，那就必须一开始而且只有一开始就去做你想做的事，并去接受这种训练。下次，如果他遇到米切，他对米切的那种恭敬的态度就会大大减少；下次，如果他遇到阿特金森，他就会对阿特金森多说几句话；对于那个叫卡顿的家伙，他也一定会多打听出一点关于那篇投稿的消息。他的身体灵巧地更加贴紧了克里斯汀。

这时，司机移开了前后隔窗的玻璃，用一种卑贱的声音问了方向，狄克逊便指示给他。后来，出租车终于在通往威尔奇家的小路口停了下来。克里斯汀醒了，过了一会问："你一起上去么？我希望你来，因为我不确定我是否想进去。女仆晚上不住在这房子里，我觉得。"

"我当然会上去的。"狄克逊说。他雷厉风行地告诉出租车司机，除非将车子停到他狄克逊的寓所门口，否则休想讨论车费问题。接着，他俩消失在夜幕中。这期间，克里斯汀一直靠着他的手臂，如同靠着一根拐杖。

15

"我想,我们最好先找扇窗子,"当俩人站在漆黑的房子前时,狄克逊说道,"我们不能去按门铃,以防威尔奇夫妇比我们早回来。我觉得他们不会很迟回家的。"

"他们难道不应该等等伯特兰么,因为用车的问题?"

"他们大概会叫辆出租车吧。不管怎么说,我是不会去按门铃的。"

他俩小心翼翼绕着房子的左侧进入院子。在黑暗中,狄克逊不小心撞到了什么玩意,那东西不偏不倚正砸在他小腿胫骨上,害得他压低嗓子咒骂了一句。克里斯汀闷声笑了起来,像是用两手捂住了嘴。通过手摸外形,也因为在黑暗中已经过了几分钟,狄克逊的眼睛逐渐有些适应后,他才弄明白了,那个东西是根包在木头匣子里的水龙头。木匣已经变形炸开,像是刚刚被汽车撞过。他哼了哼几小节他所谓的"威尔奇小曲",然后对克里斯汀说:"行了,行了。这看上去像是那个法式落地窗,我们就从这里下手,碰碰运气吧。"

他在前面示范,尽管小心翼翼,脚下依然发出吱吱嘎嘎的声响。结果和预料的一样,窗子甚至都没有拉上插销。他进屋前,犹豫了一会儿:威尔奇老夫妻俩这时不会已经回到家里了吧。威尔奇恐怕真有些愚蠢的爱好,比如说,在家看自制的鬼火，或是做瑜伽冥想，而这些，都是需要黑灯进行的。他恐怖地想象着，如果威尔奇发觉自己和克里斯汀黑夜中偷偷摸摸进了他们家，他那对因思索而紧皱的眉毛，将要拉得多么斜，时间又将保持得多么久啊？

"开着么？"克里斯汀在他的手肘边问。他发现，当她轻声说话时，嗓音和她在电话里传来的效果一样，像是个女学生。

"是的，看起来正是这样。"

"嗯，那为什么不进去呢？"

"好吧，进去咯！"他缓缓把窗子拉开，掀开落地的窗帘，踏进屋内。其余的窗帘显然都挂落着，整个屋子像个密闭的大方罐子。他缓缓向前，双手前伸，结果某件家具的棱角，给他刚刚的伤处再次以沉重一撞。而他和克里斯汀各自的反应，居然诡异到和上次完全一样。他的双手，像蛇一样，爬行过两面墙，这才摸到了电灯开关。"我马上开灯了，"他说，"你准备好了么？"

"好了。"

"亮。"他将开关揿下，然后下意识跳出八丈远，因为此刻的灯光，突然亮晃晃地照在他俩身上。他的这一动作，使自己的身体距离克里斯汀非常近了。他们互相这么望着对方，彼此眨眼笑了。他们的脸，几乎在同一水平线上。然后，笑容从她脸上消失，取之而来的是一种渴望的神情，眼睛眯着，嘴唇无声地动着，她似乎开始抬起了双臂。狄克逊上前一步，填补了他们之间唯一的一点点空隙，他开始非常缓慢，给了她足够的时间退后或是转身。然后,他将自己的双臂环抱住了她。当他最终将她抱紧时,她正在深深地吸气,于是,她屏住了呼吸。他亲吻了她几秒钟,并没有把她抱得过紧。她的嘴唇干,不软,反倒有点硬,她整个人都很温暖。过了一阵,她退后一步。在明亮的灯光下,她看起来不像是个真人,倒像是画里出来的某种幻影。狄克逊此刻的感受,如同在奔跑追逐一辆巴士,差一点被一辆轿车撞倒在地后,终于踏上巴士的踏板。他只能说了句:"哦,这样真好啊。"语气是一种呆滞的激动。

"是的,真好。"

"舞会这么回来,真值了。"

"是的,"她转身,"哦,快看,我们走运了。我想,是谁会想得这么周到呢?"

一张小圆桌上,放着个托盘。托盘内有几只茶杯,一个热水瓶,以及一些饼干。狄克逊这时有些开始颤抖,走路也晃悠,但一瞧眼前的景象,他立马精神百倍。这意味着,他十五分钟之内是不必走了。"这份心意,我就诚心笑纳了。"他说。

不消一分钟,他俩就肩并肩坐在小沙发上了。"我觉得,你最好也用我这个杯子喝,"克里斯汀说,"我们可不想让人发现你来过这里,对吧?"她倒了些咖啡出来,喝了一点,然后将杯子递给了他。

狄克逊觉得这份亲密,从某个角度来看,可谓象征了整个的夜晚,并将其推向了最顶峰。他想起某句希腊还是拉丁文谚语,说就连上帝也无法消除掉历史事实。他于是很高兴地想到，这谚语同样也适用眼前发生着的历史，那就是他正在用克里斯汀喝过的咖啡杯。他递上的饼干，她吃了两块。这又令他联想起玛格丽特在这种类似场合，绝对不会吃东西。她似乎是在表明一种肤浅的个性。她一直喝清咖，同样也是这个意思。为什么？她不是想让自己总是清醒不瞌睡吧？不过，现在想到她，狄克逊居然一点恐惧感都没了，这样可真好。他半真半假地对自己保证，一定要送给戈尔-阿夸特一条内有二十五盒的巴尔干寿百年牌香烟（帝俄混合型），借此感谢他不自觉地在舞会上引开了玛格丽特的注意力，令自己可以想出这个出租车逃脱计。接着，他又甩掉了这些幻想，因为他意识到，这些想法的目的，本身是逃避思考如何进一步应对眼前的克里斯汀。如果他想保持自己已有的成果，那就必须乘胜追击。他如此和她这么坐着，看起来是一种温馨从容的居家生活，他的心，却一直跳得很难受。但他隐约之间，感到了一种莫名的希望：在这片水域，他没有任何参照物可寻，但历史经验证明，往往就是那些没有地图的人们，航行到了最远的地方。"我非常喜欢你。"他说。

在她的回答中，他捕捉到了她一丝比较生硬的态度："怎么可能呢？你几乎都不了解我。"

"我知道得足够多了，我可以确定的。谢谢。"

"你说得很好，但问题是，我再也没有什么可以让你知道的地方了。我是那种你很快就可以一眼看穿的人。"

"我不相信你说的。但就算你说得对，我也不在乎。我见到你的这些，足够让我继续下去了。"

"我警告你，这样对你没有任何好处的。"

"为什么没有？"

"首先，我和男人相处不好。"

"这是什么鬼话啊，克里斯汀。拜托，不要想用这种扫帚星的故事来绕我。像你这样的女孩，任何男人一旦被你看上，谁都休想逃掉。"

"那些看上我的男人都和我处不长，我告诉过你的。而我要想找自己喜欢的，也不是那么容易。"

"啊，不要给我来这一套。你身边就有几十个很贴心的男人。我甚至可以想出我们学校公共休息室里就有几个。嗯，起码一两个。嗯，起码是有的……"

"你自己也吃不准了，看到了吧。"

"那好，我们先不谈这事，"狄克逊说，"告诉我，这回你在这儿打算待多久？"

"就两三天吧。我刚好在休假当中。"

"好极了。那你什么时候能跟我一起出来玩？"

"哦，别犯傻了，吉姆。我怎么能和你出来呢？"

"根本不费吹灰之力，克里斯汀。你可以说你和朱利叶斯舅舅出去啊。从我对他的观察来判断，他会替你圆谎的。"

"别再说了，没用的。你和我都已经有人了。"

"我们只是小小的见个面，如果真遇上麻烦，那时我们再一起担心这事。"

"你不知道你这是让我干什么么?我是这儿的客人,是伯特兰请我来的,我也是他的……我和他捆在一起了。你自己有没有感觉到,这样做是多么不厚道?"

"没有啊,因为我不喜欢伯特兰。"

"喜不喜欢,都没有什么区别。"

"不,有区别的。对于那样的家伙,我不会说'老兄,你先请'。"

"那玛格丽特这边又怎么办呢?"

"你说到点子上了,克里斯汀,确实需要考虑这一点。但是,我真没什么要对她负责的地方,你知道么?"

"你没有么?她好像觉得你有啊。"

当狄克逊犹豫时,他意识到,周围一片寂静。他在自己座位上挪动了一下,让自己的脸,直接对着她,没有再用先前那种急躁的语调。他说:"听好,克里斯汀。让我这么问你吧。你愿意和我出去么?只是暂时忘掉伯特兰和玛格丽特的事。"

"你知道我愿意的,"她立即答复,"不然,我跟你一起离开舞会干嘛?"

"哦,你是愿意的……"他看着他。她则立刻回望着他,下巴抬高,嘴唇又开始不完全闭合了。他用一侧的手臂,环抱住她的双肩,向这位拥有一头金色秀发的女孩俯下了身。这次,他们的亲吻,比先前更为热切了。狄克逊感觉,自己整个人都被她吸到了某个幽暗无光、雾气腾腾的地方。那里的空气沉重,令他无法自如地呼吸,他全身的血液,也变得稀薄和慵懒。她的身体，一半的面积此刻都顶着她，感觉紧绷绷的。一只乳房，重重地托着他的胸口。他伸手，罩住了她的另一只乳房。很快，她那种紧绷感消失了，尽管嘴唇还纠缠着他的唇，但她变得被动了起来。他懂了，于是将自己的手挪到她光洁的背上，放她走了。她冲他一笑，这笑容感觉比刚才的热吻，还要令他头脑晕乎。

当他不说话时，她说了："好的，就依你说的这么定了吧，但我还是觉得这挺卑鄙的。你有什么打算么？"

狄克逊觉得仿佛自己正在接受荣誉勋章时，突然仪式被打断，说是楼下大厅，有人前来通知他足球彩票中了大奖，并送来一张价值六位数的支票。"市区有家非常好的酒店，我们可以去那里一起吃饭。"他说。

"不，我想，我们最好还是别安排任何晚上的活动，如果你不介意的话。"

"为什么不行呢？"

"我说的是最好不要，暂时不要。否则我们一定会喝酒，然后我……"

"喝酒又怎么了？"

"没事，但我们暂时不要一起喝酒么？算我求你了。"

"那好吧。喝茶怎么样？"

"嗯，喝茶好。什么时候呢？"

"周一可以么？"

"不，周一我不行。伯特兰有些朋友来，他想介绍我认识。"

周二怎么样?"

"很好。四点行么?"接着,他教了她如何去酒店和他见面,刚刚解释清楚,只听见汽车声越来越清晰了。"我的天哪,他们回来了。"他说这话时,直觉立即让声音缩成了耳语。

"那你怎么办?"

"我会等到他们即将从前门进来那一刻,突然从窗户溜出去。你随后帮我关上窗就行。"

"好的。"

汽车开到了屋子的前面。"你完全知道我们在哪儿碰头了吧?"他问。

"别担心。我会在那儿的。四点。"

他们一同走到窗边,彼此拥抱站立,听着汽车发动机在发出一阵轰响后渐渐平静下来,接着,脚步声也越来越远了。

"感谢你给了我这么一个美好的夜晚,克里斯汀。"

"晚安,吉姆。"她身体贴紧他,彼此又拥吻了一阵。接着,她挣脱开,说"等一下",跑去拿她放在一张扶手椅上的手提包。

"你这是干什么?"

她转身回来,突然将一张一英镑的钞票给他。"打车钱。"

"不要开玩笑了,我……"

"好了,别跟我争,他们马上就到眼前了。车费肯定很贵的。"

"可是……"

她把钱塞进他上衣胸前的口袋,皱起眉,噘着嘴,左手指晃动着让他闭嘴,这姿态不由得使他想起小时候,他的某位姨妈硬是要给他吃糖或是吃苹果时的那个动作。"我的钱估计比你多一点。"她说着，随即将他推到窗口。就在那时，威尔奇的声音从不远处传来，音调很高，近乎疯狂的那种声音："快点。周二见。晚安！"

他窜出窗外，看见她关窗时，朝着夜色做了个亲吻的动作。接着，窗帘就拉上了。视觉变得稍微清楚一点后，他可以看见身边的道路。他往大路方向一直走下去，觉得自己这一生当中，真没有这么疲倦过。

16

"亲爱的约翰斯先生，"狄克逊假想铅笔是把餐刀，于是以那种姿势握着写道，"我写幸的目的，是让你知到，我知到你在打小马琳·理查兹小姐的注意，小马琳是正惊的女孩，她不会里你这钟人。我知到你是什么活色。她是正惊的女孩，你别老往她脑代里贯书那些义术和音乐，她才不希汉呢！而且，我会取她的，你这种人根本不可能。所以，你离她远点，约翰斯先生，我只紧告你一回。我这信很友好，我没威斜你，但你得造我说的去做，不然，我同公厂兄弟一说，就会路上等着你。我向你保正，我们找你不仅仅只想根你问个好。所以，你要好字为止，给我老实点，别再去扫扰她了。你忠实的，乔·希金斯。"

他通读了一遍，心想，这信的风格和拼写，真是完美而一致。其实，这大部分都是从他那几位天资不够的学生作文里借用来的。即便如此水平，他也不期望自己对约翰斯能够长久地欺骗下去，特别是他几乎能断定，约翰斯和他办公室打字员马琳·理查兹根本没进一步发展出什么事来，他最多就是隔着很远，无奈地盯着她看上一会儿。但是，这封信至少能把他吓一跳，也能让他们这座寓所楼的朋友们，吃早餐时得到一些暂时的欢乐——约翰斯喜欢在早餐前，一边吃玉米片，一边拆信阅读。狄克逊在随手找到的便宜信封上写上"约翰斯先生收"，附上他们寓所楼地址，封好，又将自己的手指在地板上弄脏，随后在信封盖上蹭出一道污黑的痕迹。最后，为了让效果看起来更为逼真，他贴邮票时，特地蘸了很多口水。中午他去酒吧喝一杯时，会顺路把信给寄了；但在此之前，他必须为他的那篇《快乐英格兰》演讲，整理出一些笔记；再往前，他还得查看一下自己的财务近况，看看自己能否将它从"彻底完蛋"的状态，恢复到"比较危险"的平常状态上来。而在那事之前，他还得做件事，他得用短短两分钟，回味一下昨天晚上夏季舞会那令人难以置信的结束部分，回味一下克莉斯汀。

　　他发现自己已经不能连贯地去想，甚至几乎回忆不出他俩在威尔奇家里彼此之间说过什么；他此刻也无法回味出她的吻是何等滋味，当然，他一直记得自己当时是多么的享受。对于周二下午的事，他早已兴奋不已，兴奋到必须从床上起来，在卧室里转转才行。其实，最有意思的方法，是先让自己确信她到点不会出现，然后不管发生什么，都是他赚来的。但问题是，他可以清晰地想象出，她穿过酒店大堂，朝他走来时的情景。接着，他又发现，自己还能比较清晰地想象出她的脸。他漫不经心地朝寓所楼后花园望去，此刻那里正暴晒在烈日之下。他意识到，当她不再戴着那副相当冷冰冰的面具时，她的脸有时会像某种幻术，令人遐想到其他的面容。其他面容的主人，与她本人几乎风马牛不相及：她总是有杂技演员或双人杂耍舞演员那种特有的固定式露齿微笑；维埃拉胜地摩托游艇上高档风情女那种迷人光芒；招贴海报上半裸美女脸上那总令人感觉有些愤恨的做作的眼神；一个不太听话的浮肿病女孩皱起眉头的样子。不管怎样，这都是些女性的面容。想起玛格丽特的脸，狄克逊不禁大声地咳嗽了起来。因为那副脸庞，曾不止一次让他忆起在皇家空军某个非常眼熟的男人。那人一口难懂的方言，干活时总带着空军眼镜。狄克逊每次看到他，那人不是在清扫陆海空军联营的小卖部，就是在用袖子擦鼻涕。

为了驱散这一想法，他打开了存放烟具的壁橱，里面有些东西的价格还是相当的不菲，都是他经济状况上的一座座里程碑。在他的记忆当中，似乎从来就没有过"想抽多少，就抽多少"的日子。因此，每当他注意到某种似乎能让自己觉得"想抽多少，就抽多少"的新方式面世，他就会买回来那些新玩意儿。这"军火库"，就是这样积累起来的。其中有包干燥的廉价卷烟用烟叶，一只樱桃木烟斗，一个装着卷烟纸的红盒子，一盒烟斗通条，一个真皮卷烟器，一组烟斗四件套以及一包便宜的碎烟叶，一盒棉絮过滤嘴（新工艺），一个镍制卷烟器，一只陶瓷做的烟斗，一只用欧石楠根做的烟斗，一个装着卷烟纸的蓝盒子，一包混有草药的烟丝（据说保证不含尼古丁或其他有害物质，至于么？），一只已生锈的装昂贵烟斗专用烟丝的铁皮盒，还有一盒白垩烟斗过滤嘴。狄克逊从兜里掏出支香烟，点了起来。

壁橱底下的空啤酒瓶子是他攒钱的唯一可靠方式。那里共有九个空瓶子，其中两个是他在一个远得不能再远的酒吧里拿回来的。当时还是二月份，他去参加汤因比协会的晚宴，特意买了两瓶啤酒，准备在回来的巴士上喝，希望酒精能把玛格丽特在晚宴上所说的那些令人无地自容的话，从他的记忆中彻底冲洗干净。可是，在回来的路上，一直坐在他旁边的玛格丽特，却以自律为理由，阻止了他的这个计划（当时巴士上有很多学生，他们大多都在对着瓶口喝酒）。想起这儿，他不寒而栗。为了再次转移注意力，他计算了一下，看看另外七个空酒瓶能换多少钱。结果总共才两先令八便士，比他的预期少多了。这样，他决定还是忽视自己的财务状况为妥。他刚想把"快乐的英格兰"笔记翻出来看看，只听见有人敲了一下门，接下来，就看见玛格丽特走了进来，又是那身绿色羽毛纹花呢连衣裙搭配仿天鹅绒低跟鞋。

"你好啊，玛格丽特。"虽说他的口气充满了热情，但他意识到，这种情绪起源于内心的愧疚。但他凭什么要有内疚感？舞会上，让她和戈尔-阿夸特待在一起，他这事做得挺有"策略"，可不是么？

她望着他，那神情似乎不确定他究竟是何许人也。光这种表情，无需其他，曾不止一次地令他彻底慌乱过。"哦，你好。"她说。

"你还好么？"他问时，竭力保持那种华而不实的友好态度。"请坐。"他将一张极其庞大的扶手椅推向前来。这椅子四脚不平，尺寸和风格都更适合伦敦市中心的高档雪茄吧，在这屋子里，占据了床之外空地的一半之多。"来支烟么？"他从口袋里掏出烟来，表示自己的诚意。

她依旧望着他，缓缓地摇头，像医生在表示某个疾病已经无药可救了。她的脸，泛出青黄，鼻子也似乎被人拧过似的。她依旧站着，不出一声。

"嗨，情况怎么啦？"狄克逊问，嘴角往两边扯出一丝生硬的笑意。

她再次摇头，动作更加缓慢了，坐到椅子的一侧扶手上面，扶手发出咯吱的一声尖叫。狄克逊披上他放在床上的睡衣，自己坐在一张藤椅上，背对着窗户。"你恨我么，詹姆士？"她问。

狄克逊真想冲过去，将她一把推翻在地；或是对着她的脸，震耳欲聋地骂几句粗话；或是将一粒挂珠塞进她鼻孔里。"你这话什么意思？"他反问。

她花了整整一刻钟才说明白自己的意思。她说话的时候，又快又流利，身体在扶手上扭来扭去，小腿往前晃个不停，仿佛一直有人用小锤子敲她膝下，给她做那种反射性运动试验。她的脑袋不时地甩一下，似乎要将某根看不见的乱发甩顺溜。而她的两个大拇指，则来来回回地伸直又蜷曲。他为什么要在舞会上那样把她给甩了？当然，那原因她、他以及其他所有人都知道，那他本人当时究竟是怎么想的，究竟想要干什么？再换言之，他为什么要这么对她？他一一作答，并解释了其他很多的相关问题。作为交换，她告诉他，威尔奇一家三口人，都叫嚷着"要他的命"，克里斯汀今天早餐时，也轻蔑地提到了他的姓名。她根本没有提戈尔-阿夸特的情况，只是重点攻击狄克逊居然舞会上没有向那位先生道晚安就不辞而别，实在是太粗鲁了。狄克逊从经验里得知，此时如果对玛格丽特展开反驳，结果终归是自己的错。但他已气愤到不能自已了。当他确信她再也不会提起戈尔-阿夸特这个名字时，他心脏微微一颤地说："我真不知道你为什么要小题大做，挑起事端？我走的那会儿，你好像自我感觉好得很呢。""你这话究竟是什么意思！""你整晚都围着那个戈尔-阿什么特来着，连和我说一句话的时间都没有，不是那样么？要是你没有捞到任何油水，并不代表你没有全力以赴去争取过。我活这么大，从没有见过那么卖力的表演……"他的音调越来越小。其实，他内心并没激发出充分而足够的愤慨。

她睁大双眼瞪着他。"你不是在指……""哦，我他妈的当然是，我正是那个意思。""詹姆士……你真不知道……你自己现在正在说什么……"她缓慢而痛苦地说，像外国人在朗读一本习惯语手册里的那些词汇。"真的，我太吃惊了；我简直……无话可说。"她开始颤抖，"我和一个男人说了些话，仅仅说了几分钟，就这事……现在，你倒开始指责我，说我在刻意讨他的欢心。这就是你的意思。这难道不是你想说的么？"她的嗓音发起抖来非常的难听。

"对，这就是我想说的意思，"狄克逊回答时，竭力想将怒气挤进他的口气中，"你否认是没有用的。"结果，他只能在自己的语调里稍稍透露出一点烦闷和不悦。

"你真觉得我是想刻意讨好他么？""是啊，看起来就是那样，这你不得不承认。"他离她太近，赶紧退后了一点，而她则开始眺望窗外。可如此一来，不伸长脖子，他就看不到她的脸了，于是他转而坐到她先前坐过的那张跛脚大椅子的扶手上来。她保持那个姿势很久，一动不动，令他开始希望她已经将他给遗忘，觉得自己过一会儿就能静悄悄地溜到酒吧去了。可就在这时，她开始说话了，语调相当平缓。"我很遗憾，确实有很多事情，你是无法理解的，詹姆士。我过去一直以为你是懂我的，但现在看来……你明白么，当你那么说的时候，我其实不介意你那么，呃，咄咄逼人……因为我知道，你对这件事不开心，至少我希望你因为我的缘故，对这件事不开心，这样一来，我就不是很介意你想对我……发这么大的脾气。但让我觉得真的很、很难过的，使我们俩之间出现了一道鸿沟。这让我对自己说，哦，这不好了，他根本就不了解我，从来就没有理解过我。你明白了，对么？"

狄克逊没做鬼脸：他怕她从窗玻璃的倒影里看到。"是的。"他说。

"这事我提都不想提起，詹姆士。这事实在太小，太无足轻重了。但我想，我还是稍微解释一下为好。"她叹了口气，"你能区分……哎，显然你不能。那我就告诉你这个，就这一点，看看这么说，是否会让你满意。"她转过身来对着他，但接下来的话，又没有刚才那么镇定了。"昨晚你走了之后，我再也没有跟戈尔-阿夸特单独待过一分钟。他和卡罗尔·哥德史密斯在一起。之后，整个夜晚我都在是陪伯特兰，这真得谢谢你啊!"她的嗓音高了上去,"你猜得出那是什么样的一种……"

"要我说啊,那就是运气背。"狄克逊趁自己心软之前插了一句。对这整个过程的巨大厌恶感,早已充满了他的内心。他厌恶的不仅是眼前这一手烂牌,而是整个这一副牌,这副他和玛格丽特在正打着的、不以脱衣服为惩罚的扑克牌局。他咬着自己的嘴唇,暗自发誓,这次不管她抛过来什么花招,他一定都努力去应付。他记得卡罗尔的那个比喻:"不要给玛格丽特扔任何救生绳。"哎,他早已将自己的最后一根扔给过她。他不会再浪费更多的时间,试图宽慰她了。这并不是因为他宽慰人的能力已经用尽了(其实也真的所剩无几了),而是因为他知道那完全是浪费时间。"你听好,玛格丽特,"他说,"我不想没必要地伤害你的感情,无论你嘴上怎么说,这一点你心里也知道。但为了你自己好,也为了我好,你必须实事求是把事情捋清楚。我知道,你最近的日子不好过,你也清楚我知道这一点。但如果你就这么理所当然地,想象我该做什么,想象我们俩之间应该是什么关系,那对你没有好处,只会让事情变得更糟糕。我想说的是,你得停止这样在感情上对我的依赖。我同意,或许在跳舞这件事情上是我错了,但我是错是对,与你的事没有关系。我会一直陪着你,会同你聊天,也会同情你。但我被你逼到这个虚幻的处境上,早已受够了。你的头脑里应该明白,对于你这个女人,在一起谈情说爱或是上床睡觉方面,我已经丧失了任何兴趣。——且慢,马上就让你说话。这次,你一定得先听我说完。就像我刚才说的,任何与性爱有关的事情，就算曾经有过，如今在我们之间也都结束了。我不怪任何人，我只想告诉你，这件事情，你再也不要把我同你联系起来。这就是现实。我不会向你道歉，因为人在无法选择的事情上，是无法道歉的，这件事情，我无法选择，你也一样。我就说这些。"

"你不会觉得她看上你了吧？你这个无聊的小乡巴佬。"他刚停下，玛格丽特马上就爆出了这句："要么，她已经和你好上啦？或许，她只是想要找个……"

"不要说梦话，玛格丽特。别演了，行行好。"

这时，一切暂时平静了下来；接着，她摇摇晃晃地往前走，将双手拉住他的肩头，似乎要瘫软，又仿佛拖着他，要往床边去。过程中，她的眼镜不小心掉到地上。她发出一种奇怪的声音，一种持续的、重复的、低声调的呻吟，听上去好像是从她肚子里发出来，又好像她病了又病，却仍然想生病那样。狄克逊一半帮她，一半托着她上了床。她不时地发出轻轻的、几乎一惊一乍似的小小尖叫。她的脸紧紧顶着他的胸。狄克逊不知道她这算是晕厥，还是歇斯底里症发作了，或只是因心理崩溃而哭泣。不管是什么，他真不知道如何是好。当她感觉到自己坐到床边，贴在他身边时，她往前侧方向那么一扑，将脸埋压在他的大腿上。不一会儿，他就感到一种湿润渗透下来，触碰到了他的皮肤。他试图把她抬起，但她居然重得纹丝不动。她的双肩迅速抖动，使他觉得，就算在这种场景下，抖动的速度也嫌太快了。接下来，她自己坐了起来，全身紧张，依旧颤抖,开始发出一系列锐利的、声音向内发散的尖号,间或夹杂着低沉的呻吟。这两种声音,都相当响。她头发散乱在眼睛里,嘴唇往后陷下去,牙齿在咯咯打抖。她的脸湿了,不是口水,就是眼泪。到最后,他开始呼喊她的名字,她则侧身往后倒到床上。当她那么躺着,双臂张开抽搐时,她又连连高叫了六声,然后随着每次吐气,发出稍为轻一些的呻吟。狄克逊抓住她的双腕,叫喊道:"玛格丽特,玛格丽特!"她用发散的瞳孔望着他,开始挣扎,想要从他手中逃脱。外面两串脚步声越来越近,一串从上面下来,一串从下面上来。门开了,比尔·阿特金森进来了,后面跟着科特勒小姐。狄克逊抬头看着他们。

"歇斯底里,呃?"阿特金森说着,朝玛格丽特的脸上啪啪扇了几个耳光,狄克逊感觉他下手非常重。他将狄克逊推一边去,自己坐到床边,一下子抓过玛格丽特的双肩,猛烈地摇晃了她。"我的壁橱里有些威士忌。快去拿来。"

狄克逊冲出去上了楼。此时他唯一清晰的念头,就是觉得微微吃惊,小说或电影里治疗歇斯底里的方法,居然果真遵循显然是正确的实用医学知识。他找到威士忌,但手抖得厉害,瓶子差点摔地上。他将瓶盖启开,咕嘟一大口下肚,差点呛着。他下楼回到自己房里,发现一切都变得安静多了。一直盯着阿特金森和玛格丽特的科特勒小姐,目光扫了一眼狄克逊,没有任何怀疑或责备的意味,只是再次确认一下罢了。她什么也没说。他觉得这个时候,自己真想哭出声来。阿特金森抬眼看了看,并没有取走酒瓶。"拿个杯子过来,什么样的都行。"

他从橱柜里取来一只有柄的茶杯，往里面倒进去一些威士忌，递给阿特金森。科特勒小姐一直对阿特金森都很敬畏，此时站在狄克逊身旁，一起看着他喂玛格丽特威士忌。

阿特金森将她抬成半坐姿势。她的呻吟停止了，颤抖也没那么厉害了。阿特金森那几巴掌，扇得她的脸变得红扑扑的。当他把杯子放到她嘴边时，杯口与她的牙齿抖动着碰撞了几下，她的呼吸声也听得见了。见鬼了，还真不出所料，她居然呛得咳了起来，吞进去一些酒，继续咳，然后又吞进去更多。很快，她完全平息了颤抖，开始往四周望了一圈，虚弱地对着大家说："真不好意思啊。"

"没事的，小姑娘，"阿特金森说，"要来支烟么？"

"嗯，谢谢。"

"拿来，吉姆。"

科特勒小姐朝着他们三人微微一笑，嘴里念念有词，便悄悄出去了。狄克逊给每人点了一支烟，玛格丽特也坐到了床沿上。阿特金森依旧用手臂搂着她。"是你抽了我耳光么？"她问他。

"正是，小姑娘。这对你效果好极了。你现在觉得怎么样？"

"好多了，谢谢你。有点晕乎乎的，但其他都没问题了。"

"很好。记得，先不要走动。这样，将你的脚放回去，休息一会儿。"

"真没有必要……"

他将她的双脚搬到床上，脱了她的鞋，然后站立，朝下看着她。"你至少得这么躺个十分钟。下面，我得让吉姆老弟来接替我照看你了。你起来后,再喝点威士忌,但不要让吉姆碰了。我向他妈妈保证过,不能让他这么喝死。"他将他那副鞑靼人彪悍的脸对着狄克逊,"没问题吧,老伙计?"

"是的,谢谢你,比尔。你做得太好了。"

"没事了,小姑娘?"

"太感谢你了,阿特金森先生。你真是太好了。我怎么感激你都不够。"

"那就好,小姑娘。"他冲他们点了点头,然后就出去了。

"我很抱歉这一切,詹姆士。"门一关,她就说了。

"是我不好。"

"不,每次你都这么说。这回,我一定不准你这么说。我当时只是受不了你说的那些话,就这么回事。我当时心里想,我受不了了,我得让他闭嘴,接着我就觉得自己失控了。没有别的,完全就是这个情况。回想起来,真是愚蠢和幼稚,因为你说得完全正确,你说的那些话。把话那么彻底说清楚,反倒轻松了。我刚才的表现,真是个十足的傻瓜。"

"你没必要自我谴责。你当时已经不能自控了。"

"不,我其实应该可以自我控制的。坐下来,詹姆士。你这么来回走动,让我神经紧张。"

狄克逊将藤椅拉到床边。他坐稳看着玛格丽特时,想起她自杀未遂后,他去医院看她,自己也是这么坐着。但她那时,看上去和现在不一样,那时的她更瘦、更弱,头发扎在脖子后面,但她精神上,让他觉得从某种角度来看,比现在要好些。

如今，看着她唇膏一塌糊涂、鼻子湿漉漉、头发乱蓬蓬，而且僵成一块一块的，这景象使他内心深处充满了一种静静的抑郁。"我最好还是陪你一起回威尔奇家吧。"他说。

"我亲爱的，你快别这么说，我绝不同意。你得离那个地方越远越好。"

"我一点也不在乎他们。而且，无论如何，我不会进门的。我只是陪你一起乘巴士去那里而已。"

"不要犯傻，詹姆士。这完全没必要。我现在全好了。起码等我再喝一口好心人阿特金森先生的威士忌下肚，我就什么事也没有了。你能行行好，给我倒一点么？"

他顺从着去做时，狄克逊心里觉得轻松了下来，他不必陪她一起乘巴士了。到如今，不管玛格丽特嘴上怎么说，他总能判断出她究竟想要什么，而她刚才的谢绝，是真心的。倒不是他真的对她一点也不关心了，他其实很在意她，但这副担子实在太沉重，导致无法忍受——他此时此刻，对她的关心感，已经发展到和负疚感完全混淆，导致了另一种无法忍受的感觉。他把杯子递给她时，并没看她。他什么也没说，原因不是像过去那样，不能说出自己想说的，而是他内心实在想不出该说些什么。

"喝完这酒，抽完这支烟，然后我就走了。四十分有辆巴士，赶上没问题。你能递给我一个烟灰缸么，詹姆士？"

他递给她一个铜烟灰缸，上面有艘高浮雕古代小军舰，还有说明字样："英国皇家海军里伯尔号鱼雷快艇驱逐舰"。她把香烟灰抖落进去，在床沿坐直，从她手提包里掏出化妆盒，开始在脸上修饰起来。她一边看着小盒子里的镜子,一边没话找话:"就这样结束了,也真奇怪,不是么?居然是这种不体面的方式。"当他还是不开口时,她不停地挪动着嘴唇配合涂唇膏的动作,继续说:"但这一路走来,本身就不是很体面,不是么?我总是乱发脾气,不是这个事,就是那个事,而你总是不太情愿地想要让我变得成熟起来。哎,这真让你受委屈了。"她抿了抿嘴唇,又往镜子里多看了几眼。"做为男人,你真尽力了,而且比大多数男人做得都要好,请相信我。你实在没有什么可以责备自己的。真的,我都不知道你是怎么熬过来的。我很遗憾,你大概一直没有真正开心过。幸亏,你决定放弃了。"啪的一声,她关了化妆盒,随后放进手提包里。

"玛格丽特,你知道我很喜欢你。"狄克逊说,"只是,我俩不太合适,仅此而已。"

"我都知道,詹姆士。你什么都不用担心。我会好起来的。"

"不管你有什么事,一定要来找我,只要我能帮得上忙。"

对他的谨慎用词,她微微一笑。"当然啦。"倒好像是她在安慰他。

他抬头看着她。扑过粉后,她脸上的红掌印还是没完全遮住,仍看得出些许,但她浮肿的眼圈,被眼镜框遮住,几乎看不到了。要说她刚刚发过一场歇斯底里症,真让他觉得难以相信。同样无法想象,他居然能说出什么大不了的话,竟导致她歇斯底里爆发出来。他看着她将香烟在"英国皇家海军里伯尔号鱼雷快艇驱逐舰"上摁灭,又看着她站起身来,掸了掸裙子上的烟灰。"我想，这里大概什么事都没了吧，"她轻描淡写地说，"好啦，詹姆士，我们再见啦。"

狄克逊不自信地陪着笑了笑。他内心遗憾，要是她再好看点，要是她能多看那种三便士半一份的报纸，好好学学，知道自身皮肤本色应该搭配什么颜色的口红，那样，只要她将自己缺乏的东西，弥补个百分之二十，就绝不至于落到如此可怕的惨境；而她因孤单而诱发出来的缺点和毛病，除非老了，也不至于这么年轻就显露出来。"你确定自己没问题啦？"他问。

"就别担心我啦，我一切都很好。现在我真得走了，要不就赶不上我那班巴士了。那样，我午饭也要赶不上了，你知道老威夫人对午饭开饭时间的要求。嗯，我敢说，我们不久又会碰头的，再见啦。"

"再见，玛格丽特。希望不久又会见到你。"

她出去了，再也没说什么。

狄克逊捏着没抽完的香烟，带着不知从何而来的淡淡怒气，用力在里布尔号的舰桥上戳了好几下，将其熄灭。他试图告诉自己，当他从自我震惊中走出来时，他会为自己终于可以将憋了这么久的话全部告诉了玛格丽特。但这一点，他并不特别确信。想到后天跟克里斯汀的约会，他觉得索然无味起来。过去半小时内发生的事情，其中的某些情节，已经将那些期待中愉快统统给毁了。但他竟然也不知道具体是哪些情节起到的这种坏作用。他通往克里斯汀的道路，某个地方已被阻隔，那条路必定会因某个他尚不能预见的原因走不下去。玛格丽特倒不见得会插手，做出诸如提醒伯特兰或是威尔奇老夫妇这类的举动；他自己也不可能被谁逼着收回刚刚对玛格丽特的那些郑重声明。真正的阻碍，必定要比前一种情况更具可能性，比后一种情况更为棘手，而且比上两种情况都要说不清、道不明。他只能感觉到一切都这么给毁了。

他开始心不在焉地对着一块无框的小镜子梳起头来。他拒绝让自己直接去回想玛格丽特发歇斯底里病的样子。很快他知道，那种场景，将汇同以往三四份特别的回忆，成为让他无论坐卧，一想起来就真会全身抽搐发抖、深感自责、害怕和难堪的噩梦。它很可能会取代那次学校音乐会后，他被人推到舞台幕布前，不得已领着观众们一起唱国歌的事，一跃成为有生以来最糟糕的回忆。他还能听见自己的声音，说着那些单调乏味而又毫无诚意的语句："现在……我想请大家……如果可以的话……和我一起……合唱……"接下来，他就开始跑调了，音高不是比谱子低了八度，就是高了八度。他带着所有人，就这么声音忽高忽低，节奏忽快忽慢地唱完了整首曲子。当他低头钻进幕后，观众们的欢呼声、鼓掌声和欢笑声一直紧追不舍。他看着镜中的脸：脸也看着他，无精打采，却又充满了同情。

他拿起阿特金森的威士忌酒瓶，出门想去街头拐角的酒吧里喝上两大杯啤酒。但他又回头，取走了那封写给约翰斯的信。不寄出去，总没有那个道理吧。

17

　　第二天早晨八点十五分，狄克逊从寓所楼梯上直冲而下。他也不是一定要赶上目睹约翰斯如何读那信，他是希望（其实是不得不）花整个上午弄他那篇《快乐英格兰》的演讲。他本人很不喜欢这么早就起来吃饭。科特勒小姐八点十五分做的早餐里，似乎有点什么东西不对劲。那些玉米片，苍白的煮鸡蛋，鲜红发亮的火腿培根，烤焦了的吐司片，吃了十分利尿的咖啡，按照他平常九点下来的感觉，味道算是不错的，但此刻，却让他感受到狂饮烂醉后的头痛，又有点像晕船般的难受，脑颅内还有轰响。这种事后的晕眩感，今晨和往常一样，来势非常凶猛。昨晚和比尔·阿特金森、比斯利他俩在一起时喝下三大杯苦啤酒前，他曾独自穿过垃圾满地的小巷时空隧道，喝过一瓶雪莉酒。聚会结束后，他又将满满六早餐杯的劣质烧酒灌下了肚。此刻，他双手捂住眼睛，绕着餐桌转圈，仿佛在躲避篝火的烟熏。而后，他沉重地坐下来，用发蓝的牛奶浸泡了一盘玉米片。餐厅里就只有他一个人。

　　他避免想起玛格丽特，但也不知道什么原因，也不想去想克里斯汀，结果思路开始往演讲稿那里聚拢。昨晚早些时候，他试图将演讲笔记的内容整理成文字。结果笔记本的第一页化为讲稿的一页零三行。不管如何，按照现有这些内容，他就可以站着讲它个十一分钟半。但另外，显然还需要四十八分钟半的内容来滥竽充数。这其中有一分钟是可以忽略的，那是主持人向听众介绍他所用的时间，还有一分钟可以用来喝水、咳嗽、翻页以及鼓掌和谢幕。但还剩下的那些用来滥竽充数的东西，叫他上哪里去找呢？这个问题的唯一答案看来就是：是啊，上哪里去找呢？啊，等等，他会让巴特利帮他找一本关于中世纪音乐的书来。起码可以在那个上面讲个二十分钟，然后来上一句道歉："我让自己的兴趣给带着跑题了。"如此构思，威尔奇肯定会吃这一套的。一想到这样就得摘抄那么多令自己憎恶的素材，他开始用勺子里的牛奶吹起了泡泡，不过随即他又开心了，觉得这么做对自己好处多多，而且根本用不着动脑子。"会有人觉得，"他自言自语道，"一个时代，一个国家，一个阶级，怎么可能通过音乐、音乐文化这些与日常思维习惯截然分割的东西反映出来？"他冲着调味瓶前倾，姿势夸张，"但是，这种想法，是极端错误的。"

就在这时，比斯利进来了，用他惯用的那种方式搓着手。"你好，吉姆，"他说，"信来了么？"

"还没有。他就要下来了么？"

"他刚用好盥洗室。很快就会下来的。"

"好极了。比尔怎么样？"

"他比我起得早，我听到他在地板上走路，声音很响。等等，让我想想。嗯，肯定是他。"

比斯利坐下，开始盯着自己的玉米片发愣的时候，阿特金森慢悠悠地走进餐厅。他还是那个老习惯,尤其是在早晨,总是摆出一副不认识眼前这俩人的模样。而这二位,此时,也丝毫不想和他产生任何交集。今天早上,他看起来比平时任何时候都更像成吉思汗在构思如何肃清他的部下。只见他鄙夷不屑地走到自己的位子前,停住,舌头在嘴里"啧"了一声,接着发出类似商店里排长队的某位顾客那种无奈的叹息。他那又黑又神秘的眼睛,看了一圈墙壁,目光悠闲地在每张相片上停留一小会儿。他满怀敌意,打量着科特勒小姐那位身穿财务军团一等兵制服的侄子、她的两个小侄女、她前雇主的乡村大别墅和门廊旁停着的一辆轻便双轮马车,以及一战时期一身盛装当女傧相的科特勒小姐本人的照片。此时他或许正忙着准备将这些照片引发的那堆咒骂浓缩成四分,恶狠狠地喷到墙上去。但是,他毕竟还是一语不发,坐到了桌边,将那双毛茸茸的大手,掌心朝上,慵懒地摊在桌布上。玉米、麦片,他是碰都不碰的。

科特勒小姐进来切割朱红色的培根肉时,白班邮差的声音远远传来。比斯利意味深长地朝狄克逊点了点头,往门厅走去。他回来后,又点了点头,更加意味深长。狄克逊没感到任何期待中的快乐和刺激;甚至两分钟后,约翰斯进来,默默无声接过那信,他也仍旧感觉不到什么。这是怎么了?快乐的英格兰?是的,还有别的原因,但此时此刻,那些都应该被抛诸脑后。他努力将注意力集中到信本身。眼前的约翰斯,已经打开信封,并开始翻开折叠的信页。比斯利,刚才嘴里还嚼着菜,此刻停住。阿特金森,表面上超然于事,却正透过他浓密的睫毛，留心观察着约翰斯的一举一动。约翰斯开始读信。寂静中，空气似乎都已凝固。

约翰斯小心翼翼将汤匙放下来。他的头发，细看，什么地方总有些不对劲。他那惯常的猪油白面色，今天早晨，借助好几处药膏涂过的红肿区域，变得丰富了起来（这无疑是因为太过节省，导致刮胡刀片钝到超乎正常人的想象）。尽管如此，他的脸色实在是白，以致无论惊恐还是愤怒，都不能令那面孔变得更白了。不过，他很快抬起了双眼，当然，并不是正对着其他在场的人，但比平时的角度更加接近了。猛然间，狄克逊甚至觉得，他捕获到约翰逊一两回朝他瞥来的眼神。这人显然受到了某种刺激，他弓着背，不自在地扭动，对自己相当不满意。他将信读了两遍，迅速将信纸塞进信封，然后突然放入胸前的口袋内。他再次抬眼，发现众人都盯着他看。他重拾汤匙，但过于匆忙，以致牛奶溅到了他那件海军蓝的毛衣上。比斯利嘴里情不自禁喷出声来。

"你这是怎么啦，小伙子？"阿特金森问约翰斯，语调清晰，语速缓慢，"有什么不顺心的消息么？"

"没有。"

"因为我不想觉得你得到了什么不顺心的消息。那样会让我今天也过得不舒服。你确信没有不好的消息？"

"根本没有。"

"一丁点坏消息都没有么？"

"没有。"

阿特金森点了支香烟。"你不大爱说话，对吗？"他问约翰斯。"他是这样的么？"他问其他俩人。

"是啊。"他们齐声回答。

阿特金森点了点头，便出去了。从过道里，传来他少有的大笑声。声音在没有明显变化的情况下，突然又转换成了一阵猛烈的咳嗽，最后，所有的声音都渐渐消失在楼梯上。

约翰斯开始吃他的培根肉。"这没什么可笑的。"他说。突然，他令人大吃一惊地又补充了一句："这一点也没什么可笑的。"

狄克逊看了一眼比斯利那张因快乐而涨红的脸，问："怎么回事？"

"你懂的，狄克逊。这种花招，不是你一个人会玩。你等着瞧吧。"他用那看不出手腕在颤抖的手给自己倒了些咖啡。

这句主动出击的话，根本就没人应答。约翰斯最后恶毒地看了一眼狄克逊领带的方向，匆匆出了门。他在学院负责教职员工退休保险单据以及医疗卡事务，九点必须到。当他出门时，狄克逊注意到他的脑袋从后面看显得很滑稽。

这是个温暖的日子，但天空乌云密布。他俩一路逛到学院路，比斯利开始谈起他们系里考试的结果。校外主考官将在周末过来，最终确定一些悬而未决的难题，但考试结果大局已定。狄克逊系里的情况也大致如此，所以俩人有不少可以谈的。

比斯利倾过身来。"还行么，呃，吉姆？"

"不算差。"

"你留意到他刚才说了多少话么？那简直他妈的就是一场

口若悬河的演说啊。我以前说的不错吧：他这个人，只有感到某种威胁来临，才肯说一个字。嘿！我还没告诉你吧，你注意到他今天的头发有多怪么？"

"嗯，你这么一说，我想起来了，我确实觉得他今天头发怪怪的。"

比斯利开始吃吐司面包和橘子果酱。他怒气冲冲地一边咀嚼，一边继续说："他给自己买了把理发剪刀，我昨天在盥洗室发现的。你看，他自己给自己理发了。现在吝啬到连一先令六便士，他都舍不得了，这就是原因。我的个天哪！"

那么，这就是为什么约翰斯从后面看起来仿佛戴着一顶略歪的发套，而从前面看，又好像套着个古怪的头盔。狄克逊沉默不语，心想，约翰斯总算做了一件令自己相当佩服的事情。

"你怎么了，吉姆？你看上去不是很开心的样子。"

"我很好啊。"

"还在担心你那个演讲么？看，我说到做到，已经给你弄来了这份《乔叟时代》的笔记了。内容看起来不是那么带劲，但确实还是有些货色的，大概能给你借用一下。我会把笔记塞到你房里去的。"

狄克逊的情绪又上来了：要是他敢就这么一直拖延下去，说不定可以完全凭借其他人的帮助，就把剩下的部分都凑齐了。"谢谢你，阿尔弗雷德，"他说，"那真的太好了。"

"你还是要上学院里去么？"

"是啊，我想去见见巴克利。"

"巴克利？我不敢相信，你还有什么要和他说的。"

"关于中世纪音乐方面，我想借用一下他的脑子。"

"啊，终于明白你的心思了。你现在就去，对么？"

"嗯，过几分钟。"

"棒极了，我和你一起去。"

这天，天气很暖和，但阴云密布。当他俩信步走到学院路时，比斯利开始说起他们系里的考试情况。本周末外校检查老师将来解决一些疑难问题，但结果大致已经轮廓分明了。狄克逊自己系里的情况也差不多，这样，他俩就有了共同的谈资。

"老卓别林有个特点我很喜欢，"比斯利说，"尽管当我想到这个人，他也就只有这么个唯一的优点：他要拉谁及格，那人先得让他觉得配得起及格。今年，我们没有人得一等奖，只有四个三等奖，一年级学生中，百分之四十五都不及格——就应该对他们这样。老卓顶住各方面的压力，他就是不肯把一等奖当教学文凭那样到处乱发，他也没有随大流，把凡是会写自己姓名的学生都弄及格。他大概是唯一这么干的教授。对了，老威他是怎么看这个问题的？要么，他还没有找到自己的看法？"

"嗯。他把大部分难题都丢给西塞尔·哥德史密斯，那就意味着人人都通过。西塞尔是个心肠软的家伙，你是知道的。"

"脑壳软，你是这个意思吧。这种老师到处都是。不仅仅是我们这儿，所有地方大学校园里，以后全都会是这副样子。伦敦不会，我想，苏格兰也不大会。但除此以外，我的上帝啊，你去试试，在其他的大学里，找到些个考不及格的蠢货，把他们赶出校门？——这比解雇教授还要困难。问题就出在这里。很多人都是拿着教委助学金来上学的，你明白了吧。"

"什么意思？学生们总得有人给他们付学费吧。"

"嗯，这么说吧，吉姆。教育委员会的看法是这样的：'我们给约翰·史密斯付钱来你们学院上学，现在倒好，你们却告诉我们，他学了七年后，居然不能拿到一张文凭。你们浪费了我们的钱。'如果当时，他们入学之前，我们先安排考试，排除那些不会读、不能写的，那样，新生人数就会少掉一半。我们这些人，一半就会失业。而另一方又会说：'我们今年需要两百名老师，我们说到做到。'好，我们这就得把录取线降低百分之二十，保证你们要的那个人数。但上帝啊，请不要刚刚过去两年就说：你们学校都是不合格的老师，很多都不能通过普通文凭考试，因此怎么能指望这些老师教出能够通过那种考试的学生来呢？这种局面真是绝妙，对吧？"

狄克逊对比斯利的话，宁愿相信，而不愿不信，但他并没有兴趣这么说出来。今天恰好他又觉得自己肯定要被高等教育界踢出去了。今后他将何去何从？去中学教书？哦，天哪，不要吧。去伦敦找一份白领的工作。那会是什么工作呢？又会是什么公司呢？打住，别想了！

他们默默进入主楼，到了公共休息室，各自去找他们自己的小信箱。狄克逊取出一张纸，上面通知他说，公共休息室下一年的年费还未缴清。还有一张"致：贾姆斯·狄克孙（学士）"的明信片，告知那人写的一篇都铎王朝纺织品贸易的文章已被发表——一定是篇华而不实的玩意。他将上述两件东西，用最快的效率进行了处理：统统扔进了废纸篓里。比斯利自言自语地看着一份刚到的期刊，那是他订的《大学动态》。在狄克逊动身去找巴克利之前，他感到"一日之际在于晨"，还是好好坐一坐吧。于是，他跌进一把扶手椅中，打起哈欠来。

不一会儿，比斯利过来了，手里捧着翻开的那本期刊。"这里有桩你会觉得有趣的事，吉姆。'新任命：L.S. 卡顿博士担任阿根廷土库曼大学商贸历史系主任。'你的稿子，不就是寄给了这家伙么？"

"我的老天啊，快让我看看。"

"你真得赶在他脚踩香蕉皮溜走之前，赶快给他打个电话，言辞要厉害些。看来，他的新期刊得关门了，除非他在那边进行编辑工作。"

"噢，天哪！这看起来真是太糟糕了。"

"要换做是我，我立马拎起话筒给他打过去。"

"噢，天哪！是的，我会的。哎，谢谢你告诉我这个信息，阿尔弗雷德。我现在得赶紧先去找巴克利，以免他也去那个国家找了份工作。"

狄克逊的脑海被一种影影绰绰但又无比强大的不祥预感所笼罩，他慌忙出门，直奔音乐系。令人意外的是，巴克利居然在那里，不但有空，而且还挺配合。他刚好有狄克逊需要的那本书。狄克逊稍稍舒缓了一下内心的紧张，带着书来到图书馆，用一种快得令他觉得不安的方式，又借到一本关于中世纪服装和家具的书。他推旋转门出去时，对面突然有人往相反的也是错误的方向（尽管门上有好几处贴着醒目的方向标志）用力，想要推门进来，双方僵持不下。那人是威尔奇。只见他疑心重重地盯着狄克逊，皱着眉头，退后了一步。这时，狄克逊继续一推，便出现在了他的身边。

"您早，教授。"

威尔奇几乎是在一瞬间认出了他。"狄克逊啊！"他说。

"是的，教授。"狄克逊此前几乎忘了玛格丽特偷偷告诉过他，威尔奇和他一家子，都想"要自己的命"。为了实现那个目标，威尔奇将如何用行动来表示呢。

"我在思考图书馆的事情。"威尔奇说的时候，身体重心不停地在左右两脚跟之上移动。今天，他看上去比往常更加两眼迷茫，格外衣冠不整。他的领带上有个小小的金色扣子，似乎是古代徽章。但再仔细一看，那竟然是结了冻的蛋黄酱。这种富有营养的物质，同样也在他此刻张大的嘴唇四周残留了圈。

"噢，是么？"狄克逊问，并希望借此鼓励威尔奇说出，在图书馆这个大概念之下，究竟是什么事情能令他陷入如此深入的思考。

"你觉得你可以上那里去一趟么？"

狄克逊真开始觉得大事不妙了。难道说威尔奇早有征兆的精神失常终于发作啦？要么这是句酸溜溜的冷嘲热讽，暗寓狄克逊一直不爱上知识的海洋里遨游？他气急败坏了，偷偷扭头抬眼，目光越过肩头,试图再次确认,他们二人果真是站在离图书馆门口两步开外之地。"我想可以。"这似乎是句最稳妥的回答了。

"你现在手头是不是很忙,会不会影响你工作?"

"您是说现在么?"狄克逊发出绵羊一样颤悠悠的声音,"我……还好啦。"

"我在想,你周三就要演讲了。我估计你基本都已经准备好了吧?"

狄克逊换了个姿势,将两本书夹到腋窝下面,以防威尔奇看到上面的书名。"哦,是啊,"他胡乱地说,"是的,教授。"

"我一直没空上图书馆,你明白么?"威尔奇这话说的,就像是为对方全然的理解,清除了最后一点微小的障碍。"我必须来这里一趟。"他补充道,用手指着图书馆。

狄克逊缓缓地点头。"噢,您必须来这里一趟。"他说。

"是啊,考试答案中出现了一两个问题。我得赶在校外主考官会议之前检查清楚。你没困难,我说得对吧?五点到我的办公室里来。"

克里斯汀第二天下午四点将和他约会。就算他叫到出租车,也只能跟她待上三刻钟而已。他真想把威尔奇塞进旋转门里,一直不停地推着转,直到午饭时间才停下来。他说了句:"我会来的。"

"好的。嗯,你也看得出,我没时间在图书馆里到处翻阅资料。"

"哦,那是啊。"

"狄克逊，你能这么帮我，真的是很好。现在，我要在图书馆里找的东西：全都写在这里了。"他慢吞吞地从上衣口袋里取出一叠折着的纸展开，"喏，上面都写得清清楚楚。几乎所有要查的东西，我都标注了出处，我想……是的。哦，这里也有一些，是的，没有……只是一些没有太大把握的猜测而已，真的。我不指望那里会有什么新东西，就算有，也不会特别有价值，但你还是得看一遍主题索引。要实在是没有，那你就用你自己的……你自己的……章节索引或许也会，对你有所帮助。例如，这个，你看看。看看是否有什么关联的内容。从日期上看，我觉得不大可能有。但运气这个东西，谁也说不清的，对吧？"他盯着狄克逊的脸，在上面寻找他自己想要的确认。

"是的，谁也说不清。"

"是的，谁也说不清。我记得以前自己研究过一个问题，花了好几个星期，却无法继续下去了，只是因为我当时遗漏了一个事实。那好像是一六六三年的秋天吧……不，是夏天……"

狄克逊现在总算搞清了一些事实。威尔奇在当地乡村艺术和工艺品的历史知识上，有一些空缺部分，急需狄克逊前来填补。这类论文，要不就是威尔奇用他那种毫无意义的书法，工工整整地亲笔誊抄，要不就是他用打字机错误百出地打出来，将帮助狄克逊避免混淆，更好地执行这一光荣任务，但定然需要牺牲掉他自己的一部分时间和人格。但他还是不敢回绝。这种工作，在威尔奇眼里，很可能比《快乐的英格兰》那个演讲，更能体现自己的能力。这是显而易见的，但这些和上图书馆又有什么关系呢？当威尔奇用沉默意味着结束的时刻到了，或者说他放弃继续讲下去了，狄克逊这才问："这里真会有那些资料么，老板？我的意思是，书单里的一些册子应该是非常罕见的。我想，换成档案馆里估计……"

威尔奇的面部表情缓慢转变成一种无法相信的愤怒。他用那种高亢而生气的声音说："不，那里怎么会有这些资料啊，狄克逊？我简直无法想象有人会觉得他们会有那些资料。这就是我为什么让你去图书馆找。我肯定，我所需要的东西，百分之九十，他们那儿都会有。我最好自己去的，但我在这儿费尽口舌解释，本身就是浪费时间。我今晚之前一定得找全资料，因为明天晚上我要做个演讲，就在福特斯库教授……离……离开……之后。现在你明白了吧？"

狄克逊明白了：说了这么一大套，原来，威尔奇指的图书馆，一直是市立公共图书馆。因为他自己很明白自己在说什么，所以站在距离这座图书馆仅仅五步远的地方，谈论另一座完全和这没有关系的图书馆，他觉得根本不可能造成听者的误会。"哦，当然，当然，教授，我非常抱歉。"狄克逊已经被弄得没脾气了，每次他应当要求对方道歉时，总是自己先去道歉。

"没关系，狄克逊。嗯，我也不耽搁你了。要是你想下午五点前赶出来的话，现在真得开始了。查好后，最好来我办公室，给我看看你的成果。你很好，能主动提出来帮忙。我非常感谢。"

狄克逊将这叠纸夹到巴克利那本书里，然后转身离开。突然，他转头回看，因为背后爆发出一阵霹雳般响声。只见威尔奇怒发冲冠，用尽吃奶的力气，反方向推着那无辜的旋转门，像是位橄榄球前锋。狄克逊站着看戏，听任自己的面孔完全变成了狒狒的模样。过了一会儿，威尔奇算是领悟了自己的错误，开始把那顶得死死的门往回拉，他活脱脱地又变成了一个拔河赛场上的健将。就是这一刻，门发出地动山摇的声音，终于开了。威尔奇却失去了平衡，往后一倒，后脑勺栽到身后的一块地砖上。狄克逊快速溜走，开始用口哨吹起那段"威尔奇小调"，几乎吹出了圣曲般的庄严。他觉得，只有发生了这类事情，自己才有力量继续工作下去。

18

"啊哟,狄克逊,这真是棒极了!"七个小时之后,威尔奇如此说道,"你补充了所有的空白,用那种最……最……真的很了不起。"他又贪婪地看了一会儿笔记,随后突然补充了一句:"你现在要去干什么?"语气中充满了怀疑。

就事论事,狄克逊刚好将手背在身后,开始做他新发明的怪手势。"我刚想……"他不由得结巴起来。

"我在想,你今晚没什么安排吧?我想,你或许有空过来,和我们一起吃顿饭,怎么样?"

狄克逊为威尔奇忙了一整天了,这天晚上,他自己的演讲还有很多内容要准备。但情况摆在这了,他无法回绝这一盛情邀请,于是,他毫不含糊地说:"啊呀,太感谢您了,教授。您真的是太客气了。"

威尔奇点了点头,似乎非常满意。他整理好文稿,把它们放进他那只包里。"我觉得,明天晚上,这份稿子的表现将会非常出色。"他说着,转身对着狄克逊,笑容活脱脱地像个性变态的老疯子。

"我觉得一定会的。您的演讲听众是些什么人呢?"

"讲给文物历史学会会员听的。你居然没有看到过海报么?这真太令我意外了,"他拎起他的包,然后将那浅黄色钓鱼帽戴到头上,"来吧,一起上我的车。"

"那真是太好了。"

"我敢说,他们都是非常醉心于这个领域的人士,"俩人走下楼梯时,威尔奇热情洋溢地介绍,"能给这些人做讲座,本身是非常愉快的。他们很专注,很……醉心,最后,他们会像发连珠炮弹似的向你发问。当然啦,他们当中,主要都是城里来的人,但我们总能发现不少我们自己的优秀学生也在其中听讲。比如年轻的小伙子米切。真是个好青年,他这人。你想办法把他吸引到你的特别课题班里来了么?"

狄克逊想到,米切的表现最近似乎有种令人不安地低调,于是说:"对,他似乎上定了我的课。"他希望这么说,可以加深威尔奇的印象,让他觉得自己真有本事吸引到如此一位出色的好小伙。

威尔奇一如既往地说了下去:"一个出色的好小伙,他真的非常醉心于学业,总来听文物协会的讲座。事实上,我和他聊过一两次。我觉得,我们俩还真有很多共同之处。"

狄克逊心里怀疑,威尔奇和米切这俩人,还能有什么共同之处,除了对他狄克逊教学能力的看法?不过,考虑到威尔奇的职业操守不允许他以此为例,于是,狄克逊装作饶有兴趣地问:"在哪些方面呢?"

"嗯,我们俩都对英国的传统很感兴趣,你可以这么说。他更偏重于哲学思考,而我呢,可以说是更加侧重于文化本身,但我们的共同点真的很多。我前几天还在想,就在过去这几年，我个人兴趣爱好，居然越来越偏向了英国传统研究，这真是太叫人意外了。而我的太太她……我总爱把她归纳为：首先是个西欧人，其次才算是个英国妇女。你知道么？对她来说，以她那种欧陆式的眼光，在某些情况下，甚至可以说以她那种高卢人的眼光来看一切的话，那些对我说来非常重要的东西，如：英国社会和文化场景（从某种意义上，我带了些保守的成见吧），日用工艺品等，传统娱乐项目和其他种种东西，在她看来，那只是生活的一个方面，你明白么——当然，或许也算是很有意思的一个方面，但仅仅只是一个方面而已。"说到这儿，他顿了一会儿，似乎在寻找最合适的词汇表达，"只是西欧文化发展过程中的一个方面，你可以这么说。你可以特别清晰地看出，真的，她对于福利国家的态度。能用所谓更宽广的视野看待这个问题，好处特别多。她的论点就是：如果人人都只知道享受一切……"

狄克逊内心，早就以自己的角度，将威尔奇夫人看透了。此时，他任由威尔奇论述着她的政治观点，她对于所谓"教育自由"的态度，她提倡的"报复性惩罚"，她对英国女作家关于巴黎人如何思考、如何感受的文章怀有的热爱。从上车开始，一路上狄克逊自己的思考和感受，都忙碌地集中在玛格丽特身上。他不知道自己该如何去面对她；这个想法，曾占据了他在公共图书馆里的大部分时间，到此刻，变得愈发急迫，因为他很快就要见到她了。他也将会遇到伯特兰和威尔奇夫人吧——但那种见面，比较而言，还不至于令他如此恐惧。当然，还有克里斯汀，他内心其实并不想见到她，不是因为她本人有任何原因，而是她的在场，本身就是他担忧玛格丽特的一部分原因。他必须做点什么，好让玛格丽特觉得自己并非全然孤单着；但他又不能，坚决不能，回到同她关系的老路上去，在此同时，却又要使她觉得，自己会一如既往地去支持她。哎，这他该如何是好呢？

当接近一个路口，威尔奇将车减速到步行速度时，狄克逊为了找点事情打打岔，便透过身体左侧的车窗往外眺望。站在人行道上的一个大胖子，正是狄克逊的理发师。此人一眼难忘的外貌，洪雷般的男低音嗓音，对于英国皇家情况惊人的熟悉程度……这些都叫狄克逊为之深深折服。此时此地，有两个相当漂亮的女孩走到几步开外的邮筒边，停了下来。只见理发师双手背在身后，转身盯着她们看。那种鬼鬼祟祟的淫欲，此刻分明写满了他的整张脸；接着，他仿佛是位殷勤的店员，缓缓走向两个女孩。威尔奇再次加速，狄克逊的身体猛地被晃了一下，快速将注意力转到马路另一侧。那里正在举行着一场板球比赛，投球手跑过来投球。而击球手，碰巧又是个大胖子，朝着飞过来的球用力一挥，错过了，结果他自己的肚子反倒被球狠狠击中。狄克逊看着他身体蜷曲起来，又看到守门员跑了过来，突然，一堵高高的篱笆墙完全遮挡了他的视线。

不知道这两段小插曲，究竟说明上天的报应会迅速到来，还是说明报应这玩意儿总是搞错了被报应的对象，总之，在某个方面，狄克逊突然感到了一种敬畏，以至于他开始倾听起威尔奇正说着的话来。他说："非常令人难以忘怀。"就在一瞬间，狄克逊真想抄起汽车仪表盘旁工具箱里的那把扳手，照着他的后脖子狠狠砸下去。因为他完全知道那些令威尔奇感到难以忘怀的，都是些什么玩意儿！

接下来的行程可谓波澜不惊。威尔奇的驾驶技术似乎略略有所提高；不管怎么说，狄克逊一路上害怕的死法，只剩下一种了，那就是被车内的气氛给活活闷死。但就算这种危险，也曾消失过几分钟，因为威尔奇透露了他家那位女性化十足的作家米歇尔的一些近况。米歇尔这个角色，一直潜伏在狄克逊生活的侧方，显然没有打算直接登上舞台。这米歇尔，跟他妈妈一样，是个百折不挠的亲法派，住在他伦敦那间狭小居室里，自己烧饭。就是因为猛吃了一些自己加工的不洁进口食品（狄克逊推测是意大利通心面和用橄榄油炒出来的菜），导致最近几天一直病着。如此热衷面粉和水的混合物，习惯涂农民生产的替代黄油，并专门爱用浓缩咖啡当下饭菜汤的人来说，吃坏肚子那是活该。不管怎样，过一两天，迈克尔显然就要下乡回家，在他父母的"英式风味"里，好好疗养一阵子。狄克逊回味起自己刚刚选用的那些词汇，不由得将脑袋转向车窗，放声大笑起来。这次，他联想到那样一个小混混，在伦敦居然还有间公寓房，他小小地气愤了一会儿。为何他自己生下来就没有那种钱多人傻、在伦敦为儿子买房住的父母呢？想到这儿，他觉得悲痛不已。如果他也有那样的机会，现在他的处境就完全不同了。开头一会儿，他还真想不出会有哪些不同点，但后来，他觉得自己不仅可以想出那些不同点，还能清楚地想出究竟都不同在哪里。

威尔奇继续说个不停，他本人的脸，则是他最好的听众所应有的脸，听到自己那些笑话，哈哈大笑，时而流露出困惑，时而流露出诚恳。对于自己言语中的重要观点，那张脸立即报以紧闭的嘴唇和眯缝的双眼。车子沿着砂砾小路，一直开到他家旁边的空地上，蹭到那根反复被撞的自来水管，喧闹着开进车库入口，又突然令人可怕地抖动了一下，最后，停在离内墙仅仅几英寸的地方，威尔奇还在滔滔不绝，一边讲，一边走了出来。

狄克逊四处张望，想方设法从车里出来。他不得不放弃从自己最近的车门出来，因为门外的墙距离车侧仅一巴掌的距离。他的腿艰难地同变速杆以及手刹斗争了好一阵子，方才从副驾驶位置挪到了驾驶位上。他这么做时，似乎坐垫上有什么东西刮到他的裤子坐下去的部位。当他从车里爬出，进入炎热的车库，他觉得自己身后屁股那儿，穿过自己的裤子的布料，可以很轻松地伸进去两根手指。他轻轻扫了一眼车座，就全明白了，车座上有根破弹簧尖头，此刻已弹了出来。他开始缓慢地跟着威尔奇，心脏狂跳，眼镜后面凝结了一层水汽。他听任自己的五官，摆出一副可怕的鬼脸，逼迫自己的下巴往下拉到极限位置，又努力将鼻子抬高到双眼之间。当这几个动作几乎都完成了之后，他摘下眼镜，将镜片擦擦干净。他的视力还算行，没有眼镜的帮助，他也能留意到，几英尺开外的法式长窗子后面，有四双眼睛，目睹了他刚才的一举一动。眼睛的主人，从左往右分别是：克里斯汀，伯特兰，威尔奇夫人和玛格丽特。他立即将自己的鼻子恢复到原先位置，忧郁地摩挲着自己的下巴，希望装出那种对某个突发愚蠢问题的沉思状。然而，他实在无法想出任何一种姿势或表情，可以对这"四重唱"同时进行问候，所以只得小跑着去追那位已经走到远处墙角的威尔奇。

裤子都成这样了，他该怎么办呢？哪种方法更糟些呢？自己亲手缝补，就得去找（更可能得再去买）所需要的布料；拿到店里去请人缝补吧，那得记得向人打听，究竟哪里有这样的裁缝店，记得把裤子带去，记得付钱，然后记得把裤子再带回来；要么，请科特勒小姐帮个忙？最后一种方案似乎最便捷，对吧？但那样，他本人就得在整个操作过程中，一直陪科特勒小姐说话，等这事结束后，还得陪她无休无止地聊下去，这无疑是种惩罚。他还有一条同西装配套的裤子，颜色太深，只适合面试和葬礼。此外，他剩下的两条裤子都沾满了食物和啤酒，如果穿那两条中的一条登台，由此显出自己的肮脏和贫穷，那就荒谬过分了。威尔奇倒会缝补。而这可怕的车子本身就是他的，不是吗？为啥威尔奇自己那条令人作呕的裤子不被座位底下的铁钩扯破呢？恐怕那是迟早的事吧。要么已经那样了，只是他没有注意到？

狄克逊从门前一座披着茅草的炮塔下走过，目光避开威尔奇最近刚买的、时常挂在嘴边、此刻正挂在大厅墙上的一幅画。这幅画应该是出自幼儿园某个淘气包之手，尽管内容是各式各样圆筒形肥胖动物从诺亚方舟里爬出来，但就其技法，令人不由得联想到男厕所里常见的那种涂鸦之作，甚至还不如厕所的那种作品耐看。对面的墙边立着一个高架子，上面摆放有各种铜和瓷的用品。其中，就有狄克逊牢记的那只特殊托比酒杯，形状是个戴三角帽的胖老头。他冷冷一笑，目光聚到这酒杯上。他憎恶那只酒杯，憎恶那黑色的敞口帽子，憎恶那模糊而又显出惊慌的脸，憎恶那连接着细长双腿的躯干。在这座房屋里，一切不能活动的东西中，甚至包括威尔奇的长笛在内，这只酒杯最令狄克逊深恶痛绝。因为这死胖子的表情说明他很清楚狄克逊在想什么，只是无法告诉其他任何人而已。狄克逊将双手大拇指放在两侧太阳穴上，蔑视着翻动手掌，转动眼珠，嘴里无声地发出鄙视和诅咒的词汇。这时，威尔奇的第三样镇宅之宝突然现身，这是一只叫"本我"的姜黄色小猫。它是一胞三胎中唯一的幸存者。其他两只，生前曾被威尔奇夫人受洗取名为"自我"和"超我"。狄克逊努力不去想这些，他弯下腰，用手去挠"本我"的耳后。他很敬佩这只小猫，因为它从不允许两位年长的威尔奇家族成员抱自己起来。"去抓他们，"他轻柔地对小猫耳语，"再往地毯上撒泡尿。"小猫欢快地叫着回应了。

一旦走到屋子里的人们当中，狄克逊这天原本悠闲的节奏，就一下子切换到疯狂模式上来。威尔奇急转身面对着他；克里斯汀则在后面朝他坏坏地一笑，她的脸庞比他记忆中的任何时候都更像只红红的苹果；威尔奇夫人和伯特兰朝着他的方向走过来；玛格丽特也转过了身。威尔奇活力四射地喊了声："哦，福克纳！"

狄克逊皱了皱鼻梁，顶高了他的眼睛："教授，是我。"

"哦，是狄克逊啊，那也好。"他愣了一下，然后用从未有过的流利语速接下去说，"这里怕是出了一点小乱子，狄克逊。我忘了我们家今晚约了戈德史密斯夫妇去看戏。我们得早点吃饭，保证我有时间换衣服，捯饬一下，然后开车带大家进城。当然，如果你想搭顺风车，也有空位子。我对此深表抱歉。但我现在真的得抓紧时间了。我们下次一定专门再请你来做一次客。"

他还没来得及出门，威尔奇夫人像个女演员听到指示，不差一秒地走上前来。伯特兰跟在她身旁。只见她脸上相当的红，如此说道："哦，狄克逊先生啊。我还在想呢，什么时候能再次见到你。我这儿，有一两个问题想和你探讨一下。首先，如果可以的话，我想请你解释一下，最近一次，你在我们家做客，你睡的那张床上的床单和毯子究竟是怎么了呢？"当狄克逊仍在努力濡湿嘴唇的时候，她又开始追问："我在等着你回答，狄克逊先生。"此刻的她，完全是一副英国女人的模样，丝毫看不出所谓的优雅西欧风情。

狄克逊留意到克里斯汀和玛格丽特开始并肩朝房子的另一端走去，边走还边轻声说着些什么。"我不知道您说的是……"他咕哝着，"我不明白……"可他怎么能把那次他假装《晚报》记者比斯利时，她在电话里说过的话统统给忘了呢？最近这段时间，那件事，他竟一次也没有想到过。

"我是不是可以认为，你这是在否认和那桩事情毫无关系？如果是那样，唯一的罪魁祸首，就只可能是我的女佣了，这么一来，我就不得不……"

"不是的，"狄克逊插话进来，"我没有抵赖。请您别生气了，威尔奇夫人，我对这一切，真是抱歉极了。我知道，我当时就应该来找您，告诉您所发生的一切，可我已经闯了这么大的祸，我真的很害怕。这事做得真蠢，我当时寄希望于您可能不会发觉，可我内心深处当然知道，您总归会发现的。您可以给我一份价目单，由我来赔偿弥补这些东西。包括毯子，我就是这个意思。我必须让其恢复原状。"感谢上帝啊，她们至今尚未知晓那张倒霉桌子的境遇。

"你当然得付清，狄克逊先生。在我们谈钱之前，我想了解这损坏是怎样造成的。请告诉我当时究竟发生了什么？"

"我很清楚，我的表现太糟糕了，威尔奇夫人，但请别再让我解释了。我已经道过歉，也承诺赔偿您的损失，您就让我把解释留给我自己，行么？不是什么特别严重的事情，这可以向您保证。"

"那你为什么拒绝将实情告诉我呢？"

"我并不是拒绝，我只是请求您，不要让我再继续尴尬下去，何况实情对您也不会有任何帮助。"

伯特兰这时参与进来。他将那张没刮过胡子的脸侧转，然后凑上前来说："我们可以忍受的，狄克逊。忍受一下你的尴尬，对我们来说，真是小意思。这也算是对你一贯表现的一个小小回报。"

他妈妈将一只手搭到他的手臂上:"不,这事和你没关系,我的乖儿子。那样做不会有什么好处。狄克逊先生被人家那么说惯了,我可以肯定。我们可以不追问下去:但并不能改变整个事实。下面,我将问你第二桩事情。我现在已经相当肯定,最近那次是你本人给我打的电话并冒充了身份。事实上,当我问你的时候,你公然撒谎,骗了我们母子二人,说你是报社记者。那次就是你,对么?你要知道,如果你承认,那还算好。我还没有将这一切告诉我先生,因为我不想给他增添烦心事。但我警告你,除非我得到满意的答复,不然……"

此时的狄克逊,就像名已经开始供认的罪犯,觉得再隐瞒别的也没有意义了,于是打算招供。但他及时转念又一想,那么一说,就会牵涉到克里斯汀。(伯特兰从她嘴里探听到什么了吗?探打听到多少?)"这件事,你完全误会了,威尔奇夫人。我不敢相信,为什么你会想出这样的事情来。您家先生会告诉你,我这学期一次都没有外出过。"

"没有外出过?我不明白,这怎么就影响到打电话的事了?"

"嗯,很简单的道理:我总不可能分身术,既在这里,又在伦敦,是不是?"

威尔奇夫人一面控制住伯特兰,一面困惑地说:"那和这事又有什么关系呢?"

"如果我一直在本地,我怎么可能又从伦敦打来呢?我想,那应该是个伦敦打过来的长途电话吧?"

伯特兰带着询问的目光看着他妈妈。只见她摇摇头，嘴唇都看不出动作来，缓缓地说："不，那就是本地电话。不管是谁打来的，一拎起话筒就是他的声音。如果是伦敦长途，那总是接线员先说话。"

"我早说过你搞错人了，"伯特兰没好气地说，"我告诉过你，是那个戴维·韦斯特在幕后捣的鬼。克里斯汀能肯定当时电话里，那该死的家伙冒充阿特金森和她说话的，就是他！和我们说话的那人是他的一个朋友，不是……"他的眼睛盯住狄克逊，并停止了说话。

此时的狄克逊，正在充分享受着辩护胜利后的那番喜悦。他提醒自己，以后都要以此为例，切记在类似的情况下，必须装糊涂。此外，他现在也完全清楚了，伯特兰从克里斯汀嘴里什么都没打听出来。"这事已经真相大白了吧？"他彬彬有礼地问对方两位。

威尔奇夫人又开始脸红了。"我想我得去看看你爹准备得怎么样了，我的乖儿子，"她说，"我有一两件事得让他……"没等话说完，她就这么走开了。

伯特兰往前走近了一步。"让我们都把那事给忘了吧，"他宽宏大度地说，"听我说，老伙计，我早就想着和你聚聚了。事实上，从上次那场舞会后，我就一直在想。听好：现在问你一个问题，我也不妨告诉你，我希望你给我直接的回答。那天晚上，你诱使克里斯汀别再跳舞，而是跟你出去，你当时究竟玩的是什么把戏？记住，我要你一个爽快的答案。"

此刻，克里斯汀正和玛格丽特朝屋子那头走过去。这句话她显然听得见。两个女孩出去的时候，都回避了狄克逊的目光，留着他孤零零地同伯特兰待在一道。等门被关上后，狄克逊说："爽快也好，不爽快也好，对于这个无聊的问题，我什么答案都没有。你什么意思，什么叫我在玩什么把戏呢？我什么把戏也没玩。"

"我知道你的意思，你也知道我的意思。你当时打算干什么？"

"你最好问克里斯汀去。"

"我们还是不要把她给扯进来，行么？"

"关我什么事啊？"尽管脑子里都是威尔奇夫人的价目单吞吃他银行存款的图画，但狄克逊突然心中开始了一阵欢喜。这是他与伯特兰之间的初步交锋，他俩的冷战，到此刻终于结束了。一阵霰弹的味道飘过来。

"不要开玩笑了，狄克逊。老实告诉我当时是怎么回事，好吧？不然我会增加一点武力的手段。"

"你不要开玩笑了。你想知道什么呢？"

伯特兰攥紧了他的一只拳头；接下来，当狄克逊取下自己的眼镜，挺起胸膛后，那拳头又松开了。狄克逊再次将眼镜戴上。"我想知道的是……"伯特兰开始说话，却又犹豫起来。

"想知道我玩的是哪一出？我们玩的就是那一出。"

"闭嘴。你当时想对克里斯汀怎么来着，我想知道的就是这一点。"

"我当时想做的，就是我后来所做的事。我想和克里斯汀离开那个地方，叫辆出租车送她回到这里，最后再乘同一辆出租车回我自己的小屋。这就是我当时的所作所为。"

"呃，我不允许你那样做，你明白么？"

"你的不允许已经太晚了。我做都已经做过了。"

"给我听好，好好用脑子记住，狄克逊。对你这套嬉皮笑脸，我已经受够了。克里斯汀是我的女朋友，她一直会是我的女朋友，听清楚了么？"

"如果你是问，我是不是明白你现在的思路，那我明白了你的意思。"

"那好极了。听着，要是我发现你还玩这种花招，或耍他妈的其他小聪明，我会拧断你这该死的脖子，同时让你被解雇。你懂了么？"

"是的，我完全懂。但如果你觉得，我会任凭你把我把脖子拧断，那你就错了。而如果你觉得，他们会因为我用出租车送教授儿子的女朋友回家，就炒掉我的专业岗位，那你就大错特错了——我的意思是，如果你居然会犯这种低级错误的话。"

伯特兰的答复令狄克逊觉得安心了，他还没从他爹那里打听到狄克逊目前在学院领导们心目中的地位。他那句答复是这样的："你别以为可以向我挑衅而不受到惩罚，狄克逊。从来没有人可以逃出我的手掌心。"

"大家都已经开始了，威尔奇。你自己一定最清楚不过吧。要不要再和我见面，这完全取决于克里斯汀。如果你感到想要威胁谁的话，那你去威胁她呀。"

伯特兰突然发出了一声近乎假声的狗叫："我受够你了，你这个小杂种。我不能再忍下去了，你听到没有？想到你这个肮脏的小王八蛋居然敢来这里嘲笑我的事，这真是无法无天……滚出去，永远别进来，不然让你吃不了兜着走。你敢再盯着我的女朋友试试看，你那是浪费你自己的时间，浪费她的时间，也是浪费我的时间。你这该死的东西，这样过来鬼混，究竟是什么目的？你个子不小了，年纪一大把，长得又这么丑，你总该有点自知之明吧。"

狄克逊还没来得及回答，克里斯汀和玛格丽特突然闯了进来。场景硬生生得被一分为二地隔开了：克里斯汀挽着伯特兰的手臂，领着骂骂咧咧的他出去了，她似乎还瞅准机会，给过狄克逊一个难以琢磨的眼神；玛格丽特则安静地递给狄克逊一支香烟，他接了。俩人并排坐在沙发上，谁也没说话，过了好一会儿，终究也没说话。狄克逊发现自己全身上下抖个不停。他看着玛格丽特，感到身体上压过来一份无法承受的重担。

此时，他完全明白了，从前天早上起，他一直努力压抑着不让自己明白的事实，即刚才与伯特兰的那段冲突，使他暂时不敢再相信的事实：他真的不能和克里斯汀第二天下午一起去吃茶点了。如果他硬是要在那个时间段里，和某位不是科特勒小姐的女性共享下午茶的话，那也不再会是克里斯汀，而只能是玛格丽特。他忆起比斯利曾经借给他的一本现代小说里，有个角色总是觉得那种可怜感在他自己的体内"有如疾病一般"

（反正是诸如此类的措辞）。这个双关语用得实在妥帖：狄克逊真的感觉自己病得很厉害。

"是关于那次跳舞的事，对吧？"玛格丽特问道。

"是啊。他似乎相当地介意。"

"我一点也不奇怪。他刚才吼啥呢？"

"他努力想告诫我离他所谓的'草坪'远些。"

"是指她么？"

"正是。"

"你会么？"

"呃？"

"你会躲开他的'草坪'么？"

"会的。"

"为什么呢，詹姆士？"

"因为你。"

他原本以为此处会激起一种强烈的感情或什么其他的反应，可是她仅说了句："我觉得，你实在是很傻。"她用了淡淡的口吻，不是假装淡淡的口吻，而是切切实实那种淡淡的口吻来说这句话。

"你这么说是什么意思？"

"我觉得我们昨天已经把过去的事都了结了。我不明白，旧话重提还有什么意思。"

"这是无可奈何的事。我们过些时候，还会继续重新开始的。还不如就趁现在开始。"

"别开玩笑了。你从她那儿得到的快乐,在我这里从来没有得到过。"

"或许你说得对。但主要是我不得不和你在一起。"他说这句话时,语气中没有任何酸楚,他内心也没有。

她回答之前,沉默了片刻。"我不同意你这么轻易放弃。你就是因为心中有了顾忌而放弃了她。这是傻瓜的行为。"

这次,俩人再次说话之前,足足沉默了一分钟,甚至更长时间。狄克逊感觉,在这场谈话中,其实也是在贯穿与玛格丽特全部交往过程中,他的角色,一直被一种超乎他自身,但也并不直接来自她本人的一种力量所支配。他越发觉得,他刚才所言所行,都不是出于情愿,甚至都不是出于无聊,而是源自对当前形势的某种感应。如果他真不愿意那么说、那么做的话,那感应又究竟从何而来?内心的不安,导致他的思想中不断孕育出言语的冲动,因为他除了那些言语,脑子里已经容不下任何东西。很快他将听到自己的那些话脱口而出。他站起身来,想到自己或许该去一下窗边,努力让自己说出另一番更为妥帖的话来,但他还没走到那,已经脱口而出了:"这不是顾忌不顾忌的问题,这是我自己知道应该做什么的问题。"

她的回答清晰无误:"你现在就在装,因为你害怕我。"

自从她回到这屋内,他第一次如此近距离端详起她来。她坐在那儿,双脚踏在沙发上,手臂环抱着膝部,表情可以看成是紧张。她完全像是在讨论某个她既熟知又感兴趣的理论难题。他留意到,她今天妆化得特别淡。"已经过了昨天,我不会那样了。"他说道。然后，他再一次发觉自己不知说什么好。

"我不知道你这句是什么意思。"

"那就不要管了。别再像这样反对我。整个事情完全是清清楚楚、明明白白的。"

"詹姆士，对我而言，情况并非如此。我根本无法理解你的意思。"

"不，你会理解的，"他走过去，又坐到了她身边，"我俩今晚去看场电影吧。你可以推掉那出话剧。卡罗尔不会介意，我知道的。"

"我本来就没想去看戏。"

"那就好。"

他伸手过去，捉住了她的手；她一动也没动。又是一阵沉默无语。这期间，他俩听到有沉重的脚步声从楼上下来，走到厅里。玛格丽特眼光转向他，停留了片刻，然后将头扭开。她用一种干巴巴的嗓音说："好的，我会去看电影的。"

"好的。"事情都结束了，狄克逊轻松了。"我会去找老威，让他车里多空一个位置出来。他的车，挤六个人都没问题。你快起来，准备一下吧。"

他俩走入厅内，只见威尔奇身着一套非常考究的蓝色亮眼的全毛西装，正陶醉于他那幅画。当玛格丽特边说"等我一分钟"，边上楼时，狄克逊回想他俩的对话，不管本身有多么古怪，但确实真实反映出了俩人的关系，这是前所未有过的坦诚。这也算是一个进步。

威尔奇瞧见他走过来，嘴一下子张开了，毫无疑问想要说这样的开场白："儿童画的要点，显然在于……"可他没有料到，狄克逊开门见山地对他说，如果可能的话，玛格丽特也想搭他的车一起走。威尔奇摆出一副特有的惊诧神情，随后立即恢复了正常面孔，点了点头，和狄克逊一道走到前门口，他推开门。俩人出去，走下台阶。一阵清风吹过，太阳透出微云。一天的热气已然散去。

"我过去把车开过来，"威尔奇说道，"我几乎忘了大家都要出去的事，你瞧瞧，不然，我不会把车停在车库里的。等我一分钟哦。"

他离去了。当他走开的同时，台阶上传来另一人的脚步声。狄克逊回头一望，看到克里斯汀正朝他走来，身穿前胸敞开的黑色短小上衣，除此之外，她身上穿的和那个艺术周末他所看到的一模一样。

或许这是她唯一一件普通的衣服，要真是那样的话，他真不应该收下她给的那一英镑出租车费。她冲他微微一笑，走到他身旁，一起站到台阶上。"我希望你没有被伯特兰弄得太不愉快吧。"她说。

"伯特兰？噢……哪有啊，没事的。"

"我后来设法让他冷静了一些。"

他观察着她：她分腿站立，看起来稳健而自信。微风吹乱了她分路边的一小束金色的头发。她面对着太阳，因而微微眯缝着眼睛。看起来，她似乎要去做一件危险、重要而简单的事情。这事不管成败与否,看起来她觉得她自己的把握还是相当大的。此刻,狄克逊的内心升腾出一种忧伤,那忧伤又恰似一腔怒火,压住了他的身体。他将眼光转向附近篱笆更远处的田野,那儿沿着小溪,生长着一排垂柳。一群乌鸦,大概有两百只,朝这边的房子飞来,刚飞到小溪上方,却突然转向,沿着流水的方向改道而去。

"关于明天的下午茶。"狄克逊边说,边转了半个身子朝向克里斯汀。

"怎么了?"她说的时候,显出一丝紧张的神色。"有什么问题么?"她这么说的时候,威尔奇在房子侧面,已经将车发动了起来。她补充说了句:"你不用担心。我肯定会到的。"他还没来得及回答,她扭头望着前厅,皱着眉头,对他摇了摇手指。

伯特兰走出来,也上了这台阶,他的目光在这俩人身上分别扫了一下。他戴着顶蓝色贝雷帽,在伯特兰眼里,这帽子和老威尔奇的钓鱼帽效果雷同。如果这种头盔是某种保护的话,那它究竟是保护什么呢?如果它不算保护,那又算是什么玩意?什么玩意?什么玩意?

仿佛预测到他即将要说什么似的,克里斯汀再次对他皱了皱眉,然后又面对着伯特兰。"听好。不管你俩觉得对方如何如何,"她说,"看在上帝的分上,都镇定一下吧,你们两位都是!在威尔奇夫妇面前,怎么样也应该表现得得体一点。我看,你们俩刚才都失控了。"

"我先前只是告诉他端正一下自己的……"伯特兰开始说

话了。

"听着,从现在开始起,你什么都不要告诉他了,"然后她转向狄克逊,"你也不要告诉他任何事了。要是你俩在车里再吵闹,我马上就跳下车。"

他们彼此隔开,站立了一会儿,此时狄克逊的悔恨集中在如下事实:放弃追求克里斯汀意味着对伯特兰的这场大战实施了停火协定。接着,就看见威尔奇驾驭着方向盘,将车跌跌撞撞地转过拐角,开到近前。三人朝车走去。威尔奇夫人在玛格丽特的陪同下,也走出了房子,她们关上前门,看也不看狄克逊,便加入到这列小队里来。于是,不那么光彩的抢位子游戏开始了,狄克逊最后只得坐在前排三联椅的中间,他左边是玛格丽特。他们身后,依次坐着威尔奇夫人,克里斯汀和伯特兰。狄克逊觉得这种排列相当具有对称感。只听见威尔奇喘着粗气,把脚从离合器踏板上猛地抬起,汽车进入了它已经习以为常的袋鼠跳跃模式,开始了它新的征程。

19

狄克逊在科特勒小姐的客厅里,看着那张竹桌中央黑绒布上放着的电话机。他的感觉,恰似一个酒鬼目光盯着一瓶杜松子酒:只有去用它,才可以缓解心中的渴求和焦虑,但招来的后果,正如脑子里记忆犹新的经历告诉自己的那样,将是危害重重。他必须取消掉和克里斯汀的下午茶约会,时间只剩六个小时了。要通知克里斯汀,那就得冒着威尔奇夫人接电话的风险。这种风险,换做别的场合,或许他就被吓得裹足不前了。但这风险,总是胜过在即将到来的约会上,亲自面对克里斯汀,宣布他俩的小冒险从此结束要好。一想到那样的见面将会是他们之间的诀别,狄克逊实在无法忍受。他坐到电话机旁边,向接线员报出号码,短短几秒钟后,听筒里就传来威尔奇夫人的声音。这声音并没让他惊慌,在回话前,他学了一个红头阿三的表情,驱赶自己心中的怒火。威尔奇夫人这是全天候坐着随时接电话么?是不是她在电话机旁边一臂不到的距离支了一张床,专等他来电?

"电话正在接通中,"他按事先想好的说辞柔美地说,"您好,请问您是谁?"

威尔奇夫人报出了她的电话号码。

"请讲,伦敦,"他继续装模作样,"电话已为您接通。"接着，他将牙齿咬紧，然后将嘴往两边扯，扯到不能再扯的位置，用一种特别做作的咆哮男中音声说："喂侬，喂侬。"接着，又转为那种尖声细语的"电话已为您接通，伦敦"。随后，那男中音又上场了。"喂侬，请问来，来这里咬位客来汗小载，是和来住在一起吗？"他迅速用嘴发出剌啦剌啦的声音，心里觉得那是在模仿线路干扰故障。

"请问，您是谁？"

狄克逊身体摇来晃去，一副悲痛欲绝的模样。他一会儿把嘴凑近电话，一会儿又将话筒拉到很远。"喂，喂，我是佛特斯吉雅·海雅。"

"不好意思，我没听清楚……"

"佛特斯吉雅……佛特斯吉雅……"

"你究竟是谁？听起来像是……"

"哈罗啊……是来吗，客来汗小载？"

"是你吧，狄……"

"佛特斯吉雅！"狄克逊绝望地嚷嚷，用手捂住嘴，想要压住突如其来的一阵咳嗽。

"那就是你了，狄克逊先生，对不对？你这究竟想要干什么……"

"哈罗啊……"

"请别再搞这种事了，行么？这……太荒唐了……"

"三分钟结束，"他像马一样嘶叫，口水都流出来了，"请挂机，时间到。"最后，他将话筒放到离嘴最远之处，用一种刮破嗓子的声音喊道："哈罗啊。"他的手臂已经伸长到了极限，接着他什么声音也不再发出。这是一场彻彻底底的溃败。

"如果你还在线上，狄克逊先生，"停了一小会儿，只听见那头的威尔奇夫人又补充了一句，虽然她家就在几英里之外，但那声音通过线路传播，听起来像是刀子一样刺耳，"我得告诫你，如果你再敢来企图干涉我或我儿子的事情，我将不得不通知我先生，对你采取纪律处分，此外还有那桩……"

狄克逊赶紧挂断。"床单。"他边说出这个词，边哆嗦着伸手去拿香烟。最近几天，他在抽烟上，已经完全失控了。现在他得按原计划去赴约会了，要是拍个电报过去取消，那也未免太过生硬。威尔奇夫人很可能已经严阵以待，准备半路截取这份电报。他点燃香烟，电话铃在离他脑袋两英尺远的地方，突然响了起来。他被吓得全身乱动，咳嗽又上来了，还是拎起了话筒。这会是谁啊？大概是某个来找约翰斯的双簧管吹手，或许是吹单簧管的，那也不是没有可能。他说了声："你好。"

令他感到如释重负的一个相当陌生的声音问："哦，请问你们这里住着一位狄克逊先生么？"

"请讲。"

"哦，你就是狄克逊先生，我很高兴，我接通了你。你们大学给了我这个电话号码，我的名字叫卡奇帕尔。我想，你从玛格丽特·皮尔那里听过我的名字吧？"

狄克逊一下子紧张起来。"是的，我听过。"他语调里透出了一种不自信。对方声音轻柔、有礼，显然还有点怯生生，不应该是卡奇帕尔啊。

"我给你打电话,是觉得你应该可以告诉我玛格丽特的一些消息。我最近出了远门,但回来以后,就一直没有办法和她联系上。这些日子她过得怎么样,你知道么?"

"那你去找她,亲自去问她呀?或许你试过,她不愿意和你说话对么?嗯,要是那样的话,我也能理解。"狄克逊又开始哆嗦了。

"我想,这其中必定有了一些误会……"

"我确实有她的电话,但我觉得,所有人当中,我为什么要给你呢?特别是偏偏给你呢。"

"狄克逊先生,我真不能理解你为什么要用这种口气对我说话。我只是想知道玛格丽特她现在怎么样了。我这样问,并没有任何不妥之处,对不对?"

"我警告你,如果你想和她重归于好,那是在浪费你自己的时间,明白了吧?"

"我完全不明白你在说什么。你确信你没有把我和其他什么人混淆起来吧?"

"你是叫卡奇帕尔,对不对?"

"是啊,有什么问题么?"

"嗯,那我完全知道你的情况了。你所有的情况。"

"请听我解释,狄克逊先生,"电话那头的声音微微颤抖,"我只是想知道,玛格丽特现在还好么?你连这个都不能告诉我么?"

在这声请求之下,狄克逊平静了下来:"好吧,我告诉你。她身体很好,精神上嘛,算是差强人意吧。"

"非常感谢你。我很高兴听到她是这样的状况。对了,你介意我再多问一个问题么?"

"问吧。"

"为什么先前我向你打听她的消息,你会一下子那么恼火起来?"

"那还用得着问么?"

"不好意思,我还真得问个清楚。我觉得我们俩说话,好象有点儿驴头不对马嘴,不是么?我根本想不出你对我这么怨恨,究竟是出于什么原因。根本没有真实的理由,真的。"

对方听上去倒挺真诚。"听好,我有理由的。"狄克逊这么说的时候,却无法让自己的声音充满底气。

"肯定是出了什么误会,我清楚地看得出来。有机会,我希望能见你一面,如果你允许的话。我会当面将误会都澄清。要在电话里说清楚,比较困难。你觉得怎么样?"

狄克逊犹豫了起来:"好吧。你的建议是⋯⋯"

他俩约好,第三天也就是周四的午饭前,去学院路口一家酒吧里,一起喝上一杯。当卡奇帕尔挂了电话之后,狄克逊坐着抽了几分钟的烟。这事有点令人担忧,但近来发生在他自己身上的事,大多数都是如此,甚至可以说,有过之而无不及。无论如何,他都会去一探究竟的。当然,他会对玛格丽特保密。他如释重负般长叹了一口气,转而查了查一九四三年袖珍口袋型记事本,那里有他记下的电话号码。他将电话机再次拉近,又往伦敦打了个电话。一会儿工夫之后,他问道:"请问,卡顿博士在么?"

短暂的无声之后,一个音色浑厚优美的声音,清晰地从电话线里传来:"鄙人正是卡顿。"

狄克逊报上了自己的姓名和院校。

不知出了什么事,对方音色中起先的那种浑厚优美和满满自信,突然急速消退了。"你想干什么?"那声音不耐烦地问。

"我读到了您的最新任命,卡顿博士——我顺便表示我的祝贺,可以吗?我在想,我那篇有幸被贵刊录用的论文,现在处于什么状态了?您能告诉我,它什么时候可以刊出么?"

"啊,哎,迪科尔逊先生,你也知道,最近形势特别艰难,"对方的语气又恢复了自信,仿佛是在背诵一篇他知道自己非常擅长背诵的教学讲稿,"大量的论文等着发表,你可以想象得出。所以,你那篇文章,虽然我非常欣赏,但总不至于,比方说,在五分钟之内,就立即给你刊登吧,你懂的。"

"我理解您的意思,卡顿博士。我相当理解,这需要排队。我只是想请您给我一个大致预期的发表日期,就这么个简单的要求而已。"

"我还以为你真知道目前形势有多么艰难呢,迪科尔逊先生。首先要把我们的内容排好吧,那就需要水平特别高超的专业人士。你是否曾想过,就算是半页的脚注,要排好版,那就得花上多少时间么?"

"我不知道,但我也理解,确实这种工作非常复杂。事实上,我想知道的全部问题,就是一句话,您觉得,什么时候可以争取将我的那篇论文发表出来?"

"关于你这个问题嘛,迪科尔逊先生,这里所包含的情况,根本不是你看上去的那么简单。你大概也知道三一学院的那位哈代吧。他有篇东西在我手里,排版工作已经花去几个星期了。结果他们那边每天三番两次打来电话找我,问这问那的。更常见的情况是遇上外文资料或类似的外国文字,我就得直接让排版人员去联系作者本人。你们这些人啊,总以为编辑工作就是啤酒加彩虹糖。不是,根本不是那样,你得相信我。"

"我相信那一定是要求非常苛刻的职业,卡顿博士,我当然也从未梦想逼你说出一个确切的日期。但您如果能透露一下我论文发表的大致时间,对我来说,将会至关重要。"

"我不能保证下周就给你发表文章,"对方的声音有点恼火了,仿佛狄克逊一直愚蠢地抓着这一小点纠缠不清,"现在形势这么艰难,你肯定能明白这一点。但看起来,你并没有意识到,每期的编辑筹划工作,究竟有多么耗费精力和时间,尤其是创刊号。这不是画一张火车时刻表啊,你说什么?什么?"

狄克逊寻思,自己刚才是不是下意识地张嘴咒骂了他一句。此时,电话里开始传来一阵空洞的金属敲打声,仿佛是铁匠在空荡荡的教堂里敲击白铁皮。他于是用响亮的声音来回答:"我相信肯定不是。延期发表的话,我也只能接受。但容我坦率讲一句,卡顿博士,我现在亟需提升我在院系里的地位，如果我能引用您的杂志介绍自己，如果您可以给我一个……"

"得知你艰难的处境，我很抱歉，迪金森先生，但我很遗憾地告诉你，我现在的处境也很艰难，以致我已无法认真考虑你所面临的种种艰难。你知道，有太多的人，正处于你同样的困境。如果他们像你一样，一起拥上来向我要求承诺的话，我真会不知所措的。"

"可是，卡顿博士。我并没有让您给我什么承诺。我要的只是估计，哪怕是最最模糊的估计，都能对我有所帮助——比如说'明年下半年'什么的。仅仅是给我这种估计，并不会对您形成任何义务和约束。"对方沉默了，狄克逊感觉到这是一种怒火在孕育。"如果被问起，我可以得到您的允许，回答一句'明年下半年'么？"

尽管狄克逊干等了十秒钟，对方还是一言不发，只听见那敲打白铁皮的声音更响，速度也更快了。

"形势目前非常艰难，形势目前非常艰难，形势目前非常艰难。"狄克逊冲着话筒喋喋不休地说，接着又说了他脑海里蹦出的几样困难事，并说，把这些留给卡顿博士去试试，那是特别合适。为了不再想这事，他开始自言自语地往外走，同时像个木偶一样摇头耸肩。在规避战术、言辞闪躲以及四处逃避等三方面，威尔奇显然多了一名厉害的对手，这对手一开始就能把威尔奇给打趴下：他居然自己将位置挪到了南美洲，这算是职业躲避者登峰造极的境界了吧。狄克逊上楼，来到自己房间，用力吸气到双肺，直到吸不进为止，然后不换气地哀叹了超过一分钟的时间。他取出自己为了演讲所做的笔记，继续开始写起来。

五个小时之后，他估摸，写好的那些玩意，足够自己讲上四十四分钟的了。到此为止，他确信，无论是宇宙里、他或别人的脑海里、抑或是其他还没想到的什么地方，再也不可能存在任何跟他的演讲相关联的东西了。事实上，他那四十四分钟演讲，大部分内容，竟是游走在略有关联和绝对没有关联的一线之间。他给自己所设定的五十九分钟，到此为止，还剩十五分钟了，看来他得用个非常泛泛而谈的概括来总结全文。可是，他偏偏不想那样。"最后，我们应该为这个二十一世纪而感谢上帝"或者其他一些类似词句，他自己觉得就很满意，但那样威尔奇绝对不会满意的。于是，他又拿起铅笔，开心一笑，写下："这个报告，尽管简短，但如果仅仅把它当作是"——他把"仅"划去——"一份历史记录，那就毫无意义可言了。对于生活在固定娱乐模式时代的我们，这是非常有价值的一课。有人也许会想，我试图描述的那些男男女女，对于电影、广播、电视这些典型的现代化社会现象，会做出何等反应？如果某人已经（曾经？也曾？业已？）习惯于自己作曲（讲到这里，必须盯着威尔奇看一会儿），那他又将如何看待当代社会？要知道，他自己弹奏乐器，而不是花钱听别人表演、自己参加合唱，而不唱那些廉价的流行舞曲，当代社会的人们，就会把这种人冠以可怕的称号——'怪人'。这个社会……"

他停下了写作，冲进浴室里。他开始发疯似的洗澡。他刻意给自己留了少到不能再少的时间。如果幸运，他还是能按时准备妥当，准点冲到酒店和克里斯汀共进下午茶的。但此刻已没有时间去想和克里斯汀喝茶的事了。他行动起来虽然生龙活虎，但内心已经开始感到隐约的不安了。

两分钟后，他赶到酒店。转身走到大堂的茶点区域，一眼就瞧见克里斯汀早已坐在那儿等着他了。他觉得心脏因恐惧或是什么其他情感因素，开始狂跳起来，仿佛一下下地踢在他的横膈膜上。他本指望能有几分钟宽限时间，自己可以好好想几句该对她说的话。要是来见玛格丽特，他早就把好几种版本都想出来了。

看见他走近，她微笑了起来。"你好，吉姆。"

他感到自己的身体紧张不已。"你好。"他一边打招呼，一边半咳了一声。他小心翼翼坐到她的对面。今天，她身穿一件梅红色夹克衫以及同一面料做成的裙子。衣裙和里面的白衬衣，似乎都刚刚熨过。她看上去像仙女一般漂亮，令狄克逊脑袋打转，努力想要说出点什么，说出和他原本打算说的截然不同的话。

"你好么？"

"我可以，谢谢你。我刚才一直在工作。你设法没惊动他们就这样出来啦？"

"没惊动他们？那是不现实的吧。"

"噢，听到你这样说，我很抱歉。那究竟怎么啦？"

"我觉得伯特兰起了很大的疑心。我告诉他,我有一两件事得进城去处理。我没有具体说明,因为我想,那样反倒会显得有点……"

"相当正确。那他的反应如何?"

"不是太好。他回了我很多话,说我有点自作主张,说我想干啥就干啥,还说我太无拘无束了。这些话,让我觉得我自己做人不厚道。"

"我能理解的。"

她倾过身来,双肘撑住俩人之间的低矮圆茶桌。"你知道么,吉姆,从某个方面说来,我感到自己这么来和你见面是件不太好的事。但我说过,我会来的,于是,我就一定得来。此外,当然,我仍想来见你,这和你当时问我时,我的心情是一样的。但我已经把整个问题都想透彻了,我已经决定……这样,我们先喝茶,然后再谈好么?"

"不,现在就告诉我,不管你想说什么。"

"那,好吧。是这样的,吉姆。当时,我想,我被这件或那件事弄得头昏脑涨了,我的意思是,当你邀请我今天出来的时候。我现在觉得,如果我当时有空,好好想想我那样做究竟是在干什么的话,我就不会对你说我会来的。但就算我决定不来,我内心,其实还是一样非常想来。我很对不起,直截了当地告诉你这些话。我们才说了句你好,你可以看出我就把话题引向了何方,对吧?"

狄克逊没意识到眼前对方的态度其实令自己今天的任务变

得简单了许多。相反，他淡淡地回了一句："你的意思是，不想进一步发展下去了？"

"我真看不出我们还能怎么发展下去，你说是么？我本想把这些话留到后面再说，但毕竟我满脑子里都是这事。看看你现在，你基本已经钉死在这个地方了，对吧？或者你常有机会去伦敦么？"

"不，我很少去那儿。"

"就是啊，我们见面的唯一机会，只有等伯特兰请我来住在他父母家里这段时间，比方说现在。而我觉得，总这样溜出来和你约会，感觉不是很对。此外，毕竟来说……"她打住，做了个面部表情，这让狄克逊不自觉地坐着晃了晃身子。

一位年轻的侍者走了过来，他的两脚交替踏下，落在地毯上悄无声息，唯有他口中的叹气，声声入耳。狄克逊心想，自己居然从来没有见识过如此一具人体躯干，不用说话，不用手势，不用任何面部表情，就能把那种傲慢无礼表现到极致！这个身影企图摆出一种漫不经心的优雅，只见他将银托盘一晃而过，目光跳过狄克逊，直接注视在克里斯汀身上。当狄克逊说"请来两份茶"时，侍者却冲她微微一笑，似乎在施舍给她一份真挚的同情，接着，一转身就走了，一边走一边听任那银托盘在他膝盖上弹起、落下。

"不好意思。你刚才说到哪儿了？"狄克逊问。

"就是我……噢，已经与伯特兰在交往了，没别的。这并不是说我对他有什么义务或责任。我只是不想犯傻。其实也不是说，我这么出来见你有什么傻的。噢，我只是不知道如何将这事处理得非常妥当。"一点一点而又断断续续的，她开始采用她那种"庄重的"语调和身体举止了。"我很抱歉地说，我能请你做到的，就是尽力去理解吧。我知道一般大家都会说什么，我其实自己也不是很理解，但我怎么能指望你理解呢？我真的不知道。但情况就是这样。"

"那你就是否定了你以前的那种说法，说你已经受够了伯特兰了啰？"

"不，我以前说的，我依旧那么觉得。我现在打算以柔克刚。我们出租车里说的'刚'，如今还是那么刚硬。但我自己也得做努力。我不能一觉得不称心，就一走了之，不能期待别人总按我自己的心愿来对我吧。就像我和伯特兰之间，一定是会有起起落落的。遇事就学爱尔兰人大发一通脾气，那是没用的，必须学会宽容，即使我当时并不愿意宽容。我的问题是，当我在这个过程中时，把你给卷进来了。"

"别担心这个，"狄克逊说，"你觉得怎么做最好，就怎么做。"

"不管我怎么做，我都不会特别满意的，"她说，"我觉得自己在整个这件事上愚蠢极了。"尽管此刻的她，已经将那份"庄重"表现到了极致，但狄克逊几乎一点没有感觉到效果。"我现在最想的，是让你不要觉得我轻浮，你知道的，就是上回允许你亲吻我，告诉你我会今天来赴约，以及所有那些。我当时说的一切，都是真心真意的。要不是出自内心，我决不会那么说。我也不想让你觉得我那么做、那么说是为了自己开心。也不想让你觉得,我已经很清楚自己并不太喜欢你,或是有了其他什么感觉。都不是那样的,你千万别去那么想。"

"没关系的,克里斯汀。这些顾忌,你都可以抛到脑后去。噢……我们的茶来了。"

只见那位侍者再次出现在狄克逊的身侧,这次托盘上有东西了。他将盘子突然降下,落到离圆桌两指宽的高度,接下来,用那种令人厌恶的、夸张式的细心,无声地将盘子放在桌面。他挺直身板,再次露出了微笑(这回是冲着狄克逊的),停住,似乎在强调,他根本无意亲手将茶壶和杯碟从托盘上取下来。随后,他假装一瘸一拐地走了。

克里斯汀开始移动陶瓷器皿倒茶。当她把茶递给他时,说:"我真抱歉,吉姆。我不想让约会变成这样。你要来块三明治么?"

"不,谢谢你,我什么都不想吃。"

她点了点头,显得胃口大开地吃了起来。令狄克逊感到有趣的,正是她这种一贯缺乏世故的举止。在他的人生中,几乎第一次有这么个女人,在他面前全然表现出了女人该有的模样。

"毕竟,"她说,"你与玛格丽特也有过承诺,不是么?"

他长长叹了一口气。尽管这次见面最困难的部分,理论上说已经结束,而且他到目前为止还没有产生那种身体麻木的感觉(那感觉迟早是要来的),但他还是觉得紧张了起来。"是的,"他回答道,"这就是我今天下午打算要同你说的,只是你先说出了口。我来这里,就是要告诉你,我想,我们还是不要再继续见面了,都是我的原因,因为我跟玛格丽特之间的那摊子事。"

"我明白。"她开始继续吃起第二块三明治。

"事实上,最近这几天,事情全都凑到了一起,令人无法喘息。就从那场舞会之后,真的。"

她快速看了他一眼。"你们为此吵过了,是么?"

"是啊,我想你可以那么说吧。事实上,比吵一架厉害多了。"

"就是说嘛,你瞧瞧。我同你偷偷溜出去,结果招来了这么多的麻烦事。"

"不要犯傻了,克里斯汀,"狄克逊不耐烦地说,"你这么说,好像你是始作俑者似的。如果一定要找出造成所有这些麻烦的罪魁祸首,那就是我。我这么说,并不代表我觉得我该对什么事情要负责,或是我比你的罪过要大。那天的事情,是非常自然发生的。你所有这些自我责备,都让我都感到有些勉强。"

"对不起。我一定是没有好好表达清楚。我自己知道,到现在为止,我任何事情上都没有勉强过自己。"

"是的,我相信你一刻也没有过。我没想让自己看上去一副脸红脖子粗的样子。只是玛格丽特那摊子事,让我觉得很消沉。"

"有多糟啊?她对你说过什么?"

"噢,她说的那可就太多了。几乎没有什么她没说过。"

"听你这么一说,她的话好像真的很厉害。究竟是怎么说的?"

狄克逊又叹了口气,喝了口茶:"真的太复杂啦。我不想让你觉得厌烦。"

"你不会让我感到厌烦的。我喜欢听,如果你愿意告诉我的话。毕竟,这回该轮到你说了。"

她说的时候,居然咧嘴一笑。这几乎点燃了狄克逊的怒火。难道她真觉得这事好笑么?

"也对,"他沉重地说,"嗯,你得明白,过去有很多事,都和这事情纠缠到了一起。她确实是个正经女孩,我也很喜欢她,起码如果她愿意,我会喜欢她的。但我和她在一起交往,完全不是我的意思,尽管我知道这话听上去非常荒谬。当我第一次遇到她时,也就是去年十月的某天,她当时正和一个叫卡奇帕尔的人谈朋友……"他简述了自己与玛格丽特的交往经历,并没有对故事进行太多修饰,一直说到前一天晚上俩人一起看电影为止。看到克里斯汀已经吃完了侍者送来的全部点心,他于是递给她一支香烟,自己也抽了一支,边抽边说:"你看,现在,我和她多多少少又算是在交往了。但我就不给你解释,什么叫做多多少少又算是交往的具体含义了,其实这含义也是有点模糊的。我想,她并不知道我对你的感觉有多好,对了,如果我全告诉她的话,我猜她也不会感激我的。"

克里斯汀避开了他的目光,用一种很业余的水平吞云吐雾,并用一种毫不在乎的口吻问:"那你觉得,昨晚当你离开时,她的表现如何?"

"和整个晚上一样啊,相当安静,显然很通情达理。哦,我知道我这么说会令你反感。我不是那个意思,我的意思是她……怎么说呢,她一点也不激动,她完全没有平时那种紧张焦虑的感觉。"

"那你觉得，她是否会一直这样下去呢，毕竟她觉得现在情况已经明朗而稳定了？"

"嗯，我不得不承认，我开始往这方面去盼望了……"这盼望一词，虽已说了出口，听起来却显得幼稚得可笑。"噢，我不知道。不过，随便啦，反正也都是那么一回事。"

"整个这件事，被你说起来好像挺凄惨的。"

"是么？这段经历肯定是很不容易的。"

"不容易。但以后也不会好转，对么？"当狄克逊被这问题问烦了，不想再说话时，她却继续说了下去，还将烟灰掸进了一只盘子里："我猜你不想我这么说，但你真得自己想想清楚，我觉得哦。我看不出，你俩在一起，有什么幸福可言。"

狄克逊竭力压制着自己的烦躁。"不，我不相信我们会有幸福。但这事已经无可救药了。我跟她似乎永远没法扯断，我就是这个命。"

"嗯，那你打算怎么做呢？你打算和她订婚还是怎么样呢？"

她此刻，再次流露出几周前她对他饮酒成瘾的那种好奇心来。"我不知道，"他冷冷地说，脑海里抵制着和玛格丽特订婚的场景，"只要像目前这样的状况继续维持一段时间的话，我猜那也是可能的。"

她似乎对他不友好的语气充耳不闻。她坐着，挪了挪身子，眼睛扫视了一圈酒店大堂，然后以一种语重心长的口吻说："嗯，看起来，你我这下子都有人照顾了，对吧？那样也好。"

这种无趣的权威式论调，与狄克逊压抑在心头的愤怒和悔恨相碰，一触而发，使他飞快地回应："是的，这么看起来，确实我们两个都没得可选了。你和伯特兰继续那种小小的桃色的关系吧，因为你觉得总体而言，那样更安全些。你虽然知道跟那种玩意混在一起的危害，但毕竟不知道与我手挽手，今后障碍会有多大，所以出于安全起见，你还是选择了他。而我呢，我和她钉在了一起，因为我没有胆量让她落单，让她自己照顾自己，于是我那么去做，而不是去做我想做的，因为我害怕了。这都是古板的、害人的谨小慎微，胆小怕事在作怪，我俩连自己的利益都不顾了。"他带着轻微的蔑视看着她，却发现对方也用同样的眼神看着自己，于是顿感伤痛。"这就是事情的全部要害。最糟糕的是，我还得去按照我原先预定的路走下去。这只能说明，如果一个人清楚知道了自己的处境，这对于他的选择其实并没有什么帮助。"出于某种原因，最后这一句让他意识到，自己只要说几句话，就可以让克里斯立即和伯特兰了断——他只需把卡罗尔告诉他的话，转述给她听就行了。但她或许已经知道了呢，或许她已经决定死心塌地得跟伯特兰，即使出了那种事情，她也不会跟他分手呢，或者说，即使只能拥有半个他，也比什么都得不到要好呢？此外，退一步讲，要在这节骨眼上，他突然抛出这件事来，那她会怎么看自己的为人？不，他还是尽力忘了那事吧。看上去，他永远也没有一个合适的场合，将那个秘密透露给别人了。想到他为此守口如瓶了这么久，一直在等着最佳时机，结果竟然会等成这样，这真是残酷而不公平。

克里斯汀现在低下了头，她的秀发被梳理得多么整洁啊。她俯身在盘子上方，捻熄了烟头上的火星。"我想，你有点小题大做了，你其实不需要那样的。我们之间什么还都谈不上，不是么？"她依旧保持着面孔朝下。

"同意，但你不能那么来评判……"

她终于直面着他的目光，满脸通红。这让他安静下来。"我觉得，你那样说话的方式有些愚蠢，"她用了一种他以前略微感觉到的很淡的伦敦口音，"你觉得你自己可以通过说那些话来证明什么。当然，我们是在做那些傻事。但被你说起来，好像我们所做的一切都是傻事。难道你没有想过，大家做事，是因为大家自己想去那么做，是因为想去做那些对大家最有利的事？我看不出，做正确的事情怎么就成了谨小慎微、胆小怕事了。做自己应该做的事，有时确实会遇到很可怕的结果，但那不意味着那事不值得去做。你的那些话，让我感觉你脑子里觉得我和伯特兰睡过了。如果你真那么想，那你对女人懂得就太少了。如果你一直都是这么想的话，难怪你一直都在吃苦头。你就是那种不管自己做什么，从来都不会开心的男人。我觉得我得走了，吉姆。再待下去，已经没有多少……"

"不，不要走。"狄克逊急迫地说。这事对他而言，进展得实在太快了。"不要生气。再多待一会儿。"

"我没有生气。我只是受够了这一切。"

"我也一样。"

"四先令。"那位侍者在狄克逊身旁说话了。他的声音，第一次出现，令人感觉他喉咙深处卡了块融化到一半的糖块。

狄克逊在身上找到皮夹子，给了他两克朗。他很庆幸被这么干扰一下，他可以有时间少许恢复情绪上的失衡。他俩又单独在一起时，他问："我们今后还会再见面的，对吧？"

"不管怎么说，还会再见一次。我会去听你的演讲，还有演讲之前院长举办的雪利酒会。"

"哦，上帝啊，克里斯汀，你不会要去参加那个吧，你会被闷死的。你怎么想到去那种场合了？"

"朱利叶斯舅舅接到院长的邀请，看上去他一时心软就接受了。现在他坚持要我陪他一起去参加。"

"真怪了。"

"他说了期待着跟你见面。"

"他为什么会那么说啊，天哪？我上次和他顶多说过两句话而已。"

"嗯，但他就是那么说的。我可不知道他是什么意思。"

"不管如何，好吧，我会远远看着你的。好事，真的。"

克里斯汀突然换了一种声音说："不，这不是什么好事。怎么会呢？那场合好玩极了，不是么？站在那里，跟伯特兰、跟朱利叶斯舅舅以及其余的嘉宾聊天，装作是个乖乖女。哦，是的，我会好好享受那一刻，真的谢谢你了。那将会是非常……那将会是令我难以忍受的！"她起身，狄克逊无言以对，也陪着站了起来，"演讲的事就谈到这儿吧。这次我真要走了。

谢谢你的下午茶。"

"把你的地址给我，克里斯汀。"

她鄙夷地看着他，一对棕色的眼瞳在深色的眉毛下放大了。"那样做，一点好处也没有，我究竟有什么理由要给你？"

"那会让我觉得，我们现在不是永久的再会。"

"怎么说呢，你那么去想是没有意义的，对不对？"她快步走过他的身旁，走出大堂，没有回头看一眼。

狄克逊再度坐下，伴着几乎冷透了的半杯茶水，抽上了另一支香烟。他无法想象，当一个人毫无差错地完成了出来前就已决定好的所有事情后，怎么会如此强烈地感到一种全然的失败和彻底的无奈。他思考了一下，如果克里斯汀样子长得像玛格丽特，而玛格丽特样子长得像克里斯汀的话，他此刻的情绪会好很多。但那完全是无稽之谈：玛格丽特要是能有克里斯汀的面孔和身材，那她也就永远不会成为现在的玛格丽特。这一切可以用一个简单的逻辑来说明，那就是克里斯汀长得如此美丽，这是她的运气。人一直是需要运气相伴的，一路过来，只要他能有一点点好运气，就能把他自己人生的列车，转到另一条偶然相碰的轨道上，而那条轨道，注定会把他以往的老路越甩越远。他突然一惊，一跃而起，主考官大会马上就要开始了吧。他避开脑海中玛格丽特同在会场的身影，往门外走了几步，却又扭头回来，找到那位靠墙站立的侍者。"我能拿回我的找头么？"

"找头？"

"是的，找头。我能拿回来么，请问？"

"你给了我五先令①。"

"是的。账单上是四先令。我要拿回一个先令。"

"那难道不是我的小费么?"

"本来可以算是,但现在不是了。给我。"

"整个一先令么?"

"是的,全给我。快点。给我。"

侍者没有取钱出来的意思。他用那种半噎的声音说:"大多数人都给我小费的。"

"大多数人到现在这个时候,都会踢你的屁股了。如果你五秒钟之内,不给我找头的话,我马上就去找你们经理。"

四秒钟之后,狄克逊走出了那家酒店,走入阳光中,那枚先令已经躺在他的口袋里了。

---

① 即两克朗。

20

"最后，所有这一切又有什么实际作用？我所描述的那个进程，有什么可以中止甚至阻止它吗？我对你们说，我们今晚在场的每一位，都可以为之做点什么。我们今晚的每一位，每天都可以下决心做点事情，去抵制那些凭空捏造出来的标准，去抵制那些样式丑陋的家具和餐具，去公开斥责那些伪劣的建筑，去抵制越来越多的公共场合使用高音扬声器播放娱乐节目，起码去说一句话谴责那些花边新闻报刊、那些畅销小说、那些戏剧喉舌。同时，也为支持乡村式一体化社区的本能文化叫一声好。尽管我们个体的声音可能微不足道，但那样做，我们都可以为我们本来的传统，为了我们共同的文化遗产，简而言之，为我们曾经拥有过、未来某天还可能再度拥有的那种东西，说一句——快乐的英格兰。"

打了个悠长而含混的饱嗝，狄克逊从椅子上站起。之前，他曾在这桌椅上写稿，此刻，他则开始在整个房间内学起了猩猩玩耍。只见他一只胳膊手肘折叠，手指挠腋窝，另一只胳膊在半空弯曲，手肘内侧朝下，横搭在脑袋上。他双膝弯曲，弓着背，双肩大幅度摇晃着走到床前，跳了上去，又跳了下来，反复几次后，叽里咕噜自言自语了一阵。门外有人敲门，随后只见伯特兰以迅雷不及掩耳之势闯了进来。狄克逊在仅有的时间里，停下嘴里的叽咕，勉强把身体挺直。

伯特兰戴着那顶蓝贝雷帽，看着他问："你在那上面干嘛？"

"我喜欢在这上面，谢谢你一家子了。你有意见么？"

"下来，不要再演小丑胡搞了。我有几句话要对你说，你最好给我听好了。"他似乎抑制着内心的怒火，此时呼吸十分急促——但那也可能是连爬两层楼的台阶所导致的吧。

狄克逊轻悠悠跳到地板上。他自己也有点喘。"你想说什么呢？"

"听着。上回我看到你，我就曾告诉过你，离克里斯汀远些。现在我发现，你并没有那么做。你现在先想想，你有什么要讲的么？"

"你什么意思，我难道没有远离她么？"

"别想跟我玩这套，狄克逊。你昨天和她偷偷摸摸去喝了一小杯见不得人的茶，我全都知道。你的一举一动，尽在我掌握中。"

伯特兰大胡子后面的嘴唇猛地闭紧，似乎是准备让人将胡子打理一番。"不，不，她当然是不会说的，"他激动地喊道，"如果你能像我这么懂她，你就知道，她是绝不会那么做的。她不像你。如果你真想知道——我希望真相可以让你更难受一阵——那就是你在这寓所里某个所谓的哥们告诉我妈妈的。你好好琢磨，好好享受吧。每个人都恨你，狄克逊，我的上帝啊，我知道为什么。不管怎么说，我的重点，是你得为自己的行为，给我一个解释。"

"噢，我的天哪，"狄克逊微微一笑，"你这个要求恐怕太高了吧。要我解释我自己的行为——瞧瞧，这就像是公开索要啊。我想，好像没有人可以这么对我说话。"他紧紧盯着伯特兰，将约翰斯（除了这小子还会有谁？）背后捅的这一刀暂且搁置脑后，留待日后考虑，秋后算总账。

"快说！"伯特兰面红脖子粗，"我明确警告过你，让你离克里斯汀远些。当我说这类话的时候，我指望对方有理智去按照我说的去做。怎么就是你不听话呢？呃？"

伯特兰的怒火以及他在此出现，这两个原本多余的事，此时，却交相辉映了起来。要知道，狄克逊早已因其他原因下决心放弃了克里斯汀，他那也就顺便放弃了对伯特兰的这场战争。但他可没傻到去透露上述心事，而是享受起对伯特兰接连放冷枪的快感。"我就是不愿意。"他说道。

彼此一阵无言。在这期间，伯特兰两次看上去像是要发出长长的含糊的狗叫声。他那双原本与众不同的眼睛，此刻看起来宛如一对抛光过的玻璃珠。而后，他用了一种比先前更安静的声音说："听好，狄克逊，你看来并不知道你给自己惹了多大的麻烦。请让我给你解释解释。"他屁股坐在蓓尔美尔椅子扶手上，脱下了他的贝雷帽。这帽子和他那身深色西装、白领衬衫以及藤纹领带搭配在一起，本身就显得怪怪的。狄克逊往床上一坐，床在他身下发出轻微的吱吱声。

"克里斯汀和我之间的事，"伯特兰捋着他那把胡子，开始说，"是一件非常严肃认真的事，这是毫无疑问的。我俩彼此认识已经有相当长的时间。我们之间不只是拍打逗乐的那种老一套，你给我听清楚了。我尽管现在还不会结婚，但这是根本用不着说的，我过两年左右，就可能会娶克里斯汀。我的意思是，这段关系是比较长久的，是明确无误的。现阶段，克里斯汀还非常年轻，比她的实际年龄还要幼稚。她还不太习惯被人从舞会上绑架出去，也不习惯偷偷摸摸上酒店喝茶幽会这些玩意。根据她目前的情况，她很自然会感到受宠若惊，感到新鲜兴奋，这种快乐，会维持一阵子。但仅仅也只能维持一阵子，狄克逊。不用多久，她就会为此觉得内疚，希望自己没有答应与你见面。这就有问题了。像她这样的女孩子，无论是甩掉你，还是背着我干这些，她一定都会觉得内心不踏实——当然，她还不知我已经掌握了情况——这出戏，无论怎么演下去，她都会不痛快。我呢，我现在要预防这一切的发生，我的理由很充分，因为这事发展下去，对我没有一丁点儿好处。我花了好久才把她调教到这个样子，我不希望从头再来一次。所以，我要对你说的就是：你给我站远点，就这句。你这样的表现，只会到处惹麻烦。你自己没啥好果子吃，只会害了克里斯汀，也给我造成不方便。她还要在这里待上几天，你要破坏了这几天的好日子，那对所有人都不好。现在，你觉得我说得有道理么，嗯？"

为了掩盖对方描述克里斯汀的动机会给自己带来的影响，狄克逊早早点了支香烟。但他怎么也想不到，伯特兰居然对事情有如此清晰的洞察力。"是的，你说得有道理，确实有某些道理，"他装出一种若无其事口吻回答，"只是你说你已经同克里斯汀谈清楚了，这仅仅是你的一厢情愿。但你也不必顾虑。这些话，显然你自己觉得都很合乎道理。但对我来说，它们却都站不住脚。你似乎没有意识到吧，只有前提正确，所有后面的结论才会正确。"

"让我告诉你，前提都是正确的，我的小伙计，"伯特兰高声说，"这就是我要送给你的话。"

"是的，我注意到了。但你不要指望我会用你那些假设。现在，该轮到我来告诉你一些事情了。要说谁和你有那种长期、认真的关系，那还真轮不上克里斯汀。哦，不，那应该描述克里斯汀和我之间的关系还差不多。事实真相，并不是我把她从你身边吸走，而是你把她从我身边吸走——但，这也是暂时的，这种情况不会很久了。现在你说说看，我这个话说得有没有道理啊？"

伯特兰再度起身站立，双腿略略分开，直面狄克逊。他用一种平稳的声音说话，但他的牙关紧咬着。"你用你那所谓的头脑，给我认真听明白了。当我看到我要的某样东西，我就直接去拿。我不允许你这种货色，站着挡我的路。这就是你遗漏掉的前提。克里斯汀归我，因为这是我的权利。你明白么？如果我追求什么，我就会不择手段去得到。这是我唯一信奉的准则，这也是这个世界唯一能够让人成功的法则。而狄克逊，你的问题在于，你的吨位，完全不能和我相比。如果你想打架，去找个和你身材相仿的，那你还能有机会赢。和我比？那你的希望，就是在棺材里也别想找到。"

狄克逊身体往前挪了一挪。"你早已不是三岁小孩了，这套老掉牙的话，已经没有用了，威尔奇，"他快速说，"大伙儿不会永远避开你走路的。你觉得你个子高，会往油画布上弄点颜色，你就成了半人半神啦？如果你真是的话，那倒好了。可惜，你不是——你是个骗子、势利鬼、欺软怕硬的家伙，外加蠢货。你觉得你很敏感么？不。你只对别人对你所做的事敏感。易怒、虚浮，你是这样的人，但你并不敏感。"他停了停，但伯特兰只是瞪眼看着他，并没企图打断他的话。狄克逊继续说："你自己觉得自己是个大情圣？但那也只是你的幻觉而已，尽管我在你口中，只是一个跳蚤。但你是怕我的，怕得这么厉害，以至于像个委屈的苦逼老公，跑到我这儿来让我离你那位远点。还有，你太不诚实了，跑来告诉我说克里斯汀对你多么多么重要。你自己脑子里一刻也没想过么？你一直在背地里玩弄别人的老婆。我并不是对那事有多么的介意，让我看不惯的是你怎么就不反省一下自己有多么的虚伪……"

"你他妈的究竟在乱说什么？"伯特兰的呼吸开始从鼻孔里喘了起来。他握紧了拳头。

"你和卡罗尔·哥德史密斯之间拍打逗乐的那种老一套啊。我说的正是此事。"

"我不明白你这是在说……"

"噢，我亲爱的朋友，不要开始抵赖了。有什么必要呢，对不对？这肯定又是你的某一项权利吧，对么？"

"你要胆敢把这套鬼话讲给克里斯汀听，我会把你脖子拧成几截。"

"没事的，你放心，我不是那种人。"狄克逊咧嘴一笑，"我和你不同，我可以不用提这事就把克里斯汀从你身边带走，而你只是个爱盯梢的采花大盗。"

"好的，这都是你自己招惹的，"伯特兰开始疯狗一般的狂叫起来，"我警告过你了。"他走过来，站定，身子压向狄克逊。"来呀，站起来，你这个肮脏的小苍蝇，你这个该死的小蛤蟆。"

"你这是要和我干嘛，跳舞么？"

"我会陪你跳舞。我会让你跳舞的。别担心。尽管站起来，如果你不怕的话。要是你觉得我可以坐着，听你说完这些话，那你就大错特错了。我刚好不是那种人，你这个死杂碎。"

"你才是杂碎呢，你这个蠢货。"狄克逊尖叫起来，这是他到目前为止，最具有挑衅的一句了。他将眼镜摘下来，放进了上衣胸口的袋子里。

他俩站在绣花地毯上，互相面对，彼此分开，双肘收缩，形成了某种不确信的姿态，似乎马上要开始某种仪式，但俩人谁也不知道仪式开始的信号。"我来教教你吧。"伯特兰首先敲响了格斗的钟声，他一拳打向狄克逊的脸部。狄克逊往后一退，但脚一滑，还没等他再次站稳，伯特兰的拳头，带着一些力气，落在了他的右脸颊骨上。狄克逊有点摇晃，但他并没有沮丧。他站直了身子，趁伯特兰出拳后自身不稳的空当，往他那只偏大而有点卷曲的耳朵上重重就是一击。伯特兰倒地，引发一阵很大的响动，连壁炉架上的一个瓷人都给弄翻，在壁炉的瓷地砖上砸裂了。那声响之后，接下来的时间，显得出奇的安静。狄克逊上前一步,揉了揉自己的指关节。这么撞击之后,它们也有些疼。又过了几秒,伯特兰开始在地板上挪动了,但他并没有努力要爬起来的意思。很明显,狄克逊赢了这一回合,而看上去,似乎与伯特兰的整场比赛也是他获胜了。狄克逊再次戴上自己的眼镜,感觉好极了。他突然发现伯特兰用眼睛偷偷看了他一眼,那眼光里充满尴尬和认输的意味。这个狗头鞋底面孔、垃圾保护区里的千年万载的臭杂碎,狄克逊心里这么想,"你这个狗头鞋底面孔、垃圾保护区里的千年万载臭杂碎!"他嘴上也就这么骂出声来。

这时,一声小小的敲门声传来,似乎为这个冗长的光荣称号,谨慎地在鼓掌。"进来。"狄克逊立即下意识地说了一声。

米切进来了。"下午好,狄克逊先生。"他说,接着又彬彬有礼地对着匍匐在地板上的伯特兰加了一句。"下午好。"听到有人对他说话,伯特兰仿佛被刺激了一下,努力挣扎着站了起来。"好像我来得不是时候。"

"一点都没关系,"狄克逊缓缓地说,"威尔奇先生刚要走。"

伯特兰晃了晃脑袋,不是反驳,显然只是为了清醒一下脑子,这个动作令狄克逊颇觉有趣。只见他像个好客的主人一样,送伯特兰到门口,看着他默默地出了门。

"再见啦,"狄克逊说完后,转身面向米切,"有什么需要我帮忙的么,米切先生?"

米切的表情一贯是无法理解,此时又变出了一种全新的神情。"我来是有桩特别的事情。"他说。

"哦,是么?请坐。"

"不必了,谢谢。我一会儿就得走了。我就是顺路过来一下告诉您,我与奥沙内西小姐,麦克夸黛尔小姐,赖斯·威廉斯小姐一起详细研讨过,最后我们终于做出了决定。"

"好的。你们最后做出什么决定?"

"哦,我很遗憾地说,所有三位小姐最终都觉得这课程对她们来说实在太难了。麦克夸黛尔小姐决定去上哥德史密斯的文献课,奥沙内西小姐和赖斯·威廉斯小姐则去上教授的课。"

这个结果宣布,令狄克逊陷入痛苦之中。他原本希望上述三位漂亮女生能因为他的友善和魅力,克服内心反对的声音,都来选上他的课。他说:"哦,那真太遗憾了。那你是怎么打算的呢?"

"我很明确,我觉得您的课目很吸引我,我在此正式申请上您的课,可以吗?"

"我明白了。这样一来,我就只有你这么一个学生了。"

"是的,只有我一个人。"

一阵沉默过后,狄克逊挠了挠自己的下巴。"嗯,我想,我们会一起找些乐子的。"

"我也毫不怀疑。好吧,太谢谢您,我很抱歉,这么无礼地闯了进来。"

"一点没有啊。你来了对我帮助很大。下学期见,米切先生。"

"我今晚肯定会来听您演讲的。"

"你究竟是为什么要那么做呢?"

"自然是这个题目令我很感兴趣啊。我想,其他很多人都会对你的演讲感兴趣的。"

"噢?你这话是什么意思?"

"我和大家提起您的演讲,每个人都说要去听。你今晚一定会人气爆棚的,我想。"

"这话真令人安慰,我不得不说。好的,我希望你能听得很享受。"

"我确信无疑,一定会的。再次感谢。祝您今晚好运。"

"我是需要些好运气。回见。"

米切走后,狄克逊有些自鸣得意地忆起,刚才对方一次也没喊过自己"先生"。可是,下学期将会是多么恐怖啊。另一方面,他却越来越强烈地感到,对他个人而言,已经不会再有下学期了。起码,不会再有大学里的下学期了。

他又摸了摸下巴。在他干别的事之前,最好先刮一下胡子。而后,他将跑上楼去,看看阿特金森在不在。让他陪自己一会儿,或许,再来上一点他的威士忌,这就是今晚开始之前,狄克逊最想做的事情。

21

"啊呀,不会很疼吧,狄克逊?"院长问。

狄克逊的手不由自主的去碰了一下他的黑眼圈。"哦,没事,院长,"他用了一种轻松愉快的声调回答,"我很诧异,居然还是发出来了。当时只是很轻的一下而已,皮都没破。"

"你是说,碰到洗手盆的一角啦?"另一个声音问道。

"是的,戈尔-阿夸特先生。哎,这真是件难得碰到,但难免会遇上的傻事。我把刮胡刀掉地上了,蹲下去捡,结果——砰。然后我就像个重量级拳击手那样晕头转向了。"

戈尔-阿夸特缓缓地点了点头。"真是太不幸了。"他说。他拧起那对浓眉毛,上上下下打量着狄克逊,噘起嘴,又放松下来,如此反复了两到三次。"啧啧,要是有人来问我,"他接着说,"我就会说啊,他刚和人家打过一架,嗯,院长?"

院长是个大腹便便的小个子,粉红的秃顶,油光锃亮的,他听到这句,哈哈大笑起来。这独具特色的笑声,强烈地令人联想起电影里常听到的那种古堡杀人犯内心快乐起来的恐怖笑声。据说院长刚来学院一两周,那时二战刚刚结束,他就这么一笑,结果公共休息室里立即变得鸦雀无声。到了现如今,已经没有人回头看他了,只有戈尔-阿夸特面孔上露出了些许不安的神色。

这个"四人小合奏"中的最后一位也发言了。"这不会影响到你的读稿吧,我说你的这个……这个……"他说。

"噢,不会。教授,"狄克逊回答,"这稿子我已经反复练习过无数遍了,我保证可以闭着眼睛背出来。"

威尔奇点了点头。"你准备得很好,"他说,"我记得我刚开始教书时,我当时真够蠢的,只知道把内容写下来,而不是花时间去……"

"你今晚有什么新东西要跟大家分享么,狄克逊?"院长问。

"您说新东西么,院长?嗯,在这种状况下……"

"我的意思是说,这个课题你已经花了相当多的功夫研究过了,对吧。但我不知道哦,是否可以从更新鲜的视角,给大家一些最新观点。但是,我个人应该想到……"

威尔奇插进了这么一句:"那应该不存在您说的这个问题,院长……"

一场非比寻常的二重唱开始了,只听见院长和教授俩人各自说个不停,一位拉高了声调,另一位则提高了音量,总体给人一种宗教诵经比赛的大场面。狄克逊发现他和戈尔-阿夸特面面相觑,房间里的声音渐渐小了下来,只剩下这两个对手在大讲特讲。最后,院长打破了这个僵局,如同乐队里的独奏演员开始了一段单人的华彩乐章,威尔奇突然变得无声。"值不值得世世代代都要来重述一遍。"院长如此做了总结性发言。

这时,传达室的麦克诺奇的身影,打破了当前的局面,只见他端着一盘雪利酒走了进来。狄克逊强忍着自己的手保持一动不动地贴紧裤缝,直到三位长者都各自取走了酒杯,他才把剩下的最满的那杯端到了自己的唇边。教导主任负责这种场合的酒水供应,他这个人臭名昭著,总是才喝了第二圈之后,就会把酒断供。当然对于院长,以及和院长聊天的人士,不管是谁,都不在限饮行列。狄克逊心里很清楚,自己不可能一直在这个圈子里待很久,他决定尽最大可能多喝几杯。他感觉自己有某种说不出的不适,但还是将新到手的那杯一口干掉了一半。酒液暖暖地滑下胃肠,与此前三杯雪利酒,以及再前面阿特金森那里的六杯威士忌融合在了一道。从某种意义上,但也仅仅是从某种意义来说,他开始不再担心接下来的演讲了。还有二十分钟,到六点半就正式开始了。

　　他环顾了一下拥挤的公共休息室,好像所有他的熟人,以及他见过的人,当然除了他的父母之外,都齐聚于此。威尔奇夫人就在几步远的地方,和约翰斯在聊天。约翰斯这家伙本来不应该来的,威尔奇夫人应为此负间接责任。再过去一点,是伯特兰和克里斯汀,他们彼此看起来并没有多少话好说的样子。窗旁边,音乐教授巴克利正在热切地对着英语教授说着些什么,毫无疑问,应该是催促他在下周举办的学院管理委员会上投票赶走狄克逊吧。对面方向,哥德史密斯听到比斯利对他说的话后,哈哈大笑。其他各处的众人,都是狄克逊依稀认识的:经济学、医学、地理学、社会政治学、法学、工程学、数学、哲学、日耳曼比较语言学教师,以及德语讲师,法语男讲师,法语女讲师,等等。他感觉自己很想走过去,一一通知他们，希望他们都离开这里。有几个人，他这辈子也没见到过，可能是古埃及学名誉教授以及等着丈量新地毯尺寸的内部装修工。还有比较大的一群人，是由当地名流所组成：两名市政官和他们的夫人，一位穿着时髦的牧师，一位封了爵位的医生，这些人都是学院管理委员会成员。这群人旁边，令狄克逊吃了一惊的，是那位他在威尔奇周末艺术聚会上见过的当地作曲家。

他出神地开始四下张望，想找那位业余小提琴家，却怎么也没找到。

一会儿过后，院长移步去了社会名流那一群人中，对着那位衣着时髦的牧师说了句什么，惹得大家都笑了。除了那位封过爵位的医生，只见他用冷眼一个个看过他眼前的诸位。几乎与此同时，威尔奇夫人发出一个信号，将威尔奇拉了过去，这样便留下狄克逊和戈尔-阿夸特单独在一起了，后者问："那么，你在这个游乐场里混了多久啦，狄克逊？"

"算到现在已经九个月。他们是去年秋天录用我的。"

"我有种感觉，你好像在这里不是很开心，我说得对么？"

"是的，我觉得你说得对，总体而言不开心。"

"毛病出在哪儿呢？是你的，还是学校的？"

"噢，都有吧，我应该这么说。他们在浪费我的时间，我也在浪费他们的时间。"

"嗯，我明白了。教历史是浪费时间，对么？"

狄克逊决定，和这个人说话时不再顾忌什么了。"不是。如果教得好，教得得法，历史可以给人带来极大的好处。但实际情况是，如果'那些事情'夹在当中的话，就全完了。我也不清楚究竟应该怪谁。主要是教得不好吧。我的意思是说，不能怪学生。"

戈尔-阿夸特点了点头，接着迅速扫了他一眼。"那么今晚让你的演讲，是谁的主意？"

"威尔奇教授的。当然，我几乎没有办法回绝他。如果讲得顺利，可以提高我在这里的地位。"

"你很有志向么？"

"没有。自从我得到这份工作，我就在这里一路出丑。这个演讲或许可以帮助我避免被解雇的厄运吧。"

"给你，小伙子。"戈尔-阿夸特一边说，一边从身边正往校长所在人群方向走去的麦克诺奇的托盘里，迅速拿下两杯雪利酒。狄克逊寻思，自己恐怕真不能再喝了——他目前已经感觉有点洋洋自得了。但他还是接过递上来的酒杯，喝了起来，并问："您今晚来这里干嘛？"

"我最近躲避你们院长已经太多回了，我觉得，我这次不得不来参加这里的活动。"

"要我说，我想不通您为什么要勉强自己。您又不靠我们院长吃饭。您这么过来，不是自找无聊嘛。"

当戈尔-阿夸特再次看着他时，狄克逊暂时感觉脑袋有点晕眩，无法将目光的焦点，聚拢在对方的脸上。"我每天都有好几个小时自找的无聊，狄克逊。多两个小时，对我来说，不会让我挺不起腰的。"

"那您为什么要忍受这样的日子？"

"我想要影响别人，让大家去做我认为他们应当去做的那些很重要的事情。我无法命令人们去做事，除非我先自己去忍受他们的各种无聊。这样，当大家开心地把我灌得晕头转向、对我说个不停的时候，我会突然予以反击，让他们心甘情愿地去做我早就给一件件安排好的那些事情。"

"我真希望我能有这样的本事，"狄克逊无比艳羡地说，"当我被灌得晕头转向、说个不停的时候，往往都是他们来找我，想让我做事。"担忧和酒精一起作用，再度突破了他头脑里的又一层隔板，使他热切地继续说了下去："我就是那个无聊探测器。我是台非常精密的人体仪器。要是我能得到某个百万富翁的信任，那我无疑会是他身上的一袋金币。他可以打发我先去参加那些宴会、鸡尾酒会、夜总会什么的，只需五分钟，他看看我的处境，就能立即读出任何聚会的无聊指数究竟有多高。就好比放一只金丝雀下危险的矿井里去，是一个道理。他可以知道这场活动，是不是值得他亲自参加。他可以派我去打台球、看表演、参加高尔夫球友活动或是去那些只谈家长里短，而不是音量和乐曲的艺术社团……"他突然停了下来，因为意识到戈尔-阿夸特那张大而光洁的脸，正歪向一侧，靠着他的脸很近。"对不起，"他喃喃道，"我忘了……"

戈尔-阿夸特上上下下打量了他一番，又用手掌捂住了自己的一只眼睛，随后伸出一根手指，顶着脸的侧面，缓缓滑下。尽管他的笑容，并不是普通的欢乐感觉，但也不能说不友善。"我看到了一个和我一同受苦的人。"他说。接下来，他的态度变了。"你上的是什么学校，狄克逊，可以告诉我吗？"

"当地的重点中学。"

戈尔-阿夸特点了点头。那位衣着时髦的牧师和两名市政官中的一位此刻走了过来，手里都捏着酒杯，把他拉到他们那边围着校长的一群人中去了。狄克逊不由得赞叹这俩人水平之高超，他们既没说任何话，也没有做任何动作，就如此轻而易举又明确无误地表明了他们不希望狄克逊跟过去的意思。当他冷漠地看着他们离开时，却发现戈尔-阿夸特故意比两位同伴走慢了半拍，并回头朝哥德史密斯站着的方向看去。塞西尔和比斯利正谈得热乎，他们并没有留意卡罗尔居然对视着戈尔-阿夸特的眼睛。这俩人的目光之中，有那么一丝几乎看不出但又相当难以琢磨的交流。这当然令狄克逊很困惑，不知为什么，也令他有些不安。但他还是决定，就算是要去琢磨这事，那也得留待以后吧。他将杯中的酒一饮而尽，走到克里斯汀和伯特兰身边。"你们两位好啊，"他高兴地大声招呼道，"刚才你们都躲到什么地方去了？"

克里斯汀飞速地给伯特兰使了个眼色，阻止他说出任何想要脱口而出的话，然后自己回答："我完全没有料到，今晚的活动竟会是如此隆重。这座城市一半的贵客大概都到场了吧。"

"我想我们该去你舅舅那边了，克里斯汀，"伯特兰说，"如果你还记得，我确实有一两件事要同他商量商量。"

"再等一分钟吧，伯特兰。时间还很充裕。"克里斯汀"庄重地"说。

"不,不。没多少时间了。再过十分钟就要开始了。对我想谈论的事来说,时间已经不够了。"

狄克逊早就注意到,伯特兰总是爱说"不,不"而不是"不"。他那么说时,随着嘴型的变化,眉毛居然也会同步上抬。他希望伯特兰可别再那么做了。隔着伯特兰的脑袋,他可以看见卡罗尔开始慢慢远离塞西尔和玛格丽特,而且他头一次注意到,她居然朝他自己的方向过来了。他引用了自己曾看过的一部电影对白,对克里斯汀说:"你最好照他说的去做,女士,不然他会把你的牙齿踢瘪的。"

"滚一边玩去,狄克逊。"

"伯特兰,你怎么能这么粗鲁?"

"我这么粗鲁?我喜欢啊。我这么粗鲁。那他呢?他他妈的以为他是谁啊?让你去……"

克里斯汀面孔通红。"你忘了我们来之前,我对你说的话了么?"

"你听好,克里斯汀,我来这里,不是找这个……这个家伙聊天的,也不是来谈论他的,对不对?我来这里,简简单单,唯一的目的,是找你舅舅,现在时间已经是……"

"哦,你好,我亲爱的小伯特,"卡罗尔在他背后说,"我要和你说话。你过来,行么?"

伯特兰同时表演了大吃一惊以及半转身这两个动作。"你好,卡罗尔,但我马上要……"

"我不会耽搁你一分钟的,"卡罗尔说着,一把拉住了他的胳膊,"我会把他安然无恙送回来的。"她扭头对着克里斯汀补充了一句。

"哎……你好,克里斯汀。"狄克逊说。

"噢,你好。"

"这真是最后一面了,对吧?"

"是的,你说得对。"

他觉得脾气糟透了,自艾自怜起来。"你似乎和我不同,你并不感觉到什么。"

她看了他一会儿,突然将脸侧过去,仿佛他正在向她展示一本刑事解剖图似的。"我的感觉结束了,"她说,"我一点也不想继续再感觉什么了。如果你还有点理智的话,你也不该有感觉。"

"我情不自禁还是有感觉,"他回答道,"感觉,不是你所能控制的玩意。我无法控制,只能继续有感觉。"

"你的眼睛这是怎么了?"

"伯特兰下午和我打了一架。"

"打了一架?他什么都没对我说过啊。你们俩为什么打起来的?真打了一架?"

"他让我离远点,避开任何与你有关的事。我说不。于是,我们俩就打了起来。"

"但我们俩都一起同意的……你不会又变卦了吧,那件事情……"

"没有。我只是不想让他来规定我做什么,不做什么,就这么简单。"

"可是，你们居然打了一架，"她似乎开始努力抑制住笑声，"你输了，瞧瞧你的样子。"

他不喜欢她这么说，他也记得酒店喝茶时，她那种想要咧嘴笑的模样。"根本没有。你得先去看看伯特兰的耳朵，然后再判定谁输谁赢。"

"哪只？"

"右边的。不过，可能也看不出什么。主要是内伤，我觉得噢。"

"你把他击倒了？"

"哦，是的。一拳倒地。他趴着好一会儿才爬起来。"

"我的天哪。"她瞪着眼看着他，丰满、干涩的嘴唇微微分开。内心一阵无助的欲望让狄克逊觉得全身沉重，不能动弹，那感觉就像是被威尔奇说懵了一样。接下来，他感觉，在刚刚两分钟之内，自己的记忆从未有过如此清晰，他完全想起了第一次见到她时的印象，于是怒目盯着她看。

在这默默无语的当口，伯特兰突然从其中一位市政官妻子的身后，像一张被快速洗出的扑克牌一样，再次出现，如同一个左撇子板球投手突然绕过裁判，出现在击球手的眼前。他的面孔涨得通红，显然已经怒不可遏。那种愤恨，或许是单纯的怒气，或许还夹杂着其他什么情感。卡罗尔跟在他后面，好奇地看着。

"够了！"伯特兰说道，嗓音是一种被压抑的狗叫，"这完全不出我的所料。"他一把抓住克里斯汀的胳膊，带着几分蛮力将她拉开。在他走开之前，对着狄克逊说："好的，你小子，从今往后，你死定了。你最好去另找一份工作。我说到做到。"克里斯汀扭过头，快速而惊恐地望了一眼狄克逊，简直就像个犯人一样，被拖往她舅舅所在的那群人的方位。卡罗尔也看着狄克逊，那是一种打量式的眼光。随后，她跟着那一男一女也过去了。这时，只听得院长发出了一阵杀人狂魔般的笑声。

狄克逊感到几分钟前那种极不舒服的感觉，再度涌上心头。接着，他发觉自己的思路被恐惧盲目地带着四处乱窜。伯特兰敢说就敢做，不管威尔奇脑子里有什么想法，他儿子透露给他的情况，肯定会起到关键性的影响——如果还不至于改变他的主意，那他夫人那边，则可以再给他增加更多压力。没准，她早已主动吹过枕边妖风，说过自己的坏话了。狄克逊曾感觉，自己对伯特兰的一战已以胜利告终，此时他意识到，那种想法是错误的。对手最后致命一枪还没射出，而他则暴露在光天化日之下，手无寸铁。他在一开始警告过自己的话，真的发生了——他听任自己得意忘形，战斗的快感蒙蔽了他的谨慎和小心。他根本无力阻止那个大胡子懒汉手扶着克里斯汀的臂膀站立，完全表现出那种胜利之后，充满自信的占有者的姿态。而她站在男朋友旁边，显得那么不自在，不舒服，甚至有些不体面。可狄克逊愿意自己掏钱打赌，再也找不出另一个女人，站姿会是那么的美。

"再看最后一眼，呃，詹姆士？"

玛格丽特在他的盲区一侧突然现身，狄克逊感觉自己像是在和一名交警斗得不可开交时，突然发现又赶来了一名骑警。

这令他愣住了神。"什么?"他问。

"你最好再多看她一眼,不是么?以后你再也看不到了。"

"是的,我想也是……"

"当然了,除非你决心经常往伦敦跑,保持联络。"

狄克逊盯着她的脸看,真心的诧异了。他惊讶的是,都到这个时候了,玛格丽特居然还能做出令他吃惊的举止来。"你的意思是说……"他木然道。

"掩饰是没用的,不是么?瞧你现在的样子,不用猜也能知道你在想什么。"她说话时,鼻尖有点扭动,这就是她一贯的样子。她双脚分开站着,双臂互抱,放在胸前。这副模样,狄克逊见过太多太多次了,有时是在这间休息室,有时是在楼上的小教室里。她此时的表情,既不紧张,也不激动,既没有尴尬,也没有厌烦。

狄克逊疲惫不堪,他叹了一口气,然后才按这场追求游戏的老规矩,开始自我申辩起来。他嘴上说着,心里却在想,自己近来与玛格丽特交往中的唯一道德优势,即:不受外界影响,主动决定不再追求克莉斯汀的决定,竟被她不动声色给轻易夺走了。自己主动放弃,但又依依不舍,最后还要被批评——这的确让人受不了。他的情绪低到极点,真想就地躺倒,像狗一样的好好喘喘气——工作没了,克里斯汀没了,眼下,玛格丽特又来给自己沉重而完美的一击。

他们之间还没达成共识,但院长那一群人已开始往门那边走了过去,这令他俩的交谈突然中止。戈尔-阿夸特显然沉浸在和伯特兰、克里斯汀的谈话中。威尔奇喊了一声："狄克逊，准备好了么？"此时的威尔奇，夫人陪在身旁，看上去比任何时候都像是条老狗，而身旁他老婆，恰似某厨房里的女佣，不时带他出来偷猎玩耍一番。

"我们大厅里见，教授。"狄克逊回喊了一句，接着，他和玛格丽特打了声招呼，匆忙钻进教职工更衣室。此刻，他已经怯场了，双手冰冷潮湿，双腿有如装满细沙的胶皮管，呼吸也变得困难起来。当他上厕所小便时，脸上摆出了讽刺小说家笔下英国上流社会那种彬彬有礼的虚伪面貌，接着又改成了比平时更加凶残的那种表情包。他将双排牙齿咬住舌头，双颊鼓起，仿佛含着两个小气球，又将上嘴唇翻下去，如同白痴噘嘴，再把下巴前伸，形成铲状。整个过程中，他交替着瞪眼，斜眼。一转身，发现自己与戈尔-阿夸特面对面，便赶紧将一切表情包归零，说了句："噢，您好。"

"你好，狄克逊。"戈尔-阿夸特说着，从他身边擦肩而过。

狄克逊来到洗脸盆前的镜子下，检查自己的眼睛。那只眼睛，比自己记忆里上次看到时，好像消退了几分青紫。都这副德行了，再去整理衣服和头发，好像没必要了吧。他从架子上取下自己以前偷回来的皇家空军讲义夹，连同里面夹着的讲稿，正欲离去。突然，戈尔-阿夸特喊道："等一会儿好么，狄克逊？"

狄克逊停住脚步，转身。戈尔-阿夸特走到近前，站着一动不动地仔细看着他，似乎打算一等演讲结束，就会用碳素笔、也能是水墨笔，给他画幅漫画肖像。过了一会儿，他问："你大概感觉有点紧张吧，小伙子？"

"非常紧张。"

戈尔-阿夸特点点头，从他那套不合身的衣服里，掏出一只细长但容量不小的瓶子。"来上一大口吧。"

"谢谢。"狄克逊决定，就是咳嗽也不管了，于是他痛痛快快地喝了一大口显然是顶极苏格兰威士忌——这比他以前喝的任何酒都要好。他一阵狂咳。

"啊，这是好东西，这玩意。再来一大口。"

"谢谢。"狄克逊完全按刚才的动作重新来过一遍。接下来，他张嘴喘着气，用袖口擦了擦嘴，将酒瓶还了回去。"我非常感激您。"

"它会对你有极大的帮助。是从我的雪利酒桶里直接装瓶的。好了，我们得加紧，他们都在等着了。"

休息室里，最后一批人也开始离去往楼梯走。在楼梯口，有一个小小的队伍等在那儿：哥德史密斯夫妇，伯特兰，克里斯汀，比斯利以及历史系其他几位老师。

"我们不如走到最前面去吧，先生。"伯特兰说。

他们开始步入大厅。令狄克逊心慌意乱的是，那里已经坐满了人。前排座无虚席，都是学生。人们都在大声喧哗。

"拿点厉害的给他们瞧瞧，吉姆。"卡罗尔说。

"最好的祝愿，老伙计。"西塞尔说。

"祝你交好运，吉姆。"比斯利说。他们都各自就座。

"演出开始了，小伙子，"戈尔-阿夸特压低嗓子说，"不必担心，让所有这些都见它的鬼去吧。"他抓紧了狄克逊的手臂，随后又放开了。

狄克逊跟在威尔奇身后上了台，他能听见观众传来四处找位置的声音。院长和两位市政官中的一个胖子早已就座。狄克逊发现，自己真是醉了。

22

　　威尔奇像是在演奏序曲,嘴里发出了刺耳的高声,难怪他儿子也是那种狗叫的音色。每当演讲之前,他总要这么扯上大嗓门让大家安静——狄克逊曾听学生们私底下模仿过。喧嚣渐渐平息。"我们今晚在这里,"他告知听众,"聆听一场演讲。"威尔奇如此说话时,身体会左右摇摆不定,他的上半身,被演讲人狄克逊头顶上的大灯照得非常刺眼。狄克逊为了不去听他说的内容,眼睛在大厅里鬼鬼祟祟地东张西望。今天来的人几乎坐满了。只有最后几排听众稍微显得有些稀稀落落,但前面的位置,黑压压满满的一片都是教职员工和他们的家属。当地大大小小的名流也都来了不少。狄克逊看到,就连二楼席位也坐得满满的,还有些人背靠着后墙,站着观看。他将目光投向前面几排,看到两位市政官、当地作曲家、衣着时髦的牧师都在。那位有爵位的医生恐怕原本只是来蹭杯雪利酒的吧。他本来还想再往远处看看,突然觉得有阵不适,觉得那是种晕眩的感觉。一阵热浪,从他尾椎涌了上来,一直顶到了他的头皮。他克制住自己,没有情不自禁发出呻吟,并用意志对自己说:"没事,只是紧张而已。还有就是喝多了。这原因显而易见。"

　　当威尔奇说到"……狄克逊"并坐下时,狄克逊站了起来。他的双膝开始剧烈抖动,似乎在夸张地模拟怯场的样子。

一阵雷鸣般的掌声响起，好像主要来自二楼。狄克逊可以听见钉了后掌的皮鞋，重重跺地板的声音。他花了不少努力，站到演讲台前，眼光找到自己的那页开场白，随后抬起了头。鼓掌声似乎小了些，终于可以透出了先前被遮盖的笑声。接着掌声又来了，这次的热烈程度，居然超过了上一次，尤其是跺脚声更响了。二楼的听众终于第一次看到狄克逊乌青的眼眶。

前排区域的几个脑袋开始转动起来，狄克逊看到院长不耐烦地瞪着闹事的区域。狄克逊在情急之下，居然完美模仿出威尔奇那种序曲般的刺耳高音，过后，他万万无法理解此事。那种起哄的喧闹，超越了正常鼓掌的音量，变得越来越响。院长缓缓站起身来。喧嚣渐渐褪去，但还不是绝对的安静。又过了一会，院长冲着狄克逊点了点头，又坐了下去。

狄克逊体内的热血涌到耳朵，那感觉好像他自己要打喷嚏了一样。他怎么会站在所有这些人面前的？怎么会即将对着他们说话？如果他张嘴，还会有什么畜生般的声音从口中发出来？他抚平讲稿的一角，开始了。

当狄克逊讲完头五六句时，他意识到情况完全不对劲了。二楼听众席上的嘀咕声，变得越来越响。他终于明白问题出在哪儿了：他学起了威尔奇讲课的腔调。为了让他的讲稿读起来更加自然流畅，他往里面东塞了一句"当然啦"，西加了一声"你们看看"，其他地方又添了一个"你们也可以那么说"。这么一来，就完全成了威尔奇的语言特色。此外，他半下意识的为了让句子听上去顺耳，说白了为了顺威尔奇的耳，他引用了不少威尔奇口头禅,像什么"社会意识的融合""工作和工艺的统一",等等。此时,这些念头闪进他努力运转的大脑中,使他的嘴越说越不顺溜,语句犹犹豫豫,重复出现,他甚至忘了自己说到哪儿了,导致一处长达十秒钟的停顿。二楼铺天盖地的嘀咕声表明刚才的那些失误,都被他们看在眼里,听到耳中。狄克逊满身大汗,面红耳赤,在做进一步挣扎。他不停地听到威尔奇的语音、语调在自己的嘴上盘旋,却无力驱赶。脑中一阵醉意泛起,提示说,戈尔-阿夸特威士忌的先锋部队已经冲了上来,要么,是最后那杯雪利酒上头了?感觉真是热啊。他停下了演讲,将自己的口型,硬是弄出了与威尔奇的截然相反的形状,然后继续开始。此刻,一切似乎又恢复正常了。

他说着说着,开始往前几排看去。他看见戈尔-阿夸特身旁坐着伯特兰,再过去是伯特兰的老妈。克里斯汀坐在她舅舅的另一侧,她身旁是卡罗尔,然后是西塞尔,最后是比斯利。另一端头,坐在威尔奇夫人身旁的是玛格丽特,她的眼镜反光,使狄克逊无从知晓她究竟有没有在看着自己。他留意到,克里斯汀正在和卡罗尔窃窃私语,面色显得有些惊慌。为了不令自己过于分心,他赶紧往更后一排看,试图找到比尔·阿特金森。啊,他就在那儿,坐在大概中场一半那排,贴着中间的过道。一个半小时前一起喝威士忌时,阿特金森坚持说,他不仅要过来捧场,而且一旦狄克逊觉得演讲无法驾驭,只需两只手同时挠耳朵,他阿特金森就会假装晕厥。"我会晕得十分逼真,"他用极其自负的声音说,"当我转移了大家的注意力,你就不要再担心什么了。"一想到这儿，狄克逊不得不去压抑想要笑出声来的冲动。刚好就在这时，靠近讲台的近处，发生了一阵骚动，引起了他的注意：克里斯汀和卡罗尔推开西塞尔和比斯利，显然是要离开大厅。伯特兰斜过身子，用气息声对她们说着什么。戈尔-阿夸特半站了起来，显得很担心。狄克逊慌乱了，他再次停止了演讲。而后，两位女士来到侧面的过道，往门口继续走的时候，他的酒劲提前上来了，一阵模糊、麻木僵直，这说明自己已经醉得不行了。他双脚紧张交替了一下，绊到演讲台底座，身体很危险地往前倾倒。二楼又发出了嗡嗡的声音。狄克逊似乎瞄到那位瘦削的市政官和夫人彼此交换了一个不满意的眼神。他停止了演讲。

当他再次镇定下来，发现自己再次刚说上半句就忘了下半句。他咬着自己的舌头，决心今晚不再让这演讲的列车继续脱轨下去。他清了清嗓子，重新找到了那句，一字一顿地念，强调每个辅音，并把每个词组最后一个词的音量拉得很高。他这么说时，又一次感到了什么地方不对劲。后来他才意识到，自己竟模仿起了院长的腔调。

他抬眼，楼上的区域动静实在太大了。很重的什么东西，摔到了二楼的地板上。麦克诺奇一直站在门边，这时出去了，大概是上楼去维持秩序。而大厅里也开始人声嘈杂起来。那位衣着时髦的牧师压低音调咕哝了句什么。狄克逊看到比斯利开始在座位上扭动起来。"你这是怎么啦，狄克逊？"威尔奇咬牙切齿的低声嘶叫。

"对不起，先生……有点紧张……马上就会好起来的……"这是个密不透风的夜晚，狄克逊觉得热到难以忍受。他的手颤颤悠悠地用面前的玻璃水瓶给自己倒了杯水，像是发烧病人那样喝了下去，只听见一句响亮又清晰的骂声，从楼上传了下来。狄克逊觉得自己禁不住眼泪就要往下流了。这时，他是不是装个晕倒什么的？那其实一点也不难。是的，大家都会以为他真是醉倒了。可他最后做了一次努力，令自己振作起来，停顿了将近半分钟之后，继续开始讲，但不是用他自己的声音。他似乎已经忘却了如何正常讲话了。这次，他选用了一种夸张的北方佬的口音，尽可能避免让任何人引起反感，或是引发关于恶意模仿的联想。二楼一阵狂笑喝彩之后，渐渐安静下来，或许也该谢谢麦克诺奇吧。总之，后来的几分钟时间内，一切都恢复正常。不知不觉，他已经讲到一半了。

当他念稿的时候，渐渐的，情况似乎又不对劲起来。但和前两次不同，这回跟他演讲内容或语音语调都没关系。问题一定是出在他的脑壳里。有种感觉，并不像是醉酒，而是极度的抑郁和疲惫，在大脑深处几乎触手可及。他刚说完一句，想到克里斯汀，随之而来那种悲伤感似乎抓住了他的舌根，让他像追悼会上一样沉默无语。他接着又说了一句，喉咙里被玛格丽特那些事压抑着的令人厌烦的恐惧感，一点点往上爬，想要变成声音，大叫出来。他又说了一句，内心的愤怒和恐慌威胁着要扭弯他的嘴、他的舌头，逼他歇斯底里地谴责伯特兰、威尔奇夫人、院长、行政官、学院管理委员会以及学院本身。他开始忘却眼前所有的听众——他唯一在乎的那位已经离场，应该是不会再回来了。好吧，如果这就是他在这里的最后一次公开露脸，他就让大家对他的表现难以忘怀吧。他对在场的一些人，确实做过一点好事，哪怕只是微不足道的好事。不要再模仿了，模仿已经把他吓成这个样子，但他可以通过自己的语调，当然是那种非常微妙的语调，告诉大家他对这个主题的思考和有益的研究成果。

渐渐地，这变化的速度当然比他想象中的要慢，他开始在自己的语调里加入一种讽刺和受伤后的苦毒。他试图让听众们体会出他的演说，字里行间都是无端推测，都是些无聊而令人乏味的垃圾，除了疯人院里出来的人，谁也不会认真理会那些话的。相当短的时间后，他已经努力使自己的声音听上去酷似某个异常疯狂的纳粹骑警，在焚书集会上，向人群念小册子中的选段。台下的听众们一半是被逗乐，一半觉得生气，纷纷嘀咕起来。这种声音愈发吵闹，充斥在狄克逊周围。可他闭紧双耳，继续这么读下去。他几乎毫无意识地采用了某种无从辨别的外国口音，越读越快，头开始打转。他似乎在梦中听到威尔奇先是坐立不安，随后小声低语，接着又同身旁的人交头接耳的响动。狄克逊开始在每句结尾时，由鼻腔发出一声讥讽声。他继续念，每个音节听起来都像是一个诅咒，不管是否读错或遗漏，甚至几个连着的单词首音全弄混了，他也毫不在意。他翻着自己一页页的讲稿，就像是音乐家在演奏"急板"时快速翻谱，他的声音也越说越响。终于，他发现，讲稿最后一段赫然出现在眼前，于是停了下来，目光面对着听众。

在他的下方，当地名流们都瞪着眼看着他，个个脸上都是惊恐和抗议的僵硬表情。教职员工队伍里，那些资深教师、神情和名流们如出一辙，年轻教师们则都不敢往台上看。整个楼下大厅里唯一的动静，来自戈尔-阿夸特，他持续不断地发出尖锐的大笑声。楼上听众席，则是叫喊、口哨、鼓掌齐响。狄克逊抬了抬手，让大家安静，但那吵闹声仍可以听见。实在太响了，他觉得自己又要晕眩了，于是将手掌捂住耳朵。在所有噪声中，横空冲出了一个更强的声音，音色介于呻吟和吼叫之间。只见大厅离讲台远一半的地方，比尔·阿特金森或是因为太远看不清，或许是因为没有认真去辨别挠耳朵与捂耳朵之间的区别，此刻他整个身子完全瘫躺在中间过道上。院长站了起来，嘴唇张合不已，但一点没能起到安定大众的效果。他俯身对着身旁的市政官紧急耳语了几句。阿特金森周围的人们，开始努力想要把他扶起来，但他躺着纹丝不动。威尔奇开始喊叫狄克逊的名字。一队学生跑了进来，冲向倒地的阿特金森。他们大概有二三十个。只听见学生们七嘴八舌，彼此喊着指令和要求，将他抬离地面，并搬着他出了门。狄克逊重新回到了讲台前，喧闹声终于平静下来。"就到这里了，狄克逊。"院长高声喊道，并示意威尔奇，但为时已晚。

"最后，所有这一切，究竟能有什么实际应用呢？"狄克逊恢复了他正常的嗓音。他觉得自己已经被晕眩症所掌控，听得到自己的声音，却一个字也听不懂意思。"听好，我来告诉你们。快乐英格兰的要点，是目前我们遇到了我们历史上最不快乐的时期。东一群家庭陶瓷制者，西一群有机植物培养者，一帮人玩唱片，另一帮人学起了世界语……"他停住，晃了晃：燥热，酒精，紧张，还有内疚感，终于在他体内联合发作起来。他的头脑似乎在不停地膨胀，同时，他却又感到越发轻飘飘起来；他的身体似乎被研磨成了宇宙最初的基本小微粒；他的耳朵在轰鸣；视野的两侧、上方、下方都被一种雾蒙蒙、油腻腻的黑影不断侵蚀。他两旁的椅子与地面发出了刮擦声；一只手抓住了他的肩头，他一个踉跄。威尔奇双臂环抱着他的双肩，他自己则颓然跪地，在一片混乱中，听见院长的声音说了半句："……他身体不适中止了演讲。我相信大家都能……"

我终于完成了，他努力想到了这句。而且都不必告诉他们……他将空气吸入双肺。如果他可以再把浊气吐出来，那他就没事了。可是他做不到，只觉得在一片无言的巨大吵闹声中，一切都在眼前消失了。

23

"完全就是那么回事了,"第二天早晨,比斯利说,"相当可以理解。但最后是他给你的酒,把你彻底弄趴下了,是么?"

"是的,我觉得我要是没喝那两口,应该是没事的。当然,我可不能这么对威尔奇说。"

"对,你当然不能这么说,吉姆。但你可以推到紧张和闷热这些原因上去。毕竟,你真的晕过去了。"

"但我还是弄砸了公开演讲,他们不会放过我的。光是紧张的话,我不可能去学老威和院长的腔调,对吧?"

他们一起穿过学院的大门。三个在大门附近闲荡的学生们,突然不做声,彼此之间推了推,看着狄克逊经过。比斯利说:"我不知道。你可以试试,为什么不呢?你现在没有什么可以失去的了。"

"对,你说得对,阿尔弗雷德。噢,没关系了。我也曾当过大学老师了。还有就是克里斯汀那码子事。现在,威尔奇也肯定知道了。"

"你不要这么消沉。我觉得,威尔奇不大会注意伯特朗还是叫什么玩意的对他所说的话。你跟他儿子的女朋友之间事,跟他有什么相干啊?"

"还有玛格丽特这事,你明白么?他肯定觉得是我看不上她。事实也确实如此，不管你从哪个角度分析。"

比斯利扫了他一眼，没有回答。接着，他们一起走进公共休息室时，他说："别被这些压垮，吉姆。等过会儿休息，一起喝杯咖啡吧？"

"好。"狄克逊心不在焉地回答。当他认出自己的信箱格子里的一份便签上，赫然有威尔奇的字迹，他的肠胃开始搅动。他出去，走上楼去读。威尔奇说，他很抱歉，并觉得应当私下里通知一声，学院管理委员会下周开会时，他将不会推荐狄克逊留任教师一职。他也建议狄克逊，也是私底下建议，将这里的事情处理完毕，越早离开越好。狄克逊要想申请任何新职位，他都愿意给他写推荐信，只要他不留在本市就行。他本人对于狄克逊的离去感到遗憾，认为和他共事还是很愉快的。便签下方，还有个补充：希望狄克逊不要纠结于床单毯子的事情，威尔奇说，他愿意将那事"视作了结"。啊，此时，狄克逊感到了良心上一阵"刺"痛，他的公开演讲，令威尔奇失望了。伴随而来的，还有一阵更"锐利"的痛——自己怎么会浪费了这么多时间和精力憎恨威尔奇的呢？

他来到自己和西塞尔·哥德史密斯共用的办公室里，站在窗前。虽然没有打过雷，前几天的闷热已然散去，天空看样子会有几个小时的晴朗。物理实验室正在改建当中——一辆卡车停在墙边，砖块和水泥被卸下，捶击声也能听得见。他要找份教书工作还是挺容易的，他的老校长曾经在圣诞节对他说，学校里有个高级历史教师的职位，到九月份之前都空着。他可以给他写封信，说明自己不合适在大学做老师。不过他今天不会去写，今天不行。

那么今天他干什么呢？他从窗边闲散地走开，从哥德史密斯的圆桌子上拿起一本又厚又豪华的杂志，某个意大利历史学会的期刊。封面上的某个东西吸引了他的注意力，他于是翻到了相应的那页。他从来没有学过意大利语，但这篇文章开头部分，作者姓名 L.S. 卡尔顿，他完全看得明白。他读了一两分钟后，整个论文的总体思路，是有关十五世纪晚期西欧船舶制造技术以及其影响云云，他也能大致看懂。毫无疑问了，这篇东西，要么是基本照抄狄克逊的论文，要么就是他那篇论文直接的译文。他都不知道自己此刻应该做出什么表情来，于是他深吸了口气，开始咒骂，随后又歇斯底里咯咯地笑个不停。原来，大伙儿都是这样评上教授职称的啊，是么？起码是那种"教授"职称。噢，对了，现在已经无关紧要了。但他真是个狡猾无比的老……这倒提醒了他。今天他必须做的一件事，是去找约翰斯，臭骂他，甚至痛打他一顿，谁叫他最近背地里给自己捅刀子来着。他出门下楼去了。

重建犯罪现场并不很容易。在请教了比斯利和阿特金森之后，狄克逊推断出约翰斯一定是偷听了上述他们俩人谈论克里斯汀下午茶约会的事情，然后第一时间将这一情报透露给他的朋友兼女靠山。他很可能这么干，所以一定是他干的。不管怎么说，狄克逊有伯特兰的口供，指控约翰斯就是那告密者，不论他是怎么得到情报的。狄克逊敲了敲约翰斯办公室的门，走进去时,他的仇恨如同霓虹灯,突然在他体内亮了起来。

　　里面一个人也没有。狄克逊走近写字台,那上面放了好多保险单据。他思考了一会:自己做过什么令约翰斯两次背叛自己的事情么?是给那本期刊封面人物脸上化妆么?那是个无害的玩笑而已?来自乔·希金斯的信?那只是个一眼可以揭穿的小恶作剧罢了。狄克逊对自己点了点头,抓起一大把保单,塞进自己的口袋里,随即离开。

　　过了一会儿,他小心翼翼地下到锅炉房。那里附近并没有人。脚下的煤灰吱吱嘎嘎地作响,他在锅炉之间走动,寻找一个最合适的下手。这里肯定有台专供各个盥洗更衣间烧开水的锅炉。对,眼前的腾腾冒着烟的就是了。他从眼前的地面上,捡起某种工具,弄开了炉门。那些保单统统燃烧了起来,很快,很彻底,绝不留下任何痕迹。他将炉盖弄回去,然后跑上楼梯。一切神不知鬼不觉。

　　现在他又将干什么呢?他意识到,自己今天来学院,脑子里其实什么目的都没想好,主要还是不愿意这么快失去比斯利的陪伴。然而,现在他被解聘了,内心并不想干等到喝咖啡的休息时间,那样他更可能撞见威尔奇或院长。除了过来收拾东西并带走,他真没有任何理由再上这儿来了。好吧,接下来就收拾东西吧,不过那也是能一次搞定的,因为他从来没带多少东西来学院,除了两三本参考书和一些教学笔记而已。他上楼,重新回到自己的办公室,开始整理东西。在自己家乡上班,意味着见到玛格丽特的机会少,但也不会太少,毕竟她的家乡和他的家乡仅仅隔了十五英里。经验早就告诉自己，这段距离，如果是假期里，并不会阻碍或绝对能够阻止他俩至少每周一次晚上的相聚。眼前长达三个月的假期就要开始了。

在出学院的大门的路上，他发现有个不太认识、但面孔还是有几分熟悉的男人，上前找他说话。这人说："您昨晚的演说真的非常精彩。"

"米切，"狄克逊说，"你把小胡子给剃掉啦？"

"正是。艾琳·奥沙内西小姐说她一看到就厌烦，于是我今天早上就同小胡子说再见了。"

"好主意啊，米切。这是个很大的进步。"

"谢谢。我希望您完全恢复了吧，就是昨晚的晕眩或是其他什么症状？"

"噢，是的，谢谢。没有留下终身伤残。"

"很好。您的演说我们听得都很过瘾。"

"我很高兴你这么说。"

"效果就像一枚炸弹那样轰动。"

"我知道。"

"唯一的遗憾是您没有继续说完。"

"是啊。"

"不过，我们基本大意都听懂了。"这时，一旁走过一群陌生人，他们都是受到蛊惑，前来参加学院开放周活动的。米切停顿了一会儿，继续说："我说啊……请别介意我这么问，可以？不过我们当中的一些人觉得，您是不是有点微微的……

那个，你懂的……"

"喝醉了？是的，我觉得我醉了，相当的醉。"

"上面找过您麻烦了，我猜的哦。也许他们还没有空来和您谈过话吧？"

"不，他们有时间。"

"谈得不好，对么？"

"嗯，是啊。发生了这些事情。我被炒了。"

"什么？"米切看起来充满了同情，但他的表情既不惊讶，也不气愤。"他们下手真快啊。啊呀，我真是非常遗憾听到这个消息。只是为了一场演说么？"

"不。之前跟系里还有一两桩小事，你或许也听说过。"

米切沉默了一会，然后说："我们当中会有一些人想念您的，您知道么？"

"那很好。我也会想念你们当中的一些人的。"

"我明天就回家了，这样，我现在就向您说再会了。我猜，我考试通过了吧？您现在可以告诉我了，对么？否则，我只有等到下周才知道。"

"噢，是的，你那帮子人都通过了。不过，德鲁没有及格。他是你的一个朋友么？"

"不是，谢天谢地。我非常满意。好吧，再见。我想，我明年还是得去老威那里上选修课了。"

"看起来会是那样的，不是么？"狄克逊将自己的家当夹在左腋窝下，然后同对方握了握手："祝你一切顺利！"

"您也一样。"

狄克逊沿着学院路往前走,他忘了回头最后看一眼这所学校,等他想起来,为时已晚。他觉得心头几乎没有任何挂念了。想到他目前的处境,这种心态真的令自己感叹。今天下午就要回家了,其实无论如何,他过两天都是要回去的。他下周会再来学院一次,收拾最后的东西,见过玛格丽特,诸如此类。见玛格丽特。"啊呀呀。"他对自己喊道,又想了想,"哇呀呀呀。"他家离她家如此近,离开这个学校,并不让他感到真正的迁移,只是挪到更近的一侧了。这是整个事情里最糟糕的地方。

他想起来了,今天午餐已约好要和卡奇帕尔见面的。这家伙究竟想要什么?苦思冥想去猜测是毫无意义的,重要的是想想看,到见面之前的这段时光,如何打发掉为好。他回到自己的宿舍,洗了洗眼部。淤血已开始消退,但新增出来的颜色同样不怎么太体面,甚至更难看了。他去找科特勒小姐谈了一下定量配给和洗衣服的事情,随后他去刮了胡子,又洗了个澡。当他泡在水里时,听见电话铃响了,隔了一会儿,科特勒小姐过来敲他的门:"你在里面么,狄克逊先生?"

"在的,什么事啊,科特勒小姐?"

"有位先生来电话找你。"

"他是谁?"

"不好意思,我没有记住他的姓名。"

"是叫卡奇帕尔么?"

"我听不清。不,我觉得不是。好像比这个名字长。"

"噢,好的,科特勒小姐。请问一下他的号码,就说我过十分钟给他打过去,行么?"

"好嘞,狄克逊先生。"

狄克逊把自己擦干,思忖着这人究竟会是谁。伯特兰又来威胁自己么?欢迎啊。约翰斯已经凭直觉知道他那些保单的命运啦?有可能。院长召唤他去参加学院管理委员会的美妙会议么?不,不,不可能。

他穿衣服时,心想,无所事事的感觉,确实挺不错的。当不成讲师,尤其不再需要去讲课,确有好的一面做补偿。他套上了一件旧马球T恤衫来宣告他与学术界一刀两断。裤子就是那天在威尔奇汽车里弄破的那条。科特勒小姐后来精心缝补过。在电话机旁边,他发现有张字条,上面的字迹仿佛是个女学生写的。尽管她还是没有记下姓名,但电话号码她记下了。令他有些吃惊的是,这号码看起来是从几英里之外的一个小村庄打来的,和威尔奇家方向恰恰相反。他根本不认识那边的人啊。一位女士的声音接听了他的电话。

"您好。"他嘴里说,心里却想着关于电话机的非商业应用问题,自己完全可以写出一篇论文来。

那位女士报了她那边的号码。

"您这里有位男士在么?"他问道,心里有些迷糊。

"男士?您是谁?"那声音透露出些许敌意。

"我是狄克逊。"

"噢，对的，狄克逊先生，我怎么没想到呢。请等一下哦。"

短短暂停后，出来一个男士的声音，他的嘴离话筒太近了："你好，狄克逊，是你么？"

"是啊，请讲。您是谁？"

"戈尔-阿夸特。你被解聘了，是么？"

"什么？"

"我问，你是不是被解聘啦？"

"是的。"

"很好。这样，我告诉你的话，就不会破坏保密协议了。好吧，你有什么打算，狄克逊？"

"我正想着是不是去中学教书。"

"你决定了么？"

"没有，还没想好。"

"很好。我有份工作请你做。每年五百英镑。你得立即上班，星期一。但要住在伦敦了。你能接受么？"

狄克逊发现自己已经呼吸困难了，但他还是说了句："什么样的工作？"

"是某种私人秘书性质的工作。但不会处理很多信件的。那种事都是一位年轻的女士干的。你的工作主要是去会客，并告诉他们我不能前来见面。具体细节，我们周一上午详谈。十点到我伦敦的别墅来一趟。你记一下地址。"他报了地址，然后问，"你都没问题了吧，现在？"

"是的，我没问题了，谢谢。那天我立即上床睡觉……"

"不。我不是问你的健康状况，朋友。我问你是不是都记清楚了？周一会来的？"

"是的，当然啦。太感谢您了，戈……"

"那就好，我们周一——"

"耽搁您一分钟，戈尔-阿夸特先生。我会同伯特兰·威尔奇一起工作吗？"

"你怎么会这么想？"

"没什么。我只是听说他想去您那里工作。"

"那份工作就是你这个。我当时第一眼看到年轻的威尔奇，就觉得他不行。和他的画一样。只是，他居然把我外甥女弄到手了，真是太遗憾，太遗憾了。但我跟她说什么也没用。犟得像头驴。比她妈妈还犟。不过呢，我觉得这份工作你会干好的，狄克逊。给你这份工作，或其他工作，不是在于你有多合格，因为很多人都是合格的。主要是你没有不合格的地方，这一点，就非常少见了。你还有什么问题么？"

"没了，全没有了，谢谢您，我……"

"周一上午十点。"他把电话挂了。

狄克逊从那竹桌边缓缓站直身子。内心那种疯狂的喜悦和敬畏之情，他不知道用什么声音来表达。他长长地吸了口气，想要咆哮出胸中的快乐，但壁炉台上的支脚闹钟突然响了一声，把他拉回到日常生活中。现在已经十二点半了，正是卡奇帕尔约他一起谈谈玛格丽特的时间。他应该去么？以后住在伦敦，玛格丽特那边的事也就不那么重要了——或者说，不那么迫切需要解决了。但最后还是好奇心占了上风。

他离开宿舍,喜笑颜开地回味着戈尔-阿夸特对伯特兰绘画水平的点评。他知道他自己的看法一直是对的。他走着走着,脚步渐渐失去了活力,因为他想到,这么个没有工作、没有才华的伯特兰,居然还拥有着克里斯汀。

24

狄克逊赶到时，卡奇帕尔早就在那儿等着了。此人竟然是位高高瘦瘦，二十刚出头的青年，整体给人一种知识分子硬是冒充银行职员的感觉。他给狄克逊点了杯饮料，并为自己占用了狄克逊的时间而抱歉。又经过一阵此类的寒暄之后，他说："我觉得，我能做的最正确的事情，就是原原本本告诉你事实真相。你同意么？"

"嗯，好的，但你有什么可以保证自己说的都是实情呢？"

"我倒是真没有。不过，如果你熟悉玛格丽特这个人，就不难发现我说的都是合情合理。对了，在我正式开始之前，你能再详细说说上次电话里谈起的关于她目前的健康状况么？"

狄克逊告诉了他，并在叙说中，刻意暗示了他本人和玛格丽特之间目前的状态。卡奇帕尔默然地听着，眼光对着桌子，微微皱眉，手里不停地把玩两根划过的火柴棒。他的头发又长又乱。最后，他说："非常感谢你。这就让事情更清楚了一些。我现在要告诉你我这边的故事。首先，和玛格丽特似乎对你说过的情况截然相反，我和她从来没做过男女朋友，无论是精神方面，还是那种所谓的技术方面。这个情况，你第一次听到，对吧？"

"是的。"狄克逊回答。他觉得又好奇，又有点害怕，仿佛卡奇帕尔想要跟他寻衅吵架似的。

"我想这很有可能。当初,我是在一个政治集会上认识她的。我发现我自己,几乎不知道为什么居然和她走在了一起,带她去看话剧或是听音乐会,以及各种各样的地方。很快我就意识到,她属于那种特殊的人群,她们通常为女性,会利用你的紧张来大做文章。我们开始没事就争吵,真是无事生非。当然,我特别谨慎,从没和她开始任何两性方面的接触。但她很快表现得我们已经有了那层关系。我一直被人指责说我伤害了她、忽视了她、在别的女人面前企图羞辱她,种种种种。你跟她有过类似的经历吧?"

"是的,"狄克逊说,"继续。"

"我看得出,你和我,其实比我一开始想象的,共同点更多。不过,当我有一次介绍她给我妹妹认识时,因为我的措辞引发了一场毫无意义的争吵之后,我决定再也不要维持这种关系了。我直截了当告诉了她。结果引来了那场最恐怖的场面。"卡奇帕尔用手指,将头发往后梳了梳,又坐着挪动了一下姿势。"我记得,那天下午我请假休息,我们俩出去逛街购物,随后她在大街上对我喊叫起来。情况很可怕。我感觉,我再多一分钟也忍受不下去了。为了让她闭嘴,最后我同意那晚十点钟左右去找她。到了那个钟点,我却觉得无法前去。过了两天,当我听说她……自杀未遂,我意识到,那个晚上,正是我本应去看她的日子。我真的受到很大刺激,因为我意识到,如果我当时不怕麻烦还是去一趟她那里,整个事情就能预先被阻止掉。"

"等一会儿,"狄克逊嘴唇发干,问道,"她那晚也让我去她那儿的。她后来告诉我,你去了,而且对她说……"

卡奇帕尔根本不相信。"你确信吗?确信是同一天晚上?"

"确信无疑。整个事情我都记得清清楚楚。事实上,她那天叫我过去,陪她买过一些安眠药,肯定就是她那天晚上吞下去的。我记得就是那样的。怎么?有什么问题么?"

"她和你在一起的时候,买过一些安眠药?"

"是啊,就是那样的。"

"那是什么时候?"

"她买药的时间么?噢,大概是中午吧,我想。怎么啦?"

卡奇帕尔缓缓地说:"但她下午和我在一起的时候,也买过一瓶药片。"

他俩面面相觑,沉默无语。"我想她一定是伪造了处方。"狄克逊最后说道。

"那样,我们俩本来都应该到现场,目睹自己把她逼到什么地步了,"卡奇帕尔苦楚地说,"我知道她有些神经过敏,但没有想到,竟会严重到这个地步。"

"算她走运,她楼下的那家伙在屋里,上来抱怨她无线电广播开得太吵了。"

"她不会冒那样的险。不会,这很好印证了我一贯的看法。玛格丽特根本没想去自杀,那晚没有,从来也没有。她只是算好在我们要去之前,吃了几颗药片——剂量当然不至于死——然后等着我们冲进来扼腕痛惜,看着她不停地谴责你我。我现在已经毫无疑问了。她从来就没有过死亡的危险。"

"可是没有证据啊,"狄克逊说,"这些都只是你的推测而已。"

"但你觉得我说得不对吗?我知道你一定很清楚她的为人处世。"

"我都不知道怎么去想了,说句老实话。"

"可你看不出来么……这其中的逻辑难道还不够清楚么?这是唯一说得通的解释。听着,努力去回忆一下:她说过她吞下去多少片,多少片会致命,或者是类似相关的话没有?"

"没有,我不记得她说过。我只记得她说她当时一直拿着那个空药瓶……"

"空药瓶。一共有两瓶。对了。我现在全明白了。我先前的想法是对的。"

"我再去拿一杯。"狄克逊说。他感觉自己得从卡奇帕尔身旁走开一会儿,可当他站到吧台前,却突然发现一口也喝不下去,他所能做的,只是努力而又无望地试图将思路捋顺。他还没有从刚才那种最基本最普通的惊讶中恢复过来:一个陌生人,居然对一个他特别熟悉的人也特别熟悉。他觉得,同一时段内的亲密关系,应该能排除掉所有其他亲密关系吧。至于卡奇帕尔的理论……他怎么也不能相信。他可以去相信么?这是一种无法用信和不信来面对的理论。

他带着酒,再次回到桌前,卡奇帕尔一见他就说:"你还没有相信吧?我感觉。"他在椅子上动来动去,显出一种不稳定的兴奋。"空瓶子。但其实是有两个瓶子,她只用了一个。

我怎么知道的呢？你想啊，如果她真吞了两瓶，她怎么就没有如实告诉你呢？不，她忘了在这里撒个谎。她一定是觉得这个谎，有没有无关紧要。她无法预料我会这样突如其来和你联系。我不怪她：哪怕最厉害的谋划者，都无法想全所有的细节。她一定查过，当然查过，吞一瓶是死不了的。或许两瓶也弄不死她。但她不会去冒那个风险。"他端起自己的那杯，喝了一半，放下，"你这么告诉我，我非常感激。如今我从她身边彻底解放了。感谢上帝啊，不需要再担忧她的状况了。这太值了。"他盯着狄克逊看着，任凭发梢落到一侧的眉毛上，"你也从她身边解放吧，我希望。"

"你从没谈过跟她结婚的事，对吧？"

"没有，我还不会蠢到那步田地。我猜她告诉你我说过，是么？"

"是的。那段时间，你也没有带着她说的那女孩去威尔士玩吧？"

"很遗憾，我又没有。我去过威尔士，是的，可能是公司出差。他们不会给他们的代表们配备女孩子一起出差的，真是更加遗憾了。"他喝完自己那杯，起身，态度平静了。"我希望我已经消除了你对我的疑虑。很高兴和你见了这个面。你所做的一切，我很感激。"他往前俯身，朝着狄克逊低声说："别再帮她了，对你来说，那太危险。我知道我自己在说什么。她也不需要任何帮助，你懂么，真的。祝你交上最好的运气。再见啦。"

他们彼此握手之后，卡奇帕尔大步流星，领带飞扬离去了。狄克逊喝完自己的酒，过了两分钟后也走了。他穿过那些午餐的人群，慢慢逛回自己的寓所。所有的事实都能吻合得起来，可玛格丽特已将她自己牢牢吸附在他的生活、他的情感上面，仅仅是引用一系列事实，要想推开一切，实在太难。如果光有事实，没有其他"清洁剂"的话，他预计自己以后还是需要一点一点直到全然否定刚才的结论。

科特勒小姐为有需要的住客一点钟准备了午餐。他打算利用这个节省出来的时间，赶上那辆两点出发的火车回家。他刚跨进餐厅，就看到比尔·阿特金森坐在桌子前读着一本新到的摔跤期刊，那是他自己订的。他抬眼瞧见狄克逊，就像以往有时那样，并对他说了句："刚才你那小甜心来过个电话。"

"哦，上帝。她想要干嘛？"

"不要说什么'哦，上帝'，"阿特金森皱着眉头，恶狠狠地说，"我不是指上次那个令我失望，那个总威胁要分手的笨蛋，我说的是另一位，你说的那位大胡子运动员的女朋友。"

"克里斯汀？"

"是的，克里斯汀。"阿特金森说的时候，刻意让这个名字听上去像是骂人的话一样。

"她说干什么了么，比尔？这可能是件很重要的事情。"

阿特金森翻到期刊的首页，那上面两个老挝人正死死缠在一起。他说了声"等一分钟"，示意这对话还没完结。认真读完他先前在那页空白处留的字后，他用了一种使人受伤的声音说："我没有全听明白，好像是说她的火车一点五十分就要开了。"

"什么，今天？我听说她要再过两三天才走啊？"

"你听到些什么，我可没办法，我告诉你的是我所听到的。她说她有些消息就不在这台老电话里告诉我了，她要亲自对你讲。如果你还想再见到她，你可以一点五十分去给她送行。去不去，全由你自己决定，她就是这么说的。她听起来好像坚持说你来决定去还是不去，但请你不要问我她这话究竟是什么意思，因为这话的意思，她一点也没有透露出来。但她确实说，如果你不去，她可以'理解'。也请你不要让我翻译这个词的意思，好么？"他又补充了一句，火车不是从城区主站开出，而是从一个小站，就是靠近威尔奇家的那个站头。因为有些火车不是从市中心站，而是从这个小站始发，开往伦敦。

"那我得走了。"狄克逊说着，计算了一下。

"你最好快点。我会告诉老太婆你今天不吃午饭了。快去赶你的巴士吧。"阿特金森低下脑袋，继续去看杂志了。

狄克逊奔到街上。他感觉自己仿佛这一辈子都在飞赶。她为什么不在市中心火车站上车？三点二十，有列特别好的去伦敦的车，他知道的。她所谓的消息，又是什么呢？不管如何，他倒是有一些消息要告诉她，其实他有两条。她这么突然离去，是不是意味着她和伯特兰又吵了一架？有一辆巴士一点十分到十五分之间，会出现在学院路上。可现在已经是这个时间了。下一班要到一点三十五分左右。没戏了。他跑得更快了。不，她这么走，不仅仅只是吵了一架。他愿意用任何东西打赌，她绝对不会为了那种事情去那样报复的。哦，该死的，她的消息不会仅仅是通知"朱利叶斯舅舅"将给自己一份工作吧?她不会料到他自己这么快就得到通知的。她让他跑过去这么远,难道就为了告诉他这件事么?要么这一切都是借口,她只是想再见上自己一面呢?可她为什么想这么做呢?

他突然跳进了马路中央,那里,几步之外,有辆似乎是宽大型出租车,正停在一侧的小路上,等着汇入漫漫车海之中。狄克逊穿过最近的一条车流,喊叫道:"出租车!出租车!"真是心想事成啊。再过一小会儿,他就能冲到车那边的人行道上了。可是,这出租车竟然开入主干道,开始加快速度,离他而去。"出租车!出租车!"他就快赶到时,突然院长夫人的那副面孔,顶着一顶四角帽,出现在后窗里面,朝着狄克逊直皱眉头。车子后座原来只是看起来空荡荡而已。这出租车显然不是出租车,而是院长的车。那么院长是不是也在里面呢?狄克逊拐弯穿过别人家开着的花园门,蹲在栅栏后面一分钟。他去车站见克里斯汀真有这么重要?难道不可以事后通过"朱利叶斯舅舅"与她继续保持联络么?写了她电话号码的那张小纸条,他现在还有吧?

一阵敲玻璃声让他转过头来。一位老年妇女和她养的那只大鹦鹉,正从底楼窗户内恶狠狠地瞪着他。他深深地鞠了一躬,想起他的巴士,又跑到了人行道上。一两百步远开外,有辆巴士从市里缓缓地往山坡上开去。车离他太远,无法看到上面的终点站方向标记牌了。就算平时他能看见,此刻这么剧烈运动下来,眼镜片早都雾气蒙蒙了。但这一定是那辆车,他一定要赶上。他的预感很多，但此刻，有一个预感最为强烈：如果他不能准时赶到火车站台，情况会突然变糟，他所期盼的会突然间消失。于是，他跑得更快了，路上的行人开始避让，并纷纷用厌恶的眼神，不解地看着他。那辆巴士，此时无法转进学院路，暂时被堵在了车流当中，他终于看清楚了，那就是他要的巴士！他持续不停地跑向学院路拐角，可车突然起动，在他之前赶到了那里。当他再度看到车时，它已经停在了学院路上五十步之外了，有个人刚刚上去。

狄克逊发疯似的狂奔，他的两肺都在燃烧。那位售票员从车阶上看着他，无动于衷。当他追到一半距离时，这位工作人员摇了摇铃铛，巴士司机踩下了离合器，车轮开始转动。狄克逊发现自己的跑步能力居然超过了自己的想象，可当人车之间的距离缩短到五步之遥时，车子明显离他越来越远。狄克逊停止了奔跑，开始用最常见的下流手势去招呼那依旧无动于衷看着这一幕的售票员。售票员立刻再次摇了摇铃铛，巴士突然停住。狄克逊犹豫了片刻，随即轻快地一路小跑上前，略带几分怯意上了车。他感到自己的目光无法直对那位售票员，对方却赞叹地说道："跑得不错嘛，疯狂小子！"然后第三次摇响了铃铛。

狄克逊气喘吁吁地询问这车到达终点，也就是车子赶到火车站的具体时间。结果他得到了彬彬有礼、但空洞含糊的回答。他用眼睛将身边乘客的目光一一赶走，然后吃力地爬到最高一层。上去之后，他又一晃一弹地走到了最前排，一下子瘫坐在位子上，连呻吟的力气都没有了。他开始吞咽满嘴满喉咙热辣辣的液体，使劲地喘息很久，又费力地掏出一小盒香烟和火柴。他读了几遍火柴盒背面的幽默段子，哈哈笑了一阵，点上一支烟。这是他现在唯一能做的事情。

他朝窗外看了出去：道路在他眼前平铺开去，他情不自禁感到一种喜悦，尤其当他看着阳光下的那一片片明媚的大地。在一排排绿瓦的联排别墅后面，开阔的原野跃入眼帘，透过一些树木，他还可以看到一泓泛着波光的水面。

克里斯汀说，如果他不能出现在站台给她送行的话，她会"理解"的。她这是什么意思？是不是她"理解"他因为要对玛格丽特负责所以不能前来？还是这话本身有一种模模糊糊不太欢迎他的弦外之音，意思是说她"理解"俩人之间的关系，从头到尾对他而言，只是一场浪漫的错误，不管有没有玛格丽特的存在？今天，他不允许克里斯汀从他手掌心逃走——如果没能抓到她，今后真的可能再也见不到她了。再也见不到——这个词语真令人不舒服。突然他的脸警觉起来，似乎只剩下鼻子和眼镜：原来，巴士开到了一辆拖着繁杂挂车大卡车后面，这挂车的尾巴上钉着一块警示牌，写明了挂车具体长度。旁边还有一行更小些的警示：空气制动。卡车、拖车和公共汽车开始以每小时十二英里的速度向前行驶，而它们前面的长路是一系列的弯道。狄克逊颇为费力地将自己关注的目光从拖车上"撕"了下来，为了自我鼓劲，他开始回想卡奇帕尔说过的有关玛格丽特的事情。

他意识到，自己决定这么去一趟，其实已经下定了决心。他第一次真正感觉，要想去拯救那些本身不想自救的人，根本就是徒劳的。企图继续努力，不仅仅是屈服于同情和感伤，而且是屈服于谬误。要竭力推进到终点，那将是种残忍。玛格丽特一直都是不幸的，正如他以前思考过的那样，这种长期的不幸，应该来自她不那么具备女性的魅力——这个根源上的不幸。克里斯汀就正常多了，例如，她通情达理，这种性格，定然或起码是部分由于她幸运地拥有了好看的脸庞和身材。就这么简单。把事情的成功归于幸运，并不是否认各种原因的存在，或是认为这些原因无足轻重。克里斯汀人仍旧比玛格丽特更好，长得也更漂亮，一切由此事实引发的推论统统成立——即：美好的人或事，比起差劲人或事，在无穷无尽的各方面都可能发展得更好。自己终于从同情心的胶水中挣脱，这靠的，其实也是好运气。试想，如果卡奇帕尔是另一种性格类型的人，他狄克逊则仍将和以前一样，被玛格丽特缠得纹丝不动。现在，他急切地需要一颗新的幸运丸。如果可以吃到，说不定，他还可以给别人带去好处。

售票员这时出现了，他开始向狄克逊收票钱。收完，他说："一点四十三分，我们可以到火车站。我刚才查过了。"

"哦。我们会准时到，您说是么？"

"这可说不准，我很抱歉。如果我们一直跟着这皇家空军的大家伙后面爬行，我看是到不了。你要赶火车么？"

"我得去给一个一点五十分上车的人送行。"

"换做我,我是不会抱太大的信心。"他拖延了一阵,肯定是在检查狄克逊的乌青眼眶。

"谢谢。"狄克逊用某种语气把他支走了。

他们上了一条长而笔直的大道,前方半路上有个往下的小斜坡,空旷的整个路面于是尽收眼底。前面老远处,一只干瘪的棕黄色手掌,从卡车驾驶室里伸出,打了个扭动的招呼。可巴士司机忽视了这份邀请,反倒缓缓地在一排茅草屋顶的小房屋前的汽车站牌前停了下来。两位因站得远而显得身材更小的黑衣服老太太,一直等到巴士完全熄火停稳后,这才相互搀扶着,一边谨慎地朝左右张望,一边缓缓离开狄克逊的视线,往上车台阶走来。一会儿工夫,他听到她们的声音含糊不清地向售票员叫喊着什么,接着,什么举动也听不见了。起码过了五秒钟,狄克逊费力在位子上动来动去,然后将身子扭来扭去,想要寻找这行驶途中的突然停顿,是否还有其他的原因。他什么也没能发现。是不是驾驶员突发晕厥,瘫倒在座位上了?要么他突发灵感,想要创作一首诗歌?车子继续停着,诗歌变成了散文。接着他眼前这幅令人昏昏欲睡的乡村沉寂的画面,被突然修改,只见几步路前的一座房屋里,走出来第三位同样服饰的女士。她用热切的目光,寻找巴士,然后一眼就看到了,随后她弯着身子,如同一位等着领饷的军人,疾步走了过来。她头上那顶类似卫兵的尖角帽,似乎被反复碾压过,又被染成了樱桃色。这更加增添了上述场景的画面感。狄克逊看到她此刻因为赶上了巴士而露出一种洋洋得意的笑容后,不禁喉咙里尖锐地喊出了声："老妖婆！"帽子应该是某次军事演习后，从运输排哪个捣蛋鬼头上掉下来，其间，经过了全营车辆的无情碾压。最后，她一定是在这破草屋门外的马路上看到并捡起了这顶躺着的帽子。

　　巴士车拱着鼻子，往这路的最高处小心翼翼地开上去，它与大卡车之间的距离开始缩短。狄克逊发现自己的整个身体都集中在这巴士前进的速度上了——他已经不再努力想，如果及时赶到火车站克里斯汀会对他说什么？也不去烦忧，万一赶不到，自己又该怎么做？他只是坐在满是灰尘的坐垫上，在燥热和紧张的共同作用下悄悄地流汗——感谢上帝，他并没有喝酒。他的脸被巴士的前后颠簸刺激出一阵阵奇怪笑容，并因着每一辆超上来的车辆，每一个弯道，以及司机每次毫无意义的过分小心，不停地四处转动张望着。

　　巴士铁了心跟在大卡车的后面，很快，卡车司机开得更慢了。狄克逊还没来得及喊出声甚至没来得及猜出究竟，这卡车连同后面的拖车，居然开到路侧区域停了下来。现在路上只剩巴士在独行。这样就对了，他的头脑中重新燃起希望，盼着司机努力追上先前肯定耽搁了不少的时间。可这位司机，显然不认这个账。狄克逊又点燃一支香烟，将还在燃烧的火柴棒，恶狠狠地在火柴盒侧面的砂纸上戳了又戳，仿佛在捅这驾驶员的眼睛。他脑子里自然没有准确行车时间的概念，但估计这车开到现在，应该开了八英里总路程中的五英里了吧。正在此时，巴士开到一个转角，突然减速，随后停止不前。只见一辆农用拖拉机，发出很大的噪声，吃力地拉着一张巨型睡床内部的弹簧板，突然从右边垂直开过马路。有些弹簧上面还沾着泥土，并点缀着条带一样的青草。狄克逊真想冲下去，拿把刀子，捅死开这两辆交通工具的司机。接下来还会有什么？接下来还会有什么？接下来真正会发生的情况有：拦路抢劫，车祸，洪水暴发，爆胎，电闪雷鸣伴随树木倒地、流星坠落，临时改道，苏联飞机低空入侵，羊群，驾驶员被马蜂蜇了？如果他能有建议权，他希望是后几种情况。发出了咳嗽似的挂挡声后，这巴士又开始起动了。但没开几步，又有一群在路边等着的老头，颤颤悠悠地上车来。

快接近小镇时，路上的车流开始稍微稠密起来，司机本身已经过分谨慎，此刻变成神经质一样，对路上的行人车辆极度小心起来。无论是大型搬家卡车，还是骑自行车的小孩，任何交通工具和行人一旦出现，他都会将车速减半到每小时四英里，并像发作舞蹈病的患者一样，伸出手，缓缓地不停摇摆。新驾驶员在他行驶的路面前练习倒车技术；漫步街头的人们，被他发动机盖子羞答答地触碰后，继续悠闲着边走边聊；蹒跚学步的小孩，东倒西歪地走过来，从他那悠悠慢转的车轮前取回失落的玩具。狄克逊的脑袋气愤地四处乱转，想要找个钟看看时间，但哪里也找不到。这个智力落后、道德低下、生活窘迫的破镇子里的人们，多年以来，每天醒着的几个小时之内，只知道追逐卑鄙下流的勾当，实在太贫穷，也太抠门了……狄克逊看到三十多步开外，火车站这一大型建筑突然跃入眼帘，他痛苦地回到自己的现实中，一路嘎吱嘎吱地冲过车厢过道，冲下楼梯。巴士还没在站台停稳，他已经一跃而下，跳出汽车，跑过马路，冲进售票大厅。售票窗口上方的钟，显示一点四十七分。分针随即又往前跳了一格，狄克逊全身扑向隔离栏。一位面孔严肃的男人挡住了他的去路。

"请问到伦敦是哪个站台？"

这男人抬眼细细打量了他，似乎在评判此人是否适合听个格外不合时宜的笑话。"有点早吧，我说？"

"呃？"

"下一班去伦敦的八点十七分。"

"八点十七分？"

"没有餐车。"

"那一点五十分的呢？"

"没有一点五十分的。你大概和一点四十分的那班车搞混了，有没有可能？"

狄克逊吞咽了一下口水。"我想我一定是弄混了，"他说，"谢谢。"

"对不起，伙计。"

狄克逊机械地点了点头，转身离去。比尔·阿特金森一定是记错了克里斯汀的留言。但阿特金森不像是犯这种低级错误的人。有没有可能是克里斯汀说错了？但这也不再重要了。他缓步走到出口，在这个阳光灿烂的小广场的一处阴影里站着。那份新工作还是他的。而要想与克里斯汀联络也不会太难。只是，他担心真的联络上她，已经为时过晚。但不管如何，他会与她重逢，会有机会同她说上几回话的。为此，他真得感谢上帝。

当他观察着四周，心想下一步该干什么的时候，猛然看见一辆侧边损坏的车，正不自信地绕过一辆邮政局厢式货车。这车的某些特征，引起了狄克逊的注意。车开始朝他的方向驶来，发出推土机般的轰响。轰响声戛然而止，随之而来的是叫人脊梁骨发麻的齿轮之间的出气声。只见一位高挑的金发女郎，身穿酒红色外套，手拿雨披，拎着一只大手提箱，从车里出来，匆忙跑向狄克逊所站的位置。

狄克逊慌忙闪到一根立柱后面，感觉自己横膈膜上突发溃疡，给自己无法承受的一击。别人谁都可以看不出，他怎么能忘了威尔奇特有驾车风格这么大的事呢？

25

外面又一阵疯狂的机械咆哮声传来,告诉他威尔奇还留在方向盘后面。好!也许他早就接到指令,必须立即返回,不得延迟。除了应对眼前的形势,狄克逊内心已毫无感情和思想。他听到克里斯汀的脚步声越来越近,忙把身体朝柱面上贴得更紧。她的脚,踏在进站大厅的木地板上,走了好几步。她在四五步远之外出现,一转头,立即看到了他,脸上立即绽放出一种微笑,那微笑在他眼里,完全充满着爱意。"你收到我的消息啦。"她说。她看上去美得无法形容。

"快到这里来,克里斯汀,快点,"他拉她躲进他那根柱子的阴影里,"就一分钟。"

她瞪大眼睛,往四周看了看,然后看着他说:"可我们得跑到站台上去了,我的火车就要到点了。"

"你的火车已经开走了。你得等下一班了。起码得下一班。"

"那座钟上显示我还有一分钟。我可以……"

"没用了,已经开走了,我可以告诉你。那是一点四十分的。"

"不可能开走的啊。"

"已经就这么开走了。"

"但威尔奇先生说是一点五十分开。"

"噢,他告诉你的,是么?这就全都能解释清楚了。他弄错了时间,你明白了吧。"

"你确信吗?为什么你这么躲着?我们都得躲着么?"

狄克逊没有理会她,不经意地将手搭上她的手臂,随后非常谨慎地从她身体前方倾斜出去。威尔奇的车,此刻开始打算横穿过广场的主要出口。"对,我们呢,先给这个该死的老家伙一点时间消失,然后一道去喝上一杯。"他打算自己来八杯威士忌,"你吃过午饭了,我猜?"

"是的,但我几乎一口也吃不下去。"

"那真不像你一贯的作风。好的,我也什么都没吃过。这样,我们一起吃点什么。我知道这里不远有家酒店。以前,我常和玛格丽特去那里吃喝。"

他们把克里斯汀的行李寄放在行李房,然后走到广场上。"老威没有坚持送你上火车,这真是件好事。"

"是……实际上,是我坚持不要送的。"

"这可不能怪你。"一想到克里斯汀的"消息"即将揭晓,狄克逊的身体明显越发感到不自在。他希望赌这是个坏消息,这样自己还能有机会遇上好消息。他的头,以及他背部挠不到的地方,都开始发痒了。

"我想越早离开他们那一家子越好,我无法忍受他们当中的任何一个人,多一秒都不行了。昨晚又来了个新的。"

"一个新的?"

"是的。叫米切尔什么的。"

"哦,我知道。你说的是米歇尔。"

"是我说的那位？我挑了最早一班火车。"

"发生什么啦？就是你要告诉我的那事。"他试图将自己的情绪压抑一下，期待一个意料之外最肮脏的丑闻。

她看着他。他再次注意到，她的眼睛是一种非常明亮的淡蓝色。"我和伯特兰断了。"她说这话的口气似乎是在抱怨刚买的一瓶家用洗涤剂。

"怎么啦？永远一刀两断啦？"

"是的。你想听听么？"

"快说。"

"你记得我和卡罗尔·哥德史密斯昨晚听你演讲时，半当中走了么？"

狄克逊明白了，开始觉得透不上气来。"我知道的。她告诉你了一些事情，对吧？我知道她都告诉了你什么。"

他们不由得停住了脚步。狄克逊对着一个瞪着看他俩的老太太吐了吐舌头。克里斯汀说："你一直都知道伯特兰和她的事，对不对？我就知道你知道的。"她看起来像是要笑出声来。

"是的。什么促使她告诉了你？"

"你为什么不先告诉我？"

"我不能说。对我不会有任何好处。什么促使卡罗尔告诉你的？"

"她恨他不把她当回事。我其实并不在乎他在和我交往之前的所作所为，但他想脚踏两只船，卡罗尔和我，那就不对了。她说，我们都去看戏的那晚，他曾想约她单独出去。他觉得她会答应的。她说,她开始时挺恨我,但她看到了他对我那种态度,比如那次雪利酒会上的状况。这样,她知道,错都在他,而不在我。"

她站着,肩有点拱,快速且带着羞愧地说完了这一切。她背对着一家满是胸罩、紧身衣和吊带内衣的商店橱窗。放下的百叶窗,使她脸处在阴影中,她几乎是在偷偷看着他,大概是想知道,自己说的是否满足了他的好奇心。

"她有点高尚了,是吧?以后伯特兰看都不会再看她一眼了。"

"噢,她也不愿意再被他看了。我猜……"

"什么?"

"我从她话语中,多多少少猜到,现在又有一个人偷偷进入了这场游戏。我还不知道是谁。"

狄克逊相当确信自己知道,最后一个绳节也解开了。他挽起克里斯汀的手,和她一起往前走。"足够了。"他说。

"关于他对她说的东西,还有很多很多……"

"以后吧。"狄克逊的面庞弥漫开一种坏坏的笑意,他说,"我想,你或许喜欢听这个消息,那就是,我和玛格丽特再也没有关系了。发生了一件事情——你现在也别管是什么事——这意味着,我再也不要操她那份闲心了。"

"什么?你是说,你完完全全地……"

"以后我慢慢告诉你一切,我保证。现在我们都不需要去想那事了。"

"好吧。可这都是真的,对么?"

"当然了,绝对是真的。"

"那好,既然是这样的话……"

"对的。告诉我:今天下午你打算干什么?"

"我觉得我得去伦敦啊,不是么?"

"你介意我跟你一起去么?"

"这又是怎么一回事啊?"她拉着他的胳膊,直到他朝她看去,"这是怎么啦?还有别的事,对不对?什么情况?"

"我得去找个住所。"

"啊?我觉得你一直都住在这个地方啊。"

"朱利叶斯舅舅没有告诉过你我的新工作么?"

"看在老天的分上,严肃点,把这事告诉我,吉姆。不要拿我开玩笑了。"

他解释时,内心对自己默默念着那些地名:湾水区,骑士桥大街,诺丁山门,平利科,贝尔格雷夫广场,瓦平,切尔西。不,肯定不要切尔西。

"我就知道他背地里有什么事瞒着我,"克里斯汀说,"但我还是没能想到竟会是这事。我希望你今后和他处得来。情况真是好极了,不是么?喂,你辞去这里大学的工作,是不是会有难处啊?"

"不,我想没有。"

"对了,是什么工作啊?他给你安排的?"

"就是伯特兰觉得他自己胜券在握的那份。"

克里斯汀开始发声大笑,与此同时,满脸通红。狄克逊也笑了。他想，自己脸部的表情包里，原本装着的不是愤怒就是恶心。现在，发生了这些情况，自己需要恰当的表情来庆祝一番，却突然发现找不到合适的了。他勉强做出古代罗马人两性生活时的面容，意思了一下。接下来，他注意到前面有个什么，便放缓步伐，用肘部碰了碰克里斯汀。"怎么啦？"她问。

"看到那辆车么？"那是威尔奇的，停在有绿亚麻布窗帘布，窗沿上有几个铜壶的茶馆门外。四只车轮离一侧人行道比另一侧稍近了那么一点点。"这车停在这儿干嘛？"

"我猜他是来接伯特兰他们的。伯特兰说，我对他说过那些话之后，他不打算和我在同一屋檐下吃午饭了。快点走，吉姆，趁着他们还没出来。"

正当他们走到茶馆窗户旁时，门开了，威尔奇一伙人出来，堵住了人行道。其中一位正是那娘娘腔作家米歇尔，在这场大戏即将拉上帷幕之时，他终于登场了。他是个又高又瘦的青年，淡而长的头发，从灯芯绒帽子里倾泻而出。他们感到有人要经过，全部自动让开路来，当然，除了威尔奇之外。狄克逊搂紧克里斯汀的手臂，一边鼓励，一边与她一起，大步流星地走向他们。"借过。"他用了一种圆润而有礼的滑稽声音。

威尔奇夫人的脸上立刻出现了想要呕吐的表情。狄克逊歪了歪脑袋，宽厚地朝她示意。（他看过一本书里说，成功可以令人谦逊、宽容和友善。）这桩事就要结束前，他看到不仅威尔奇和伯特兰，就连威尔奇的钓鱼帽和伯特兰的贝雷帽也都在场。只是，贝雷帽戴在威尔奇头上，钓鱼帽却出现在伯特兰头顶。他俩如此装束,僵直站着,眼睛瞪得滚圆,看起来像是某个学徒捏出来的法国作家纪德和英国传记作家里顿·斯特拉奇的一对蜡像。狄克逊猛吸一口气,想要数落一下这对活宝,却发出了一声号叫式的狂笑。他步履跟跄,身体后弯,仿佛刚被戳了一刀子似的,克里斯汀拖着他的胳膊。他停在这群人当中,弯下腰来,仿佛肋部岔了气。又因为刚才用力过猛,导致眼镜也模糊了。他咧着的嘴痛苦地说:"你是……"他继续说,"他是……"

威尔奇一家子撤走,陆续上了车。狄克逊呻吟着,任由克里斯汀领着他在街上走。他们身后,威尔奇车子的发动机传来一阵马嘶声和敲锣响,随着他们往前的脚步,那声音越来越轻,直至后来,被这小镇的其他声音以及他俩的说话声,完完全全地湮没了。